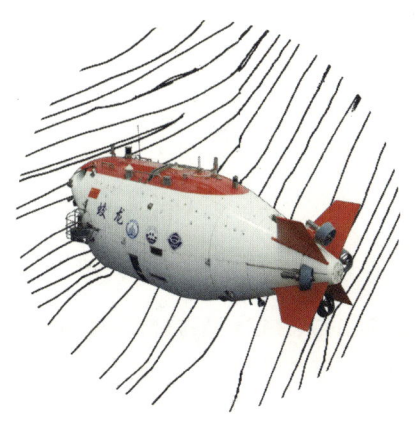

中国深蓝梦

中国载人潜水器发展纪实

李明春　○著
吉　国

时代出版传媒股份有限公司
安徽教育出版社

图书在版编目（CIP）数据

中国深蓝梦：中国载人潜水器发展纪实／李明春，吉国著.
—合肥：安徽教育出版社，2013.12
ISBN 978-7-5336-7828-9

Ⅰ.①中⋯　Ⅱ.①李⋯②吉⋯　Ⅲ.①报告文学－中国－当代　Ⅳ.①I25

中国版本图书馆CIP数据核字（2014）第016947号

中国深蓝梦：中国载人潜水器发展纪实
ZHONGGUO SHENLANMENG:ZHONGGUO ZAIRENQIANSHUIQI FAZHAN JISHI

出　版　人：郑　可
质量总监：张丹飞
策划编辑：杨多文
责任编辑：杨多文　徐宝妹　周　佳
技术编辑：王　琳
装帧设计：蒋宏工作室

出版发行：时代出版传媒股份有限公司　安徽教育出版社
地　　　址：合肥市经开区繁华大道西路398号　邮编：230601
网　　　址：http://www.ahep.com.cn
营销电话：(0551)63683012，63683013
排　　　版：安徽创艺彩色制版有限责任公司
印　　　刷：安徽新华印刷股份有限公司

开　　本：720×960　1/16
印　　张：15
插　　页：7
字　　数：230千字
版　　次：2014年4月第1版　2014年4月第1次印刷
印　　数：1—35 000
定　　价：28.00元

（如发现印装质量问题，影响阅读，请与本社营销部联系调换）

2007年9月，我国7000米载人潜水器研制成功，当年年底它被正式命名为"和谐"号（2010年5月更名为"蛟龙"号）。2007年11月，"向阳红09"海试母船增改装工程完成。2009年8月，载人潜水器海试工作启动。

~ 2009年7月，1000米级海试江阴起航 ~

潜水器在海底放置的标志物

2009年8月潜水器第一次下潜

2009年，第一次下潜成功后部分人员合影

3000米级海试起航

准备下潜的潜水器

高高吊起的潜水器

"蛟龙"回家

2010年7月13日，潜航员操作机械手将一面鲜艳的五星红旗插在3757米的南海海底

国家科技部领导向海试总指挥授旗 潜航员凯旋归来

 "蛟龙"号入水 "蛟龙"号出水

 5000米深海鱼、深海海参

获取5000米深海沉积物样本

2011年，在太平洋多金属结核合同区布放中国大洋协会会徽

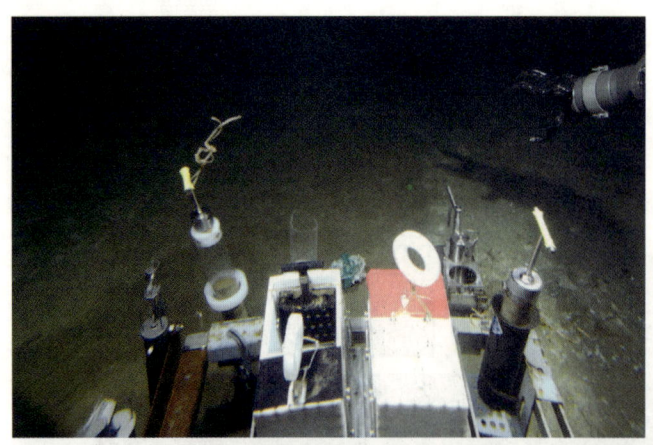

 7000米级的海底

潜航员获取并展示深海海参

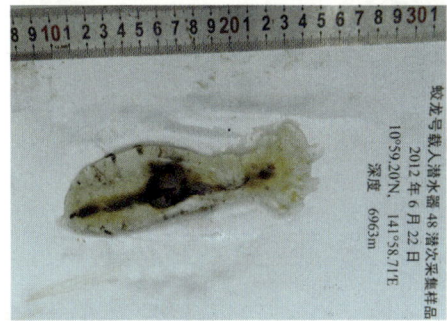

蛟龙号载人潜水器48潜次采集样品
2012年6月22日
10°59.20'N, 141°58.71'E
深度 6963m

下潜前的准备工作

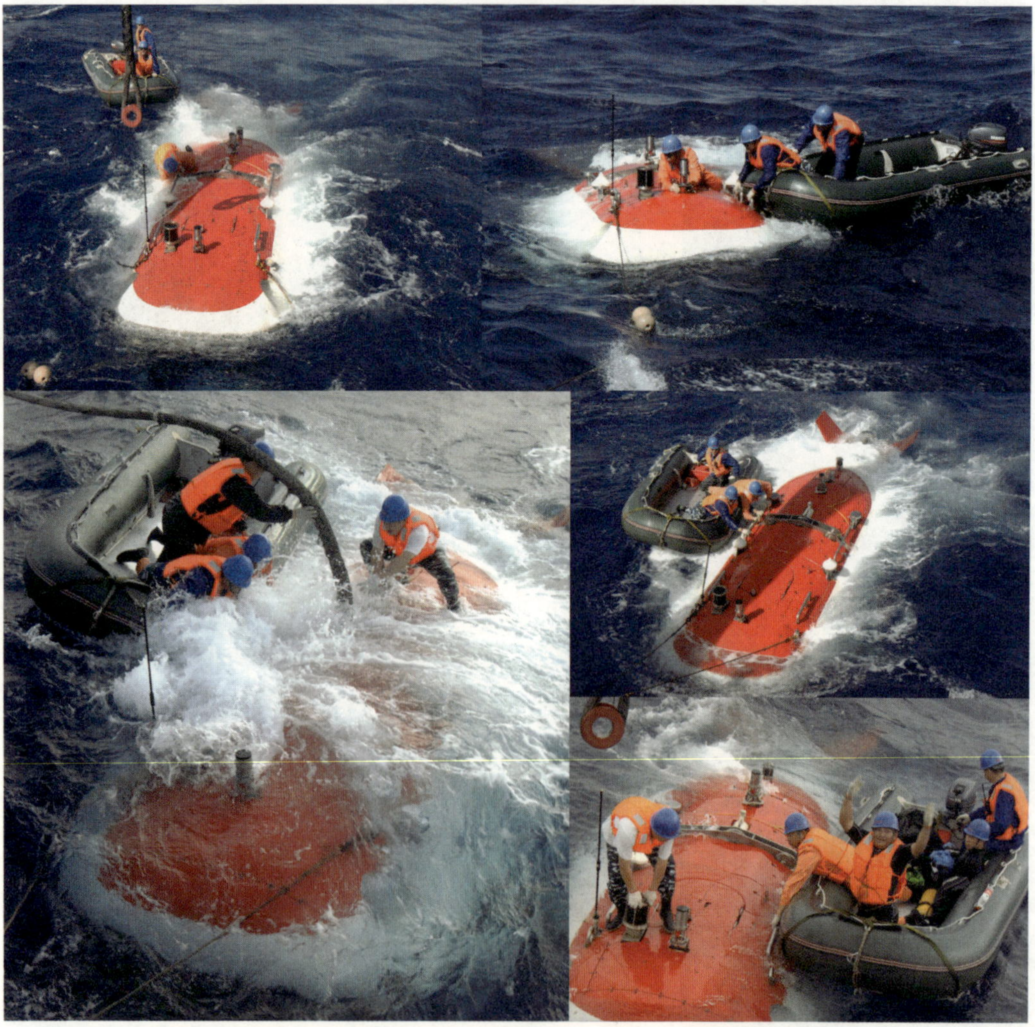

勇敢的"蛙人"

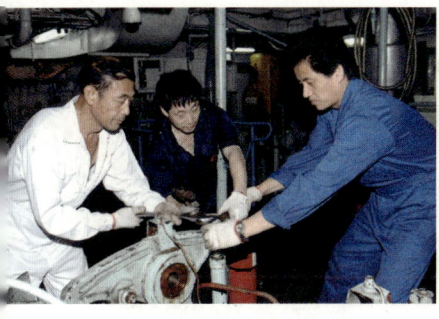

 舱内工作

潜航员出舱　　　　　　　　　在 7062 米的海底展示国旗

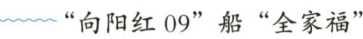

"向阳红09"船"全家福"

2012年6月27日,"蛟龙"号下潜至7062米深度,创造了新的世界载人深潜记录,向世界宣告中国已成为继法国、俄罗斯、日本和美国之后,第五个拥有深海探索技术的国家。

序

2012年6月27日,我国载人潜水器"蛟龙"号成功完成海上试验(简称"海试"),这是中华民族走向海洋、挺进深蓝的一个里程碑。2013年5月17日,"蛟龙"号载人潜水器7000米海试团队受到习近平、李克强、刘云山、张高丽等的亲切接见。海试团队荣获中共中央、国务院授予的"载人深潜英雄集体"荣誉称号。

2002年,我国启动了深海探测工程。2007年11月底,经过接近一年的增改装,我国载人潜水器海试母船"向阳红09"船在上海交船,从此我国具备了载人潜水器海试平台。载人潜水器本体研制及各项准备工作完成后,2009年8月,载人潜水器海试启动。海试是载人潜水器系统工程的一个十分重要的部分,是对载人潜水器研制工作的检验和考验,也是对其技术能力和水平的综合评价。

我国7000米载人潜水器海试于2009年至2012年,分别进行了1000、3000、5000和7000米级海试,创造了我国载人潜水器"蛟龙"号下潜7062米的记录。"蛟龙"号载人潜水器成功下潜的壮举为我国探测海洋资源,特别是大洋深海资源调查和科学研究奠定了坚实的基础。这一重大科研成果的取得,实现了我国深海装备技术的跨越式发展,标志着我国继法国、俄罗斯、日本和美国之后成为世界上第五个掌握载人深潜技术的国家。

"蛟龙"号载人潜水器以崭新的雄姿一次次承载着中国海洋人的希望与梦想,创造一个个新的记录,创造着中国海洋史的奇迹。在历次海试过程中,感人的画面随处可见,动人的场景无处不在。一组组工作和生活的特写浓缩为中国海洋事业发展进程中的永恒。

中国海洋报首席记者李明春、国家海洋局北海分局潜航员管理办公室原主任吉国,自 2006 年开始跟踪采访,前后经过 7 年多的时间,克服了多种困难,尽力采访和捕捉了中国第一批潜航学员、"向阳红 09"海试母船、"蛟龙"号载人潜水器及其海试中点点滴滴的精彩瞬间。真实地记录和再现了那些鲜为人知的人和事,较为完整地记述了这一事件的过程。

《中国深蓝梦:中国载人潜水器发展纪实》是首部揭秘我国载人潜水器发展历程的纪实文学作品。作者以翔实的史料和亲历的素材,生动地记录了我国 7000 米深海探测工程实施的全过程以及围绕这一工程的构想、设计、研制、组装和多次不同深度海试历程的人物特写,为我国开展这一项重大科研活动留下了宝贵的历史记录。该书是一部集纪实性、文学性、科学性、思想性为一体的纪实文学作品,是引领读者尤其是广大青少年矢志不渝、奋发图强,积蓄正能量,为实现中华民族的伟大复兴,实现"中国梦"而不懈努力的力作。

中华民族在实现"可下五洋捉鳖"的中国深蓝梦的全过程中所表现出来的"严谨求实,团结协作,拼搏奉献,勇攀高峰"的载人深潜精神,业已成为这个时代的精神。载人潜水器"蛟龙"号的研制和海试成功,告诉人们:我国海洋人开创了中国海洋事业的先河,它将永远载入中国海洋事业发展的史册。

国家海洋局北海分局局长 滕征光

2014 年 4 月

千古追梦

精卫填海、嫦娥奔月……这是中华民族对未知世界的探索志向,这是中华民族曾经的梦。

中华文明史这样记载:从公元前3世纪至15世纪上半叶,中国在走向海洋方面曾领先于世界;然而,15世纪中叶后,一个世界大航海时代悄无声息地拉开序幕,当哥伦布、达·迦马、麦哲伦的航海成为了世界航海地理大发现的三座丰碑时,中国却缺席了……

大航海时代的地理大发现向世界宣告:人类从此将以全新的目光和思维模式来审视自己赖以生存的这颗蓝色星球。

人类文明史给出了这样的结论:海洋是地球的主宰者,是最大的水源库,是生命的摇篮。海洋孕育着地球上所有的生命,蕴藏着地球上所有的物质。向海而兴,是大国崛起的必由之路!

今天,中华民族必须反省:中国可以逃避海洋,但无法逃避海洋对逃避者的惩罚。

当人类文明进入21世纪,中华民族觉醒了深蓝梦。这深蓝梦狂飙于华夏大地,必将呼唤中华儿女,励精图治,在海洋科技领域实现惊世之举。

中国新华社2012年7月2日报道:随着我国"蛟龙"号载人潜水器6月30日完成7000米级海试第六次下潜试验,"蛟龙"号7000米级海试取得圆满成功。这也标志着"蛟龙"号成功完成了从1000米级到7000米级的全部海试任务,即将进入试验性应用阶段。

同日,中国中央电视台《新闻联播》播出了这一消息。

参考消息网 2012 年 6 月 16 日报道：外媒称，中国载人潜水器"蛟龙"号 15 日创造了中国潜海最深新纪录，深度超过 6000 米，展现了北京的技术雄心。

法新社援引官方的新华社报道称："蛟龙"号潜水器当日在西太平洋马里亚纳海沟下潜超过 19685 英尺（即 6000 米），这是六次系列潜水的第一次，目标是潜到 7000 米深。

《日本时报》2011 年 7 月 13 日文章指出：中国最先进的深海潜水器蜷缩在母船的甲板上，向中太平洋深处驶去。亚洲和西方都在密切关注着这个试验项目，审视其探矿和军事潜力及科研活动……若此次远征取得成功，那到 2012 年时预计该潜水器将进行最大深度 7000 米作业测试，令其能到达几乎全世界的海底。这将把中国提升到深海潜水器俱乐部的头把交椅上，超过日（本）、俄（罗斯）、法（国）、美（国）。

《华尔街日报》2011 年 7 月 22 日的文章认为：中国进行载人深潜实验可能是为商业开发海底矿产资源做技术准备。去年，"蛟龙"号在中国南海进行的载人下潜实验曾经达到 3759 米的深度，并在海底插上了中国国旗。那次深潜也令中国成为继日本、俄罗斯、美国和法国之后第五个掌握 3500 米以上大深度载人深潜技术的国家。据参与该项目的官员介绍，如果此次海试任务圆满完成，明年"蛟龙"号将尝试下潜至大约 7000 米的深度，这也是"蛟龙"号最大设计下潜深度。如果成功，那么"蛟龙"号将超越日本的"深海"（Shinkai）号潜水器和俄罗斯的"和平"号（Mir）潜水器。

"蛟龙"神潜探深蓝，"五洋捉鳖"梦终圆。今天，中国海洋人可以自豪地向世界宣告：中华民族能够骄傲地自立于世界民族之林，为开发大洋海底资源这一人类共同的财富承担起一个大国的责任！

作者
2014 年 1 月

目录

追梦深蓝

- 追梦五千年 …………………… 002
- 冷眼向洋看世界 ………………… 005
- 海底两万里 …………………… 008
- 大洋深海资源勘察 ……………… 010

中国第一艘载人潜水器横空出世

- 载人潜水器研制的立项前后 …… 016
- 载人潜水器研制成功 …………… 019
- 潜龙在渊 ……………………… 023
- 天作之合 ……………………… 025
- 第十六次会议的定夺 …………… 026

母船母船

- "向阳红09"船增改装工程启动 …… 030
- 功勋海洋科考船 ………………… 030
- "向阳红09"海试母船交船 ……… 032
- "向阳红09"船常青 ……………… 034
- "向阳红09"船续写辉煌 ………… 036

中国式潜航员培训

- 潜航员选拔与培训前后 …………… 040
- 我国第一批深潜学员 ……………… 041
- 中国式深潜专业培训 ……………… 044
- 潜航学员的实训 …………………… 050
- 海试工作协调会 …………………… 053

载人潜水器海试前奏

- 江阴:"向阳红09"船起航第一站 … 056
- 积跬步以行千里 …………………… 059
- "向阳红09"船的承诺 ……………… 060
- 军魂在闪光 ………………………… 063
- 出航前的"全家福" ………………… 065

载人潜水器海试起航

- 起航的誓言 ………………………… 070
- 台风"莫拉克"作怪 ………………… 072
- 老科学家挺起了脊梁 ……………… 074
- 船长海试日记 ……………………… 077
- 大海航行靠主机 …………………… 080

南海1000米级海试

- 50米:"和谐"号的中国第一潜 …… 086
- 50米:参试者如是说 ……………… 089
- 300米:"和谐"号的第二台阶 ……… 092
- 300米:参试者如是说 ……………… 094

1000 米：这不是简单的尺度 …… 098
1100 米：参试者如是说 ………… 101
1109 米：青岛啤酒与崂山矿泉水 … 103
第一次返航……………………… 104

南海 3000 米级海试前奏

又别母亲港 ……………………… 108
忠孝难两全 ……………………… 110
立新船厂的礼物 ………………… 113
重逢在太湖岸边 ………………… 114
大江东去 ………………………… 115
揭秘 3000 米级海底纪念物……… 116

南海 3000 米级海试

"蛟龙"号冲击深海探测前沿 …… 120
船长的绝活 ……………………… 122
"蛟龙"号的能源危机 …………… 124
大力水手 ………………………… 126
党委书记？司令员？ …………… 129
水面支持系统有条"鱼" ………… 133
决心的深度 ……………………… 134
锁定深度：3757 米 ……………… 137
刷新纪录 ………………………… 141
参数监测小组 …………………… 144

潜航员的故事

- 深海"的哥" …………………… 148
- 下潜笔记 …………………… 151
- 神秘的海底 …………………… 159
- 不是故事 …………………… 161
- 不是梦想 …………………… 164

冲刺前的预演

- 中国的"境外领地" …………… 170
- 满载的"向阳红09"船 ………… 172
- 等待好天气 …………………… 174
- 为潜水器下潜护航 …………… 176
- 海试大学 …………………… 179
- 大洋海底5000米 …………… 181

"蛙人"的故事

- "蛙人" …………………… 186
- 雄狮般的果敢 …………………… 188
- 猛虎般的威猛 …………………… 190
- 猎豹般的速度 …………………… 192
- 骆驼般的耐力 …………………… 194

冲击7000米深度

- 世界最深处：马里亚纳海沟 ……… 198
- 起航……………………………………… 200
- 突破6000米 ……………………… 201
- 深海见闻…………………………… 203
- 突破7000米 ……………………… 206
- 母港等待"蛟龙"………………… 208
- 看海的父亲………………………… 210

海洋强国之路

- 我们要走的路还很长 …………… 214
- 中国的海洋基因 ………………… 216
- 郑和之后再无郑和 ……………… 217
- 蓝色国土 ………………………… 219
- 院士的告诫 ……………………… 220
- 中国走向海洋 …………………… 222

- 大事记 …………………………… 227
- 后记 ……………………………… 229

追梦深蓝

"古老的东方有一条河,她的名字就叫黄河;古老的东方有一条龙,她的名字就叫中国……"

承三皇五帝,启三代以降。中国:追梦海洋,风帆远行,乘桴浮海,山摇海倾,绝域远烟,万国梯航。黄河:梦归深蓝,东流不溢,洋溢乎四海,溥治于八方。

海洋意识,是一个临海国家的战略意识。

中国,改革开放,民族复兴,海洋中国正崛起于世界东方。

追梦五千年

水调歌头·重上井冈山

毛泽东

久有凌云志,重上井冈山。
千里来寻故地,旧貌变新颜。
到处莺歌燕舞,更有潺潺流水,高路入云端。
过了黄洋界,险处不须看。
风雷动,旌旗奋,是人寰。
三十八年过去,弹指一挥间。
可上九天揽月,可下五洋捉鳖,谈笑凯歌还。
世上无难事,只要肯登攀。

2010年5月底,中国自行设计、建造的远洋科学考察船"向阳红09"船呵护着"蛟龙"号载人潜水器,从江苏江阴起航,再一次南下南海去实现中国深蓝梦。五千年追梦,中国深蓝梦终于指日可待!中华民族在期盼着!

在起航时,在人们期盼把梦想变成现实时,有人找来了毛泽东的《水调歌头·重上井冈山》,就在查阅诗词背景时,才发现历史竟然有如此惊人的巧合:45年前写下这首诗词的那天和今天竟是同月同日——5月30日!

"7000米载人潜水器"项目总课题组组长、中国大洋矿产资源研究开发协会(简称"中国大洋协会")办公室副主任、载人潜水器海试现场指挥部总指挥刘峰,在回顾过去那些不平凡的日子时,十分平静地做了叙述。

关于该项目立项的初衷,刘峰总指挥介绍说,在一次论证会上,一位院士说过这样一段话:"世界高科技的竞争,主要表现在上天、入地和下海上。中国对于上天已拥有了成熟的技术,入地也已拥有了钻探5000米深的技术能力,但下海却没有相应的技术和设备,至今依然空白。"

这位院士道出了一个严峻的现实,提出了一个挑战,也表达了中国海洋人的一个共同的愿望,那就是掌握大深度载人深潜技术。

2002年6月,科技部批准"十五"国家"863"计划重大专项"7000米载人潜水器"立项,开始组织全国50多家单位的专家联合攻关。深潜技术是世界高科技前沿技术,同时也是一个庞大的系统工程,牵扯面大,涉及的专业多,因而需要联合攻关。

据刘峰介绍,2009年,载人潜水器经过多家单位的科研人员近7年的共同攻关终于研制出来了。研制完成的潜水器还需要在海里进行实际试验,这就是我们所说的海试。

在海试过程中,刘峰时常在指挥视频中对大家说这样的话:"一定要认真操作,做到万无一失,确保成功,我们每一次下潜都是在创造中国深潜事业的纪录。"

既然是海试,就会遇到许多困难,就会出现许多意想不到的情况,甚至是失败,这都是很正常的。比如2009年在500米下潜时,除了海况不利外,水下声学通讯系统也出了问题。在潜水器与母船失去联系的情况下,依然成功下潜。试想在当时的情况下,如果没有一种信念的支撑,大家没有经过艰辛努力便轻易放弃了,中国海洋人多年的夙愿今天就无法实现。这不是小事,这种轻易放弃甚至可能导致海试在以后相当长的时间里都无法进行。当然,挑战困难的前提是一定要经过科学论证,从而做出科学的判断和决策。

2009年,1000米级载人潜水器海试取得了成功,被国际深海科学领域的著名学者称为"奇迹"。因为1000米级的海试是在海况不满足海试条件的南海台风季节进行的。潜水器和试航员①们的每次下潜都不是一帆风顺的,尽管有很多困难,但全体海试队员都尽职尽责,发挥自己的聪明才智去

---

① 试航员是指在潜水器试验时随潜水器下潜的工程技术人员。

完成每一次下潜。

2010年6月20日下午，3000米级海试下潜到了2067米的深度，创造了我国载人深潜的新纪录。然而，就是这次下潜，当潜到1500米时，试航员发现潜水器的一个系统出现了问题。他们一方面在海中向母船指挥部报告了情况，一方面靠自己及时排除了故障，成功下潜至2067米。在3000米海试时，试航员把下潜海底纪念物——一面国旗插入中国南海海底，我们称之为"龙宫一号"。几天后，潜水器再次下潜并准确地找到上次下潜放置的"龙宫一号"，做到了"海底捞针"。

2010年的3000米级海试是一个十分重要的台阶，只有成功地完成了这次海试，才能使潜水器具有实际应用价值，因为大洋深海的实际作业深度一般都在3000~4500米范围。同时，这也为我国载人潜水器冲刺7000米深度提供了经验，奠定了基础。

说是"奇迹"，还有一个同样重要的原因，就是克服了试验母船"向阳红09"船的先天性缺陷。"向阳红09"船作为一艘已有30年船龄的老船，被增改装为深潜试验母船，依然存在着很多的不足。比如，"向阳红09"船艉部舷高4米（深潜支持母船艉部舷高约为2米），这给潜水器的收、放带来了很大的难度和风险。通常潜水器支持母船都必须具有较好的动力定位能力，而作为海试母船的"向阳红09"船却没有动力定位系统，这给船的定位和操纵带来了极大的困难。除了以上原因外，试验母船要求低噪音，而"向阳红09"船机械设备老化，噪音大，对海试也非常不利。尽管有着这些困难，我们仍然取得了成功。然而，"向阳红09"船作为海试的母船只是权宜之计。为了更为有效地发展我国深潜事业，海试专家和工程技术人员呼吁：我国应尽快建造潜水器支持母船①。

深潜的难度是什么？下潜7000米意味着什么？刘峰总指挥对此回答

---

① 潜水器支持母船是指可以对潜水器提供技术支持，完成深潜作业的专业船舶。

道:"在 7000 米的海洋深度,每平方厘米的面积要承受 700 公斤的压力。在海中每下潜 10 米就增加一个大气压,因而耐压问题是深潜必须解决的一个技术难题。载人潜水器有 20 多吨重,是 3 米多粗、8 米多长的短胖体格,像一个削去前段的枣核。尽管我们对其每一个部件甚至 2 米多直径的球形舱体都进行了压力测试,但是把它们组装在一起后,这样一个'大体格',我们难以在陆地上对其进行整体压力测试,只能在海里进行试验。海试过程实际上也是一个考验潜水器、验证其各项设计指标和性能的过程。因此,在这个过程中出现一些问题是我们预料之中的事情。尽管我们有心理准备,但是哪些地方会出现问题还是难以预测,总有问题会突然冒出来。"

正如刘峰所说:"今天海试的成功,我深切地感受到,这是民族精神的实际体现。"也正因为如此,中华民族才能实现五千年追梦,成为世界上第五个拥有大深度载人深潜技术的国家。

冷眼向洋看世界

生活在陆地上的人类,无时不在倾听着海洋的声音。因为地球本来就应该叫"海洋球"或是"水球",叫"地球"真是一个无大的"玩笑"。

事实上,人类文明的进程已经深刻地表明:人类的文明发展依赖于海洋,更受益于海洋,否认这一点就是否认世界文明史。

人类文明发展到今天的事实进一步说明,在现代社会,人类在各方面都离不开海洋,并越来越依赖于海洋。海洋是地球上一切生物的摇篮,大海无疑是包括人类在内的所有生命的家园。当人类文明进入高度发达阶段,当人类进化到今天,无论哪个国家、何种肤色、什么民族,每个婴儿在胚胎过程中还都必须度过 10 个月如潜入海水般的日子。生物学家把这种现象称为"生物个体的发育过程重演种系的进化史"。

在离开海洋 4 亿多年后的今天,人类所面临的又一个选择就是——重返海洋。

宋健院士在20世纪90年代曾撰文指出:"人类与海洋的亲缘关系十分遥远,但人类通过强调这种关系而得出'重返海洋'结论的直接原因,是为了获取海洋的蛋白质和其他资源来养活人类本身。因为,大陆的资源越来越'入不敷出,无法满足人类生存的需求'。"

21世纪,直面海洋问题关乎世界兴衰,更关乎国之兴衰,中国能担当得起海洋大国的责任吗?我们准备好了吗?

从陆地的角度看,可以认为中国是一个大国。但从海洋的开放性角度来看,中国却处于劣势。当我们站在陆地国土上向东方望去,我国东部和南部的一片蔚蓝色之上自然形成了两个"环海链",这就是我们通常所说的"第一岛链"和"第二岛链"。然而,这两个自然岛链的存在却阻碍着中国走向海洋、走向世界的步伐。

今天的世界,谁也无法否认现实存在着另一种政治局势——霸权体系。在霸权体系的夹缝中,从海洋资源角度来说,中国海洋国土上的海洋资源形势如何?中国海洋资源到底是丰富的,还是贫乏的?

同地大物博的陆地资源一样,中国海洋资源从绝对量来说尚可,可当除以13亿人口这个巨大分母时,得数便令人咋舌!有资料表明,我国人均海洋面积及海岸线系数(海岸线长度与陆地国土面积之比)在世界上排名位于许多国家之后。因此,可以说我国在海洋资源拥有量上处于劣势地位。

中国的边缘海为我们提供了得天独厚的地缘之利。但从海洋战略和海洋开发实力方面来看,称中国为"海洋大国"尚为时过早。

1958年,英国元帅蒙哥马利在谈论为什么要建立海军时说:"从人类开始利用海洋以来,一个大的历史教训就是囿于陆上战略的一方最终必败。"苏联海军元帅戈尔什科夫也曾说过这样一段话:"国家的海上力量不仅由可以影响海上事件的武器和武装力量决定,而且还由它的商船队、渔船队、远洋船队以及它的海洋观和海洋传统决定。"20世纪中叶,法国总统戴高乐、美国总统肯尼迪先后提出了"向海洋进军"的口号。

就在戴高乐和肯尼迪之后,世界各海洋国家纷纷把注意力转向了海洋。而此时,中国人在想什么呢?

1959年10月1日,新中国迎来了国庆十周年。就在举国同庆的那一刻,站在天安门城楼上的毛泽东眉宇间浮现出一丝不易被人察觉的忧虑。头一天晚上,在中国政府举行的国庆招待会上,苏联领导人赫鲁晓夫在表示祝贺的同时含沙射影地指责中国的外交政策,教训中国不该发动金门炮战,"不要用武力去试探资本主义制度的稳定性"。

事情还远不止这些。也就是在这个国庆节期间,中、苏正在交涉着一个最艰难的合作项目——核潜艇。当时,周恩来总理和聂荣臻副总理再次向赫鲁晓夫提出了核潜艇的技术援助问题。赫鲁晓夫不阴不阳地回答:"核潜艇技术复杂,花钱太多,中国搞不了,苏联有了核潜艇,等于你们也有了。"

对此,毛泽东义愤填膺,后来他在总参谋部的一份文件上做了令人震惊的批示:"核潜艇,一万年也要搞出来!"

1974年8月1日,中央军委发布命令,中国制造的第一艘核潜艇命名为"长征一号",正式编入中国人民解放军海军战斗序列。

中国制造核潜艇为的是要看好祖宗留下的遗产,不能再失去了,要坚决保护好!

世界海洋形势无时不在发生着迅猛的变化。1982年4月30日,《联合国海洋法公约》获得通过。这是一部"难产"的国际法,全世界150多个国家参与了制订,耗费了整整9年的时光,它是各个阵营相互妥协的结果。如果从荷兰人格劳休斯"公海自由论"(或"论公海")引发的对公海的讨论说起,已历时300多年,可谓来之不易。

1996年5月15日,时任中华人民共和国国家主席的江泽民签署了《联合国海洋法公约》批准书,中国正式加入该公约。

也许,对许多国人来说这是一件未曾注意到的事,这一天也是极平常的一天。可是,历史也将记住这一天,中国的未来将记住这一事件。因为自此中国未来的生存空间有了新天地,中国赶上了通向海洋的最后一班船,中国的国土将在国人的眼里加进越来越多的蔚蓝色。

海底两万里

说到潜水器,我们自然会联想到潜水艇,从潜水艇又自然联想到一位世界著名的科幻小说作家儒勒·凡尔纳和他的代表作《海底两万里》。

《海底两万里》一书中对神秘的海洋及主人公曲折、惊险的奇遇是这样描述的:这是一片奇妙又少见的海底森林,生长的都是高大的木本植物,小树上丛生的枝枝都笔直地伸向洋面。没有枝条,没有叶脉,像铁杆一样。在这像温带树林一般高大的各种不同的灌木中间,遍地生长着带有生动花朵的各色珊瑚。美丽极了!……

这是凡尔纳在19世纪向人们展示的一幅海底神秘世界的景象。然而,人类探索海底世界的梦想早在16世纪就已开始萌芽。

1554年,意大利人塔尔奇利亚发明制造了木质球形潜水器。1620年,荷兰物理学家德雷尔发明了世界上第一艘原始潜水艇。它能在水下5米深处连续航行几海里(1海里≈1852米)。这艘潜水艇使用优质木材做艇体,并在外表覆盖了一层油牛皮;潜水艇的两边各有6名划手,他们用力向后划水而使艇前进。当潜水艇要下潜时,将海水灌进羊皮囊;而上浮时,则将水挤出羊皮囊。该潜水艇没有安置任何观察设备,也没有装备武器。

第一艘有实用价值的潜水艇是英国人设计的"海龟"号,这是人类历史上第一艘作战潜水艇。被誉为"潜水艇之父"的美国人约翰·霍兰先后建造了6艘性能不断完善的潜水艇,特别是他设计的"霍兰6号"已经具备了许多现代潜水艇的特征。19世纪末,美国的西蒙·莱克受科幻小说《海底两万里》的启发,建造了世界上第一艘具有双层壳体的潜水艇,率先解决了潜水艇快速下潜和上浮的问题。

随着科学技术的发展和反潜作战能力的不断提高,潜水艇技术性能将进一步提高。其发展趋势是：发展艇体"隐身"、"降噪"技术，提高隐蔽性；研制高强度材料，增加潜水艇下潜深度；发展核动力潜水艇大功率核反应堆，提高水下航速；延长堆芯使用寿命，提高在航时间；常规动力潜水艇主要是靠增大电池容量，研制性能良好的氢氧燃料电池、钠硫电池和超导电机，以提高水下机动性；装备高效能的综合声呐、拖曳声呐和水声对抗设备，增大水下探测距离，提高水声对抗能力；提高导弹的射程、命中精度、打击威力，增加分导多弹头反导能力；提高鱼雷的航速、航程和航深，并使其实现智能化；进一步提高探测、武器和动力等系统以及其他设备的操纵自动化水平。

潜水艇极限深度，亦称最大下潜深度，是潜水艇艇体耐压强度所能允许的下潜深度的最大值，潜水艇在此深度只能作有限次数的短时间逗留。此外，设计潜水艇时计算艇体强度的深度，称为设计深度，通常为极限深度的 1.3～1.5 倍，以保证水中武器在潜水艇附近爆炸或潜水艇超越极限深度时，潜水艇仍具有一定的生存能力。潜水艇最大下潜深度，在第一次世界大战期间为 60～70 米；第二次世界大战期间增至 200 米；二战后，一般为 300～400 米，个别的达到 900 米。

美国洛杉矶级潜水艇下潜深度为 450 米，海狼级潜水艇下潜深度为 560～600 米。前苏联海军 20 世纪 60 年代建造的 A 级核动力攻击型潜水艇下潜深度已达 750 米；70 年代末建造的 M 级潜水艇下潜深度接近 1000 米关口；80 年代建造的 AK 级和 S 级潜水艇的正常下潜深度分别达到了 650 米和 800 米。1983 年，前苏联的"共青团员"号核潜艇试验创造了战斗潜水艇下潜 1200 米的世界新纪录。1989 年 2 月 28 日起，"共青团员"号又开展了一次战斗航行试验，然 4 月 7 日因起火沉没，64 名乘员中 42 人遇难。增加潜水艇下潜深度的主要措施是，采用高强度钢和钛合金材料以及焊接新技术和适合深潜的耐压结构形式等。

潜水艇主要用于海上作战。继潜水艇之后，随着冷战和世界海洋形势的变化，发达国家从全球战略和深海资源探测的需要出发，又纷纷发展先进的载人潜水器。人在潜水器内的作用是无人潜水器所无法替代的,因此载人潜水器是一种最有效的深海取样和测绘平台。

深海载人潜水器是人类到达大洋深海的唯一手段。与飞机、火箭甚至人造飞船不同,潜水器下潜、坐底从外部是看不到的,其重要性过去一直不被人们所重视。20世纪50年代后,法国、前苏联、日本、美国研制了几艘当时世界上著名的载人潜水器。这些潜水器在20世纪90年代到达的范围遍及大陆坡、2000～4000米深的海山区、火山口、洋中脊以及6000米的洋底。科学家充分发挥了在现场的主观能动性和创造力,获得了大量地质沉积物、生物、地球化学和地球物理的重要发现。然而,海洋太大了,迄今为止人类仅探测了不足5%的深海区域,对于深海我们有太多的未知。

正是载人潜水器的一次次下潜,一次又一次地向人们展示出深海的奥秘和神奇(热液"黑烟筒"的发现就与载人潜水器密不可分),一次又一次地把人类对深海的认识水平推向一个新的高度。人们已经认识到,即便是在地球最深的马里亚纳海沟里,仍可以找到生命的痕迹。

大洋深海资源勘察

世界海洋文明史已向人类展示了这样一幅画卷:过去的海洋之争的特点突出地表现为以炮舰政策为主导的武力争夺海上地盘;而今天的海洋之争,强烈地表现在以高科技手段为主导的海洋资源争夺上,尤其是海底资源之争。

今天,各国海洋争锋的热点是海洋权益。一个国家海洋权益的表现是多方面的,如政治、经济、安全、资源及文化等等。对于海洋资源权益的争夺既集中在国家主权管辖海域资源,也集中在国际海底资源。

《联合国海洋法公约》确认,总面积2.517亿平方公里、约占地球表面积49%的"国际海底区域"及其资源是"人类的共同继承财产"。"国际海底区域"是地球上尚未被人类充分认识和开发利用的巨大潜在战略资源宝库,是

21世纪高新技术发展和应用的重要领域,在促进地球科学、生命科学、环境科学等众多科学领域的发展方面,具有重大价值。

主要分布于大洋海底山区的富钴结壳,因其含有镍、钴、铜、锰等有用矿物,自发现以来就受到人们的普遍关注。长期以来许多国家对这些海底资源进行了系统的调查和研究,目的是将其作为一种可接替陆地资源的战略储备资源。这些年来,各发达国家在大洋科学考察中,发现的海底热液硫化物、富钴结壳和可燃冰、深海极端环境下的生命现象,更是吸引了全世界的目光,并引起各国高度关注。

我国的大洋科学考察始于20世纪80年代。在开展深海多金属结核资源的调查及专属矿区申请的同时,中国大洋协会适时开展了富钴结壳资源的探查工作,并将其列为大洋"十五"计划重中之重的资源调查目标。到目前为止,我国先后在11个大洋深海资源勘探航次中开展了海上调查工作,为下一步依据《区域内富钴结壳探矿和勘探规章》(简称《勘探规章》)向国际海底管理局进行富钴结壳矿区申请奠定了基础。

主要分布于太平洋、大西洋和印度洋等大洋中脊地带的海底硫化物资源,是海底热液活动的主要产物之一。海底热液活动的特殊环境及其周边的硫化物矿藏、生物基因资源的调查和研究,已成为当今深海科学研究和海底资源调查领域备受关注的前沿问题。美国、德国、日本、法国、俄罗斯等国家长期以来对海底热液活动区域及硫化物、生物基因资源等进行了持续的调查和研究,并先后在海底热液硫化物的资源、极端环境生物基因的开发利用等方面取得了重要的进展,同时对与这些资源相关的地球科学、生命科学、环境科学等领域的研究产生了深远影响。

20世纪80年代以来,尽管我国一些单位通过国际合作等多种途径开始了海底热液活动的研究工作,但并未对国际海底区域的热液硫化物及生物基因资源开展系统的调查和研究。中国大洋协会成立以来,分别在1999年和2003年的大洋航次中各安排了一个航段的海底硫化物资源调查工作。

在 2003 年 DY105－12/14 航次第六航段中,首次在东太平洋某海域取得了第一块中国人自己的拖网样品,使中国的海底热液硫化物调查工作迈出了可喜的一步。

为了迎头赶上国际海洋资源勘探进度,改变我国在深海热液区资源调查和科研工作方面的被动局面,"十五"期间,中国大洋协会在"持续开展深海调查,大力发展深海技术,适时建立深海产业"方针的指导下,根据海底热液区资源调查工作的特点进行了技术准备:完成了我国"大洋一号"远洋科考船的增改装;研制了深海 3500 米作业型水下机器人(ROV[①])、自控水下机器人(AUV)等高技术装备;并组织开展了 7000 米载人潜水器(HOV)的研制;广泛开展了用于海底热液区调查精细作业的技术装备研发。

伴随着国际海底管理局新的《勘探规章》的制定,新一轮以海底资源竞争为主的世界"蓝色圈地运动"已经悄然开始。位于国际海底区域的大洋洋中脊,是海底热液活动的主要分布地带,它的发现是 20 世纪地球科学的重大发现之一。这不仅是因为其巨大的资源价值,而且还因为深海热液活动区的硫化物矿床及其周围极端环境下的生态系统是研究硫化物矿床成因和生命起源的天然实验室。这类区域也是人类还未充分认识、有待开发的巨大资源宝库,是当前深海科学研究的热点区域。

然而,由于历史的原因,到目前我国还缺乏对海底热液活动区及其资源、环境方面的海上调查积累,对国际海底区域中热液硫化物和生物基因等资源的研究和了解还远远不够,尚未确定自己的具有战略意义的潜在调查靶区。面对如此严峻和紧迫的海底资源竞争态势,中国大洋协会认识到必须尽快组织开展以大洋中脊热液活动区为主的环球调查航次,以便在海底热液活动区调查中获取更多的样品和数据,进而确定潜在的调查靶区,力争扭转竞争中的不利局面,维护我国在国际海底区域的正当权益。

---

① ROV 为有缆、遥控水下机器人,AUV 为无缆、自控水下机器人,HOV 是载人潜水器。

走出太平洋,迈向新洋域,已成为时代的要求。以协调和组织中国大洋活动为己任的中国大洋协会,为拓展中国在全球大洋事务中的空间和工作内容,展现中国近年来大洋调查领域的工作水平与技术实力,在自身发展的关键时期,2005年组织了中国首次环球考察,把大洋科考工作从单一的太平洋海底推向整个国际海底区域。这是我国大洋工作从单一资源到多种资源战略转变以来的又一次重大战略举措,也是历史赋予我国海洋人的一项光荣使命。

中国自开展大洋科学考察以来,国家海洋局先后派出"向阳红16"船和"向阳红09"船两艘海洋调查船进行了前期科学考察。1994年,中国大洋协会由俄罗斯购进一艘远洋科学考察船,命名为"大洋一号"。该船由乌克兰迈里基斯造船厂于1984年建造,排水量为5660吨,船长104.5米。1998年1月,"大洋一号"船交由国家海洋局北海分局管理,专司中国大洋科学考察。

"大洋一号"船

为适应我国大洋科学考察发展的需要，2001年12月，"大洋一号"船驶进上海中华造船厂进行增改装。2002年12月，经过增改装的"大洋一号"船，成为世界一流的具备全球考察能力、装备现代化的科学考察船。2005年4月，"大洋一号"船从青岛起航执行我国首次环球科学考察任务。此次环球航次的实施，无疑对我国大洋资源勘察和深海科学研究以及深海技术的发展，有着划时代的战略意义。

2006年1月22日上午，我国"大洋一号"远洋科学考察船结束了历时297天的海上航程，圆满完成首次环球大洋科学考察任务，返回青岛。

青岛，"大洋一号"船的母亲港，曾承载了我国海洋科学史上的许多荣誉。这一天，各级领导和社会各界在青岛隆重欢迎"大洋一号"船凯旋，当时距我国传统节日春节仅有6天。

春节到了，当喜悦、自豪与欢乐、祝福交织在一起时，时间随即凝固为无数个瞬间。正是这些瞬间告诉我们，"大洋一号"船未来的航程将更加漫长。

中国第一艘载人潜水器横空出世

用5年左右时间,采用多种高新技术、新材料和新工艺,我国成功研制了拥有自主知识产权的7000米载人潜水器,其总体技术指标达到国际领先水平,满足我国海洋开发及大洋矿产资源调查的需要,使我国深海运载技术进入世界先进行列。第一艘载人潜水器将在21世纪我国研究开发国际海底资源的伟大事业中发挥不可替代的作用。

载人潜水器研制的立项前后

我国载人潜水器这一国家"863"重大专项是如何立项的呢？这期间经过了哪些波折呢？在立项前后又都发生了些什么故事？

"和谐"号载人潜水器1000米级海试时，时任总设计师的徐芑南研究员已74岁高龄，他曾是中国船舶重工集团公司第七〇二研究所（简称"702所"）研究员。

自1958年大学毕业分配到702所后，徐芑南一直从事舰船结构力学研究和潜水器设计制造研发工作。他作为学科带头人，创建了一系列深海模拟压力筒，创造了一套在高水压下耐压结构应力应变的检测手段，这些基础性的研究为我国的潜艇和潜水器设计提供了试验条件。30年来，他作为总设计师，成功研制了我国第一套单人常压潜水装备QSZ-1与QSZ-2型潜水器，我国第一台大功率作业型有缆水下机器人8A4；他参与了我国第一台6000米水深无缆自制水下机器人CR-01的研制；他作为副总设计师，研制了1000米无缆水下机器人"探索者"号。这几项研究成果既填补了国内的空白，同时也达到了当时国际先进水平，为此他多次获得国家科技进步奖，并受到国家"863"计划专家组通令嘉奖。

2000年，我国正处于第十个"五年计划"筹划时期。由于国内国民经济持续发展及国际"蓝色圈地运动"的加剧，国内有关海洋潜水和海洋工程方面的专家提出自行研制载人潜水器的科研设想，目标直指当前世界上最先进的载人潜水器，下潜深度目标设定为7000米。经过反复论证，这一项目2002年获得科技部立项。此时，徐芑南已退休多年。

徐芑南具有潜水器研制的丰富知识、经验和认真负责的工作作风，是该项目总设计师的最佳人选。项目一经立项，702所便通知他，希望他能参与这个项目。虽然徐芑南研究员已退休，身体健康状况也不好，但是他清楚这是能显示国家实力的项目，作为一名共产党员，报效祖国义不容辞。他欣然受命,担任该项目的总设计师,并立即投入工作。根据课题的实际需要,他组织了全国的优势力量,联合攻克技术难关,一步一个脚印地开始了我国载人潜水器的研制工作。

实际上,徐芑南自1979年就开始参与我国深海潜水装备和潜水器的前期研制工作。在20世纪七八十年代,世界各发达国家把石油开发的关注点纷纷从陆地向海上转移。在这样的国际海洋形势下,中国海洋工程学会成立大会在大连召开。徐芑南参加了这次成立大会。此次大会关注的热点学术问题之一,便是潜水与深潜技术如何为海洋石油开发服务。会上专家们重点讨论了如何解决我国海洋钻井的潜水装备问题。也正是这次大会,使得徐芑南开始把目光从潜艇结构研究逐步转向深海潜水装备研究。

我国载人潜水器的研制是在何种情况下提出的呢?

徐芑南介绍道:"人们都知道,世界上海洋最深的海域是马里亚纳海沟,深度超过1万米,而世界海洋的平均深度只有3000多米。如果单纯地把目标定为越深越好,将不具有实际应用价值。从目前世界大洋科学考察资料来看,大洋海底资源有很大一部分分布在深度为3000~4500米的洋底,这些资源具有很大的应用价值,这是大洋科考的发现。正是这些发现,加剧了20世纪七八十年代开始的世界油气开发从陆地转移到海上的格局。我国载人潜水器提出研制时距中国海洋工程学会成立已过去了十多年的时间。

正是经过这十几年的努力,在我国潜水装备研制技术趋于成熟的条件下,国内各研制单位的专家们才萌生了一个愿望:中国应该拥有自主研发的载人潜水器!这是未来建设海洋强国,中国走向深海大洋的需要。当时,这种愿望得到了许多专家的认同,而且随着国际海洋形势的发展这种愿望日益强烈。

1992年,以702所为主,国内有关科研单位的多位院士和专家一起开始论证研制我国载人潜水器的必要性和可行性,之后,向当时的国家科委申报国家"863"重大研究专项。

可是几年过去了,申请一直未获批准。因为当时有两种意见,持否定意见的专家认为:此项研究技术难度大、投资大、风险大,实际应用面又窄,建议往后放一放。但从事深潜作业的海洋专家们坚持认为:中国应该尽早拥有自己的载人潜水器。其理由是,随着国际大洋事务的快速发展,海底锰结核、富钴结壳、热液硫化物、可燃冰和海底极端环境下的生命现象等被陆续发现,世界各国对这些国际海域资源的高关注度,已极大地推动和加剧了大洋国际海域的圈地运动——"蓝色圈地运动",而中国在"蓝色圈地活动"中起步较晚的实际情况,让我们面临着巨大的挑战和压力。

正是如此,随着上述形势的继续发展,国内对载人潜水器研制的呼声日渐增高。

2000年1月,中国大洋协会组织来自全国海洋地质、海洋矿物资源、海洋生物资源、军事海洋科学等领域的院士、专家进行深海运载技术需求论证;2001年1月,中国工程院组织深海载人运载器有关的院士及综合部门领导召开了座谈会,探讨我国发展深海运载技术的问题,对研制我国载人潜水器的定位进行了需求与应用的论证,并对载人潜水器关键技术、国内技术能力及应用等问题进行了综合评估。

2001年6月,时任科技部部长徐冠华亲临702所考察,讨论了载人潜水器的相关问题。当时徐冠华部长面对的仍然是两种意见:支持者认为技术虽然有难度,但国家需要,中国大洋事业需要,应该搞,一定要搞;持异议者认为:技术难度大、投资大、国内深潜技术不成熟,不能操之过急,可以往后放一放,等技术进一步成熟了再搞。

徐冠华部长考察后,经过充分分析评价认为:我国载人潜水器的研制工作应该上马。2001年下半年,载人潜水器研制开始进入国家"863"重大专项申报程序,2002年6月正式获科技部批准立项。

载人潜水器研制成功

7000米载人潜水器的设计下潜作业深度为7000米,其主要使命是:

(1)运载科学家和工程技术专业人员进入深海,在海山区、大洋洋中脊、海底盆地平原和热液喷口等复杂海底地形中进行科学探测;执行海洋地质、海洋地球物理、海洋地球化学、深海环境和海洋生物等科学考察。

(2)实施对多金属结核、钴结壳、硫化物、可燃冰等开展深海资源勘查,测量钴结壳矿床的覆盖率和厚度,并能利用深海钻机进行钻取芯样等作业。

(3)进行热液喷口温度测量,采集热液喷口周围海水样品,并能保真储存采集的样本。

(4)有效地完成上述环境内沉积物、浮游生物、吸附在岩石上的生物和微生物的定点采样。

(5)可执行水下设备(包括换能器、声信标及采样器等)定点布放,执行海底电缆和管道的检测任务,完成其他深海搜索及打捞等各种高难度作业。

7000米载人潜水器立项之初,我国曾经研制过的载人潜水器设计下潜作业深度最深只有600米。从600米一步跨到7000米是一个非常大的技术跨越。按照科学惯例,一般要先搞一个2000~3000米级的中间艇,再搞大深度的。日本即采用这样的技术途径。但这样周期很长,经费很高。采取跨越式发展是我们追赶国际先进水平的惯用方式,但要实现跨越,需要克服的困难就比走常规的技术途径要多很多。因此,在7000米载人潜水器研制过程中,我们需要解决的技术难点是相当多的。有些在

载人潜水器下潜上浮试验

陆上是相当成熟的技术,如液压系统中的电机、泵、阀门之类,一旦到了水下不仅要求体积小、重量轻,还要耐高压、耐海水腐蚀,技术细节问题的处理就变得十分困难……

经过多方攻坚,7000米载人潜水器所涉及的各项关键技术难关基本被突破,所研制的设备通过了实验室内大深度压力考核和功能考核。2007年8月底,潜水器的组装工作完成,9月1日开始进行水池试验测试,完成测试和改进后将到海上进行海试。

中国第一艘7000米载人潜水器

除了完成7000米载人潜水器研制外,本项目也非常注重对相关海洋高技术的研究,安排了不少研究项目。如:复杂非线性深海环境下深海载人潜水器空间运动水动力特性研究,复杂深海环境下载人潜水器运动与作业综合仿真研究,载人潜水器的功能模块化和结构分块化的总布置及性能优化技术研究,载人潜水器的作业系统与运载器本体的集成技术研究,钛合金耐压球壳的超塑成型加工工艺研究,钛合金复杂结构的焊接工艺研究,新型复合材料轻外壳和稳定翼的抗冲击、磨损、海水侵蚀和加强技术研究,超高压海水环境下的结构密封和压力补偿技术研究,可加工的深海浮力材料研究,深海水密接插件技术研究,基于视觉的定位及识别技术研究,深海圆柱水声换能器技术研究等。这些研究均取得不同程度的进展,对全面发展我国的海洋高技术具有重要的推动作用。

7000米载人潜水器项目对我国深海技术的推动作用应该说是巨大的,让我们真正体验了大深度载人潜水器的设计和集成技术难度。对于潜水器来说,无论是载人的还是无人的,最核心的技术实际上是总体设计和集成技术。国外很多潜水器设计制作公司主要把设计和集成技术当做他们的技术秘密。7000米载人潜水器是我国自己设计的,主要关键设备的研制采用了与国外合作的运作方式。通过对7000米载人潜水器项目中引进设备的安装、调试和测试实验,我们基本上掌握了这些设备(如水下电机、水下推进系统、液压源、高压海水泵等)的设计技术,对一些关键技术我们安排了配套国产化研究,并取得了重要进展。如果能够继续获得大深度载人潜水器的国产化的支持,则我国能够实现真正意义上的海洋高技术的突破。可以说,通过7000米载人潜水器项目的实施,我国在海洋高技术领域里实现了很大的跨越,为使我国真正成为一个海洋高技术强国奠定了良好的基础。

7000米载人潜水器的研制成功,标志着我国已进入深海高技术先进国家的行列。西方有些发达国家认为我们的技术落后,对我国进行技术封锁;可是一旦他们认为我们的技术已经与他们旗鼓相当了,他们便开放得多,甚至会主动地提出要与我们合作,这就是现实。高技术就像是钢化玻璃,看似牢固,一旦你把它敲破了,瞬间便开裂了。我们在7000米载人潜水器项目研制过程中已经感受到这一特点。在项目研制初期,向外国公司订货是十分困难的,要经过对方政府多个部门的层层审查。与外国公司签订的协议往往也是不平等的,凡是他国公司违约的事件,一旦发生,人家概不肯承担责任;与之相反,一旦我们没有按合同要求执行,便要承担一切约定的后果。

7000米载人潜水器在我国是一个具有标志性意义的项目，其重要意义不仅仅在于我们成功研制出一台具有国际上最大下潜深度能力的作业级潜水器，更重要的是我们培养锻炼了一支了解国际深海高技术前沿的技术队伍。这一支队伍对进一步推进我国海洋高技术的发展具有十分重要的意义。未来的竞争是高技术的竞争，而其关键是人才的竞争。拥有一支高水平的海洋高技术研发队伍，对我国在海洋高技术领域的竞争意义十分重大。

　　深海载人潜水器技术涉及冶金、机械加工、船舶制造、水下定位、水下通讯、材料、电子电力、自动控制等多个技术领域，代表着深海高技术领域的前沿。深海载人潜水器技术的发展，必将推动深海矿产资源研究、海洋与地球科学研究、生命科学研究、生物基因应用研究乃至军工技术的大发展，促进我国高科技新兴产业的形成。同时也将对我国多个领域工程技术的发展起到积极的带动、辐射和示范作用。

载人潜水器研制人员与潜水器第一次合影

潜龙在渊

2007年8月底,7000米载人潜水器已组装完成,9月1日将离开组装车间,进入水池进行海试前调试。

9月1日上午9:00,7000米潜水器被拖出组装车间的大门,这是潜水器第一次见阳光,第一次与众人见面。这时的潜水器因技术方面的要求,艏部还罩着淡蓝色的头罩,就像是戴着神秘的面纱,反而更加引人注目。

大家都沉浸在喜悦之中。因为7000米载人潜水器的组装完成,标志着我国大洋海洋科学考察向前迈出一大步,这即将实现中华民族大洋科考工作历史性的突破,具有里程碑式的意义。潜水器"出阁"的这一瞬间被影像定格。

9:30,潜水器被拖到702所大院内的广场上,将被运到数公里之外的实验水池。下午1:30,潜水器在三辆警车的护送下,缓缓地被运往实验水池。此时无声胜有声,这似乎印证了鲁迅先生的一句话:于无声处听惊雷!

潜水器第一次出车间

在潜水器吊装期间,中国船舶重工集团公司第七〇一研究所(简称"701所")项目组向中国大洋协会办公室主任张利民汇报了整个潜水器的组装情况及有关的技术工作。参加此次汇报会的有:张利民、701所副所长崔维成、702所研究员徐芑南、702所科技处侯德永和国家海洋局北海分局潜航员管理办公室主任吉国等。会上,尽管技术人员发言的语气是平淡的,但却令人兴奋。尽管汇报的数据是枯燥的,却令人向往。因为这毕竟是中国研制的第一艘深海载人潜水器。

汇报结束时,有人提出,潜水器已经组装完成,就像一个初生的婴儿一样,它已来到了人间,不能老是沿用研制时的代号,尽管这个代号①是一个响亮的名称,可它实在是太长了,且没有延伸寓意,是否应该有个名字?名正才能言顺嘛。

这一问题一经提及,会场的气氛一下子异常安静下来,大家的目光集中到张利民主任和徐芑南研究员身上。片刻安静后,会场开始活跃起来。大家你一言,我一语,有人说:"我国登月工程航天器命名为'嫦娥',与其对应,潜海工程潜水器叫'精卫'也不错嘛!嫦娥奔月、精卫填海是我国历史上非常著名的两个神话传说,代表了我们祖先的愿望。传说中的精卫填海,今天,我们的'精卫'潜海。"听着大家的意见,张利民主任说:"潜水器是该有个名字。但各方人士说法很多,而命名又是要经过报批的。不过潜水器既然已出世了,为便于大家称呼,我看给它起个小名,先叫着吧。如叫'精卫'我看气魄小了,我国极地考察船名字叫'雪龙',大洋船上的ROV叫'海龙',潜水器应该叫'蛟龙'。"

这时有人说道:"是否叫'潜龙'?这与我国五千年的文化一脉相承。"

"潜龙!"大家表示赞同。张利民主任继续说道:"那,潜水器的小名就叫'潜龙',如果各级都认可,那以后再报批。"

---

① 即指7000米载人潜水器。

无锡的8月天气十分闷热。特别是临近中午,你只要步行一公里路就会汗流浃背。大家不禁有些担心"出阁"整个过程是否会一切顺利。因为如果天气依然这样热,不仅是工程技术人员,就连参加吊运的工人师傅们也要跟着一起吃苦。谁知,就在31日夜里,无锡突然下了一场大雨。9月1日,清晨天气竟是阴间多云。一夜间气温一下子降了有七八度,薄云飘浮在天空遮住太阳,轻风袭袭,凉爽怡人。吊运工人们从早上7:30就进入了现场,开始做吊运的各项准备工作,一切都按计划顺利进行。9:30当潜水器被拖到广场上后,不知为什么,天空中开始不断有闪电划过,但没有雷鸣,没有落雨。此时,会议室里汇报一直在持续,直至张利民主任提议为潜水器取名"潜龙一号"时,天空中闪电依然不断,而雨却一直没有下。后来听人说,那天上午的大雨全下在了苏州,并未光临无锡。这也许是老天关照,让大家工作一切顺利吧。

下午2:00,"潜龙一号"(后来被正式命名为"和谐"号)被运到了一个山坳中。在山坳的水池车间,由于车间的行车出现了一点小问题,延误了吊卸。直至下午5:00,吊卸工作仍未结束。结束时,所有的人都感到疲劳,因为大家一直站在旁边。

天作之合

9月2日,"潜龙一号"被安全地吊放在试验水池旁,安静地等待着工程技术人员对它进行全面调试。

9月3日,天空继续下着雨。上午9:00,一辆深蓝色的商务车悄无声息地驶离了无锡山明水秀大饭店。雨越下越大,此时,不会有人知道,在大雨飘洒的沪宁高速路上,这辆车正运送两名潜航学员付文韬、唐嘉陵去上海接受试验母船水上支持系统技术培训和"蛙人"①潜水培训。一路无言,此行对他俩来说,任务依然重大。

此时,"向阳红09"船正在中海工业立丰船厂(简称"立丰船厂")进行深潜试验母船增改装的紧张施工。前一天,张利民主任已提前来厂检查了"向阳红09"船增改装工程的进展情况。因此,船上的人已知道了潜水器的小名叫"潜龙",大家为"潜龙一号"组装完成而高兴。有人打趣道:"'潜龙',如果南方人讲话发音不标准,不是叫成'乾隆'了吗?"听了这话,大家齐声笑着说:"好!'向阳红'与'潜龙'('乾隆'),'09'与'一号'正是天作之合。"

30年前建造的"向阳红09"船与今天的"潜龙"相逢在中国大洋科学考察历史进程的特殊时刻,这是巧合,还是天意?

第十六次会议的定夺

就在"潜龙一号""出阁"后进行水池调试期间,2007年9月20日,中国大洋协会"7000米载人潜水器总课题组第十六次会议"在无锡召开。总课题组成员、子课题负责人和项目监理等有关人员参加了会议。会议听取了7000米载人潜水器本体、水面支持系统、潜水器命名及重大专项宣传方案等方面的情况汇报,与会人员还参观了水池试验现场,并对"中俄国家年活动"与潜水器相关的事情进行了讨论。

这次会议肯定了业已取得的成绩。经过各有关单位广大科研人员的艰苦努力,我国7000米载人潜水器研制进入最后的攻坚阶段,潜水器本体已经完成组装和陆上联调,开始转入水池联调和试验阶段;水面支持系统和"向阳红09"船增改装进展顺利,即将转入船舶试验阶段。会议还讨论了潜水器本体和水面支持系统两个总师组提出的后续工作计划,明确了有关技

---

① "蛙人"指在潜水器下放和回收时,需要提前乘橡皮艇下到海面,协助船上进行收放作业的人。

术问题（比如：纵倾调节、可调压载、测深侧扫声呐、传感器连接等）的解决方案和解决时限；同时对项目监理的有关报告也提出了具体的要求。

潜水器要下海就需要母船的配合，因此会议进一步强调了"向阳红09"船对综合试航的重要性，综合试航不仅是对水面支持系统和相关设备的试验，更是7000米载人潜水器项目在开展海试前的培训和演练，这是一个重要的准备阶段。

会议决定由701所牵头负责提出海试技术方案，提出综合试航的大纲；由北海分局负责海试母船的相关准备工作。同时，会议还确定了上述准备工作的时间节点，拟在2009年11月底以前提出综合试航大纲，并计划在年底以前完成载人潜水器的近海综合试航工作。

参会各方认为，应充分利用载人潜水器水池联调、试验和浅海试验时机，尽可能为潜航学员提供更多的观摩和实践机会，继续做好潜航员培训。同时有人还提出，考虑到潜水器技术的复杂性以及深海试验的特殊性，在深海试验时，潜水器操作者应以研发人员为宜。

会上，中国大洋协会办公室进一步强调了统一宣传口径的重要性和必要性，再次明确宣传工作须统一归口。

对于即将进行海试的潜水器来说，第十六次会议是一个重要的会议，标志着陆地上的潜水器即将下海试验，潜水器将在大海中经受实践的考验。可是，这毕竟是中国第一台载人潜水器，与潜航员培训一样，很多事情我们都是"摸着石头过河"。一次重要的会议解决了不少问题，但是对于一个大系统工程来说，日后我们还会遇到很多想象不到的问题和困难。

母船　母船

"向阳红09"船是我国自行设计、自行建造的4500吨级远洋科学考察船,1978年建成并投入使用。它完成了我国中近海数十次重大海洋调查和重大国际合作调查任务,可谓功勋卓著。

2006年,国家海洋局决定重铸"向阳红09"船金身,将其增改装为我国大洋科学考察深潜试验母船。广大科技工作者经过十个多月的艰苦奋战,终于在2007年11月完成了"向阳红09"船增改装工程。

"向阳红09"船增改装工程启动

在潜水器本体研制工作全面开始后,水面支持系统随之也被提上了日程。

21世纪之初,正是国际海上航运和造船业最为兴盛的时期。由于国际造船市场订单饱和,没有可能安排建造新的支持母船。因此,自2005年起,中国大洋协会办公室开始组织701所及有关单位专家,在国内选船将其增改装为载人潜水器海试母船。此项工作引起了国家海洋局内外各相关有船单位的关注。经过多方考察、调研和比较,最终国家海洋局北海分局所属的"向阳红09"远洋科学考察船因优质的船舶管理和良好的维修保养而得到了专家们的认可。2006年6月22日,国家海洋局批准了"向阳红09"船增改装工程立项。

国家海洋局十分重视"向阳红09"船的增改装工程,将其列入2007年必须完成的十大任务之一,要求"严密组织,确保质量"。为了认真贯彻国家海洋局的决策,切实抓好增改装工程,北海分局成立了"向阳红09"试验母船增改装工程领导小组和驻厂工作小组,并明确了具体职责。

驻厂工作小组由北海分局装备技术处牵头,"向阳红09"船、中国海监第一支队、北海分局大洋调查设备技术管理中心等单位人员组成,负责增改装工程具体组织实施、质量监督管理等工作。在此基础上,为了有针对性地解决工程进展中出现的技术、组织、协调等问题,北海分局还及时邀请了中国海监总队、中国大洋协会办公室、701所等相关单位和部门的领导以及船厂领导、驻厂验船师和调查设备安装负责单位的领导召开了三次联席会议,确保了组织到位、协调到位、安全落实、监控有效。

功勋海洋科考船

"向阳红09"船被选定改装为我国深潜试验母船实为一件幸事,因为当时它是一艘已有近30年船龄的老船了。

"向阳红09"船是我国海洋科学考察史上海洋调查船第一次序列化——"向阳红"序列的一艘，是国家海洋局三艘功勋海洋科考船之一。

"向阳红09"船是我国自行设计、自行建造的4500吨级远洋科学考察船，1978年由上海沪东造船厂建造。该船编入"向阳红"序列建制近30年以来，完成了我国中近海数十次重大海洋调查任务，先后完成了世界气象组织"全球大气试验调查"、"中美东海联合调查"、"中日合作黑潮调查"、"中法长江口沉积调查"等重大国际合作调查任务，出访过日本、韩国、俄罗斯、朝鲜、美国。近30年的历程中，"向阳红09"船有过辉煌，也曾遭遇过"火烧战船"和"武装劫持"的劫难，这些为其传奇的历史蒙上了一层神秘的色彩。

"向阳红09"船于2006年9月完成增改装技术规格书的编制，11月20日完成船厂招标。在完成了航修和改造前的试验、试航和噪音、振动测试后，于2006年12月末起航，一路南下，驶进黄浦江，于12月24日停靠到上海立丰船厂码头，经过"安全交接"和调查设备、物品下船后，进入"施工阶段"。在立丰船厂及相关单位工程技术人员的共同努力下，终于在2007年11月底完成了"向阳红09"船增改装工程。此时潜水器本体研制的组装工程也已接近尾声。

这是一张"向阳红09"船增改装后第一次出航时所拍摄的照片。

黄浦江江心的"向阳红09"船，依然洁白如玉的船身，船头高昂，披挂整齐，俨然一付整装待发踏征程的雄姿。照片中，"向阳红09"船的左舷一侧是闻名于世的上海外滩，右舷一侧是上海浦东新区，而船艏的东方明珠直插云端，似一座高耸的灯塔在为"向阳红09"船扬帆导航。

这张照片是北海分局摄像师孟庆凌于"向阳红09"船增改装后第一次试航时拍摄的。这张看似普通的照片将是一个标志，记载着"向阳红09"船将再续30年的辉煌。

行驶在黄浦江上的"向阳红09"船

"向阳红09"海试母船交船

2007年11月28日,为打造大洋科考深潜探测平台,经过增改装的我国大洋科考海试母船"向阳红09"船交船仪式在上海立丰船厂举行。"向阳红09"船成功完成增改装工作,它实现了从远洋科学考察向支持深海调查的功能转变。"向阳红09"船增改装后,将以崭新的雄姿再度纵横中国海,驰骋太平洋。

国家海洋局副局长兼中国大洋协会理事长王飞、中国海监总队副总队长米国中、中国大洋协会办公室主任张利民、国家海洋局北海分局局长王志远、东海分局局长张惠荣、极地中心副主任袁绍宏、中国海洋报总编辑盖广生、中国海运(集团)公司副总裁林建清,以及中海工业公司、上海立丰船厂、701所、702所、中国船级社上海分社等单位和部门的领导出席了交船仪式。

交接仪式由国家海洋局北海分局副局长刘心成主持,王飞、王志远、林建清分别在交接仪式上讲话。

增改装后的"向阳红09"船在科考甲板机械上装备了用于载人潜水器投放和回收作业的艉部A型架、升降式轨道车、6000米电动地质绞车以及专门用于母船与潜水器间水声通信设备的2000米液压电缆绞车等;整修了浅地层剖面仪、声学多普勒海流剖面仪、温盐深剖面仪;加装了超短基线定位装置和若干水听设备;改装了干实验室、湿实验室;新增了潜水作业水声控制室、网络中心和现场指挥室以及监控和远程视频通讯设备等。

按照总体设计,增改装完成了艉部船体改造,对驾驶室、机舱集控室、相关舱室等进行了改造,完成了恢复性修理和特检修理。改造后,"向阳红09"船的安全性、适航性、调查作业能力和生活条件等得到了综合提升,基本具备了完成深潜海试任务的能力。

"向阳红09"船交船仪式

"向阳红09"船常青

2006年,中国海洋报与中央电视台"见证"栏目合作,拍摄了五集系列片《向阳红09》,并在中国中央电视台播出,揭开了"向阳红09"船近30年海洋科考被封存的秘密。第一次走进镜头的"向阳红09"船感动了摄制组,"见证"栏目编导郝蕴、记者尹玲、编导兼摄像郝亚非被它深深地吸引了。

尽管海洋离在陆地上生活的人很遥远,尽管这看似遥远的海显得神秘,但与海打交道的依然是人。他们敬佩这一群群闯海的男人,也敬佩30岁"高龄"的钢铁之躯"向阳红09"船。

就在"向阳红09"船在上海立丰船厂增改装工程完工出厂时,编导郝蕴女士应邀赴上海迎接"向阳红09"船出厂。回北京后,她难平心绪,在《中国海洋报》撰文《又见"向阳红09"》,表达了对"向阳红09"船的另一种情感。她以一个女人的眼光审视"向阳红09"船,以一个女人的心气忘情地阅读"向阳红09"船。她对这艘老船过去的辉煌与传奇由衷地赞美与敬仰,同时也无奈地感叹"向阳红09"船老去了。

是啊!在一般人眼中,"向阳红09"船是老了,而在海洋人心中"向阳红09"船未老,在对"向阳红09"船有着万千情结的海洋人心中"向阳红09"常青!

2006年12月21日,"向阳红09"船从青岛起航,24日抵达上海。这时"向阳红09"船刚刚度过28周岁生日。12月26日,"向阳红09"船正式被推上开工改造的"手术台"。正是从这一天开始,"向阳红09"船再一次经历了11个月漫长的剧痛之旅……

"向阳红09"船能经住这次剧痛吗?它能从"手术台"上顽强地走下来,并扬帆起航,纵横中国海,驰骋太平洋吗?有人怀疑,有人担心。人们不仅怀疑"向阳红09"船自身状况,还担心名声不大的上海立丰船厂。就在"向阳红09"船的内脏——主、辅机被全部掏空,陈旧设备被拆除,船艉部和部分舱室被肢解之时,中国大洋协会办公室主任张利民、时任北海分局副局长滕征光同时来到"向阳红09"船。他们看到的是全船一片狼藉,钢板锈迹斑斑。经过对各个部位的仔细察看,张利民主任试探性地问滕征光副局长:"老滕,你看情况怎么样?"滕征光副局长没有马上回答。回到上海立丰船厂会议室,张利民主任再次问起时,滕征光副局长想了想说:"不会有太大的问题。"接着他半开玩笑地说:"'向阳红09'船经得起折腾,它会不负众望的。"张利民主任说:"我确实有点担心,不过今天看了比预想的要好。"

担心的何止是他们两位,还有北海分局和国家海洋局领导。领导之间不多的对话,给在场的北海分局装备处处长王道顺心头又重重地压上了一块沉铁。正是为此,11个月里他和处里同志20多次跑到厂里,登船处理、协调各种繁杂的问题。他多次说:"不这样不行啊。'向阳红09'船增改装对于大洋深潜试验是'成也萧何,败也萧何'。"

两个月,该拆的拆了,该割的割了,改船比造船不仅麻烦得多,还有许多不可预见的技术难题需要解决。

"向阳红09"船的可调桨系统是20世纪80年代初我国引进国外技术制造的,并于1985年首次安装在国内舰船上。由于系统原有的部分缺陷和近30年的使用老化,它是本次恢复性修理的重点项目之一。

8月的苏州,天气异常闷热。此时可调桨①已拆运回原生产厂家苏州船用辅机厂,当年曾参加过首次制造和安装可调桨的几位老技术人员被召回到厂里。他们中年龄最大的已70多岁,最小的也已退休了。他们说:"这是我们工厂的第一部可调桨,我们这几个老人最熟悉这套系统,'向阳红09'船是一艘有功劳的船,能再为'向阳红09'船做点事,出点力,我们感到高兴。"或许是当年的印象太深了,至今他们仍十分清楚地记得,哪一个部件安

---

① 可调桨,即可调螺距螺旋桨,是在主机和轴系转速、转向不变的情况下,通过转动桨叶,改变螺距角,改变推力大小和方向,使船舶前进、后退、停止和变速的一套机构。

装在哪一个位置,哪一部分是如何调试的。他们甚至能记得某一特殊部件的特殊编号。他们熟悉自己的特殊产品(那个年代只有不多的船安装可调桨)就像熟悉自己的孩子一样,尽管它远游多年,还是那么亲切。他们说:"前段时间,我们看到了中央电视台播出的《向阳红09》专题片,真为'向阳红09'船高兴。"72岁高龄的王工说:"这辈子能为'向阳红09'船干点事是我的荣幸。'向阳红09'船有功,今天又要被改造成我国大洋深潜试验母船,我老了,可'向阳红09'船却常青。"

是啊,"向阳红09"船今天的青春之美,正是中国海洋事业的青春之美。

大海无垠,一片蔚蓝,托起了钢铁"向阳红09"船,也托起了中国海洋科考事业的未来。

"向阳红09"船续写辉煌

除载人潜水器本体之外,"向阳红09"试验母船的增改装在我国也是第一次,因此它也是专家们高度关注的难点问题。经过1000米级海试的检验,10个月后,2010年5月22日,701所与北海分局共同承担的"载人潜水器水面支持系统子课题——'向阳红09'船改工程"专家验收会在青岛黄海饭店举行。说到"向阳红09"船从最初选船到整个增改装过程,了解详情的人都知道,有一个人功不可没,他就是时任北海分局装备技术处处长王道顺。王道顺自2000年5月任处长后,为此做出了许多艰辛的努力,增改装"向阳红09"船应该说是他任处长期间最为精彩的一笔,也是最值得称道的一笔。在这次验收会上,他向与会专家们汇报道:

"7000米载人潜水器水面支持系统"是"十五"国家"863"计划"7000米载人潜水器"重大专项的组成部分。水面支持系统是一个综合性、多功能的系统,是载人潜水器海上安全作业的活动基地和指挥中心,能够为载人潜水器的海上试验和作业提供可靠保障。

"7000米载人潜水器水面支持系统"研制子课题由中国大洋协会立项,701所和北海分局共同承担。该子课题包括四个专题,其中"向阳红09"船增改装工程专题由国家海洋局北海分局承担。

试验母船增改装工程专题包括布放回收系统、四项辅助设施及超短基线的安装。同时为提升海试母船的居住和生活环境,更换了为确保船舶安全所需的部分通导设备、电力保障设备,更新了全船网络系统,重点加强对主推进动力装置的改造和修理,使船舶在满足7000米载人潜水器海试需求的同时,船舶总体性能也得到了恢复和提升。

"向阳红09"船于2006年12月进上海立丰船厂进行增改装。本次改造完成主要工程项目398项,其中:尾部甲板改造工程(包括尾部分段建造、A型架和辅助设施的安装等)12项,生活区改造工程17项,轮机和电气改造工程8项,通信导航改造工程9项;为改善日常生活需求改造工程3项;根据公约和规范最新要求改造工程3项,坞内工程54项,恢复性修理工程292项。"向阳红09"船增改装工程专题于2007年11月30日完成交付验收。

增改装后的"向阳红09"船在具备了7000米载人潜水器收放和支持能力的同时,船舶的技术性能、海上作业能力、动力装置、安全设施、船容船貌和生活条件等都得到了综合提升,达到了增改装和恢复性修理的预期目的。增装改使"向阳红09"船这样一艘20世纪70年代末期服役的船舶,跃升为能满足7000米载人潜水器海试需求并能胜任现代海洋调查要求的海洋调查和潜水器海试母船。

按照中国大洋协会的要求,2006年1月10—12日北海分局与701所项目组相关人员,共同对"向阳红09"船的总体布置、电力系统、空调系统等技术状态进行了详细的摸底,并根据多年来的使用经验、研究论证,为可行性报告的形成打下了基础。围绕试验母船的需求,相关人员制定了《"向阳红09"船作为深潜试验母船船舶部分改装方案》,提交设计单位。2006年3月30日,中国大洋协会办公室在武汉主持召开了7000米水面支持系统试验母船改装方案论证会,会上有关船舶部分的改装方案得到了专家组的认可。

为确定改装前的船舶稳性状态和为改装设计提供船舶重量、重心数据,2006年4月16日项目组在青岛组织实施了改装前倾斜试验。在船舶离开青岛航行至上海改装的途中,北海分局组织中国科学院声学研究所、江南造船厂测试中心等单位,对船舶振动、噪声、航速等进行了测试试验。这就对"向阳红09"船改装前技术状态有了更全面的掌握。

为满足7000米级海试的要求,本次增改装工程在尾部安装了潜水器布放回收系统和四项辅助设施;船舶部分改造为满足尾部船体承载A型架的需求,在9号肋位后新造一个尾部分段;为满足7000米级海试的需求,着重提高了通信导航能力和船舶电站容量;为综合提升科学家和船员的生活条件和工作环境,为高级房间增加了卫生间,对全船舱室和走道进行了装修,对全船住舱家具和水密舷窗进行了更换;为使改装后的"向阳红09"船能够同时兼顾大洋调查任务,对全船实验室按照功能进行了重新布局和内部装修,更换了设备,并为以后ROV的增装预留了空间。

2007年10月8日开始系泊试验,至11月12日结束,历时35天,共完成试验项目105项,一次报验通过率85%;11月15日开始航行试验,至11月17日结束;2008年1月在青岛近海完成专项海试。

"向阳红09"船增改装工程所有工程项目经厂检、中国船级社上海分社现场检验,符合法规及相关行业标准,取得了中国船级社签发的法定检验证书和相关船舶检验证书。

中国式潜航员培训

潜航员培训的目标是使潜航学员掌握载人潜水器的操作规程,熟悉相关系统的组成、工作原理、设计特点和彼此之间的联系等,会诊断和处理潜水器各个系统的一般故障,能进行简单设备的更换等。

国家海洋局北海分局潜航员管理办公室负责潜航员的日常管理,702所承担潜航员的业务培训,参与培训的还有701所、上海交通大学、中国船舶重工集团第七五〇试验场(简称"750试验场")、浙江大学等单位。

潜航员选拔与培训前后

潜水器最大的长处是潜水舱是密封抗压的,其内部通常处于常温、常压环境。潜水器在海水中是低速运行,随着下潜深度的变化,承载巨大压力的是潜水器舱体,对舱内人的生理、病理影响不会太大。潜水器进入深海,便进入了一个暗无天日的世界,周围漆黑一团。与此同时,随着潜水器下潜深度的增加,潜水器本体所承受的压力会变得越来越大;而深海洋流时刻都在影响和左右着潜水器,巨大的压力和复杂未知的海底随时随地都在威胁着潜水器的安全。在这种情况下,在海面上的母船却无能为力,只能顺其自然。这时完全要靠潜航员自己操纵潜水器,依靠仪器设备来掌控和保持潜水器姿态。在潜水器的舱体内,潜航员面对所有的意外和风险都需要自行处置。这时,潜航员便成为至关重要的一环。

潜航员这一职业在我国没有先例,我国没有这一工作的专业技术岗位和专业技能标准。因此,潜航学员选拔出来后,在培训他们时,"三无"问题——无资料、无标准、无教学课程体系便成为最大的难题。也就是说,在我国目前尚无任何可供参考和借鉴的经验时,我们只能"摸着石头过海",趟出一条新路来。

我国第一批选拔的两名潜航学员付文韬、唐嘉陵是幸运的。说幸运是因为他们被选出时,我国第一艘载人潜水器刚刚进入组装阶段,他们随即被送去了702所,直接参与潜水器研制小组的工作。他们一边学习,一边与研制人员一起工作,这无疑是一个绝好的实践学习机会。

潜航学员选拔出来后由702所负责培训,他们结合我国潜水器的研制特点和研制过程中科研人员的实践体会与积累的经验,结合潜航学员应该掌握的基本知识和技能,编写了培训的教材。经系统审定后,开始对潜航学员进行培训。

培训工作一开始就要制定潜航学员的培训细则,经过几次专家评审,培训从潜水器总体、水面支持系统、潜航学员心理和体能训练、轻装备潜水几个方面入手。培训内容包括：海洋基础理论、潜水器操作与维护、模拟器操控训练、水池试验测试、潜水实训等。此外，还有一项重要的培训内容是体能和心理的训练。

702所潜航员培训项目组朱渝业高级工程师介绍道："在对潜航学员进行上述内容严格培训的同时，我们还增加了一项重要的培训内容，这就是理想、事业心、责任心和民族自信心的培养。"朱渝业接着说道："这项工作从潜航员选拔时就给予了高度的重视。潜航学员是公开选拔的，他们年龄小，此前对深潜没有任何了解，思想道德教育尤为重要。潜航学员一定要具有高度的事业心、责任心和奉献精神，尤其是作为我国第一批仅有的两名潜航学员，这不仅是其个人的荣誉，更承载着中华民族深潜事业的希望和未来。"

朱渝业还介绍说："这两名潜航学员是与第一艘载人潜水器一起成长起来的。我们对他们的培训采取全开放式，在培训过程中，他们与研制小组的人员一起工作和生活，全程参与了第一艘载人潜水器的组装工作。因此，两名潜航学员与潜水器及其研制小组的人员结下了深厚的感情。今年'五一'节，研制小组的一名年轻的科研人员结婚，潜航学员唐嘉陵被盛情邀请当伴郎；这时他已经结束了陆上培训回到青岛，但他仍然愉快地接受了邀请，如约从青岛专程赶往无锡参加婚礼。"

说到生活方面的问题时，朱渝业介绍说："在饮食方面，702所为他们单独开小灶，安排了专门的营养师和厨师，每天按照营养标准配餐。同时规定，禁止两名潜航学员随意在外用餐，禁止饮酒和吸烟，要求他们严格遵守作息时间，严格执行外出请、销假制度，按时进行体能训练和心理自测。"

我国第一批深潜学员

他们俩是我国第一批公开招聘选拔的潜航学员，也是我国第一批自行培训的潜航学员。

付文韬，湖南岳阳人，汉族，1982年12月19日出生。1989年，付文韬就读于岳阳市岳阳楼区城郊小学；1995年，进入岳阳市岳阳楼区五里中学读初中；1998年，进入岳阳市岳阳县第一中学读高中；2001年，考入兰州理工大学；2005年，本科毕业。

付文韬出生在农村，父母都是农民。家里有姊妹4人，他上面有两个姐姐，均已成家；下面还有一个妹妹，就读于湖南农业大学。

付文韬介绍说："从小父母就希望我能够好好读书，从我的名字'文韬'二字就可以看出来。家里为了我们能够接受好的教育，在我5岁时就举家从农村迁到了岳阳市里。父母起初从事汽车运输业务，后来因为经营不善亏了本，之后只好做些小生意来养家糊口。在我考入大学前，家里的经济状况一直不好，可以说是举步维艰；我的两个姐姐正是因为家庭经济原因，虽然学习成绩都挺好，但只念完了高中就辍学了，后来早早地嫁了人。我能上大学是得到了两个姐姐的帮助。"

受到家庭的影响，付文韬从读小学起就在空余时间帮助家里干农活，尽力做些力所能及的事，这些在一定程度上培养了他吃苦耐劳的品质。正是因为亲身感受到了农村生活的艰难，付文韬较早就产生了要努力奋斗以改善家庭状况的想法。

艰苦的生活经历，使他较早成熟。他爱好广泛，喜欢打篮球，曾被选进中学篮球校队。他还喜欢下象棋，在他家附近的下棋圈子里小有名气。除此之外，他还喜欢看武侠小说，金庸、古龙、梁羽生的小说他都能如数家珍。除了这些，他还时常打台球、游泳，还喜欢收集钱币。

他考入省重点中学岳阳县一中读高中后，玩的时间少了，学习更辛苦了。尽管如此，在这期间他又喜欢上了健身，因为他感觉自己身材不是很好，希望能通过锻炼来弥补。他说："这从一个侧面反映了自己有喜欢追求完美的性格。"

2001年，他被兰州理工大学的通信工程专业录取，在离家较远的兰州度过了四年的大学生涯。

2005年大学毕业后,他没有留在兰州工作,而是去了深圳。其原因是姐姐已在深圳工作,姐弟可以相互照顾。一年后他感到自己发展得不理想,便又开始闯荡杭州,一边工作一边复习准备考研。这期间他开始寻求经济上的自立,各种各样的兼职他做了10来种。2006年底,他在网上看到国家海洋局在全国公开选拔我国第一批潜航学员的消息,便报了名。他参加了潜航员选拔,最后顺利通过了筛选。2007年2月5日,他来到青岛国家海洋局北海分局报到,正式成为了一名海洋工作者。

唐嘉陵,四川省遂宁市人,汉族,1984年4月20日出生在一个普普通通的工人家庭。父亲是一名纺织厂技工,兄弟姐妹4人;母亲是一名百货公司售货员,有三个妹妹。唐嘉陵虽然是独生子,却生长在这样一个大家庭里。作为这个大家庭里的长孙或长外孙,他从小就养成了沉着稳重的性格。

1991—1997年,唐嘉陵在家乡遂宁市盐市街小学度过了六年的小学时光,并以优异成绩顺利升入遂宁市第二中学。当谈及童年的时候,他有些腼腆地说:"小时候我就有着和别人不太一样的兴趣,喜欢拆装各种东西,热衷于摆弄车模、船模和各种仿真玩具,并执著于DIY(自己动手制作),这种兴趣一直陪伴我到现在。这使我从小就对各种仪器、设备的操作及维护很感兴趣。"

1997—2003年,唐嘉陵在遂宁市第二中学度过了他的六年中学时光。遂宁市第二中学是国家级重点中学,这里成为他走向成熟的起点。

2003年,唐嘉陵通过了高考,顺利考取了他理想中的大学——哈尔滨工程大学(其前身为"哈尔滨船舶学院")。该校的校风及半军事化管理使他养成了良好的生活、学习和动手的习惯。这时他的兴趣得到了发挥,对计算机技术、自动控制、通讯技术的爱好让他在电子信息专业中如鱼得水。

2006年9月,唐嘉陵通过学校知道了7000米载人潜水器潜航员选拔的消息,他感到这不仅是个人兴趣和爱好的问题,更是一个实现自身价值的机遇,就毅然报了名。一个月后他接到复试通知,便于 2006 年 10 月来到了青岛北海分局报到,参加了潜航员选拔。事后他说:"这不是一次观光旅行,对于我来说这将是一次人生的转折,接下来的两周全封闭面试和测试让我们这些参试人员应接不暇。"

2006 年 12 月 15 日,他收到北海分局人事处的受训通知,这意味着他将成为一名潜航学员。通知要求他于 2007 年 2 月 5 日报到,而这也意味着他将提前结束大学生活,大学 4 年将减至 3 年半。学校在了解了他的情况后十分支持,同意他前往报到并要求他在进行潜航员培训的同时,必须完成学校的剩余课程和毕业考核。就这样他在接受潜航员的培训过程中,结合潜水器的视频字符叠加技术完成了自己的毕业设计,顺利完成了大学学业。

对于即将开始的紧张的潜航员培训,唐嘉陵满怀信心地说:"从小我的身体素质就不错。奶奶从小带着我,时常对我母亲唠叨:'你看,大冬天的睡觉也露半个身子在被子外,还从来不怕冷。'从小父亲就教导我坚持锻炼,清晨跑步和冬天洗凉水澡的习惯直到现在我一直都没有改,即使在哈尔滨也都有坚持冬天洗凉水澡的习惯。"他说:"父亲和母亲一直是我学习的榜样,父亲的勤劳、不怕吃苦,母亲的独立、追求进步从小就熏陶和影响着我。"

中国式深潜专业培训

7000 米载人潜水器潜航员的培训工作是在中国大洋协会统一领导下进行的,由国家海洋局北海分局潜航员管理办公室负责潜航员的管理,702 所承担潜航学员的业务培训,参与培训工作的还有 701 所、上海交通大学、750 试验场、浙江大学等单位。

潜航员培训的目标是使他们能够熟练地掌握载人潜水器的操作,熟悉各系统的组成、工作原理、设计特点和彼此之间的联系等,能够对潜水器各个系统的一般故障作出诊断和处理,进行简单设备更换,进而使他们成长为合格的 7000 米载人潜水器的潜航员。

培训分为陆上培训和海试实习两个阶段,其中陆上培训时间从 2007 年 3 月到 2008 年 8 月。陆上培训以理论学习为主,辅以必要的实践训练。理论学习的方式主要两种:一是各系统相关设计研发人员、专家授课和自学相关材料;二是培训过程跟着项目进度走,或者说是按照潜水器组装进度,针对组装中的各个部分结合组装工作实践,开展相关的理论学习。

2007 年 3 月中旬至 9 月,潜水器在无锡 702 所组装期间,由于研发人员忙于组装,理论学习只能以专家指导下的自学为主。两名潜航学员通过参与潜水器组装工作积累了感性认识,边看边学,逐渐对潜水器有了基本的认识,对潜水器总体结构、性能指标等有了一定的了解。理论学习的集中授课是在潜水器水池试验阶段进行的,时间是从 2007 年 10 月到 2008 年 1 月。在这段时间里,付文韬和唐嘉陵两人经常是白天跟着进行水池试验,晚上上课,周末很少休息,几乎是连轴转。也正是在这个时期,他们对潜水器的各个系统,尤其是机械、电气、控制系统部分的各分系统,对其结构和原理有了更深的认识。

7000 米载人潜水器本体在研制时分为 11 个子系统,包括总体性能与总布置、载体结构、舾装、压载与纵倾调节、推进、电力与配电、惯导与控制、声学、液压与作业工具、生命支持、潜浮与应急抛载。根据各系统之间的联系又可将其归为四大部分,即总体、结构、机械和电气。

为了较为系统地开展培训,702 所编制了一套培训教材,这成了潜航学员理论学习的主要资料。

通过学习,潜航学员可以掌握潜水器一个完整作业流程所有的内容,初步掌握潜水器水下紧急情况的处置方法,从而增强潜航学员在水下作业的信心。

一个完整的下潜航次,一般被分为 8 个阶段:(1)准备阶段:包括下潜前的各项设备检查,以及根据各项实时参数确定计划实施的主要时间节点等。(2)布放阶段:潜水器吊离支持母船,为放入海水中的潜水器注水,开始下潜。(3)下潜阶段:从水面到距离海底 300 米前的这段时间为无动力下潜,需要潜航员时刻关注潜水器状态,如下潜速度、倾斜角度、电量状态等。(4)巡航阶段:这是一个从下潜地点巡航至预定作业点的过程。(5)作业阶段:包括搜索和在搜索到目标后,按计划进行各类作业的过程。(6)上浮阶段:完成作业后,抛掉潜水器压载,进入无动力上浮状态。(7)回收阶段:潜水器浮到海面后,由小艇拖曳到母船船尾附近,吊回母船。(8)维护阶段:检查下潜人员身体,收集样品、数据,拆卸作业工具等设备,用淡水冲洗潜水器,完成各系统例行检查,完成充电充气等工作。以上各个阶段均须与母船保持声学通讯联系,如发生异常,按程序规定潜水器必须立即上浮返航。

潜水器水下作业遇到未知环境情况或自身出现故障等意外和紧急情况时,操作人员必须及时采取应对措施,保护人员和潜水器的安全。深海中潜水器上浮的浮力是通过抛弃携带的压载铁而获得的。在正常情况下,抛弃携带的压载铁后即可获得所需的上浮力;在紧急或特殊情况下,抛弃配重必须有序进行,其先后顺序为:抛弃压载铁、抛弃平衡水银、抛弃主蓄电池箱,必要时可抛弃两只机械手。出现紧急情况时,需要潜航员按故障发生部位及其性质采取不同应对措施。其原则是既要首先保证潜水器能够脱离险境、安全上浮到海面,又要尽可能地减少和避免不必要的损失。

机械手等作业工具的操作方法也是培训要点。机械手是一种能模拟人的手和臂的部分动作,按照操控者的指令或模拟操控杆实现相应动作的一个自动化机械装置。这样就能在不适宜人直接工作的环境中,完成某些简单的操作。此外,载人潜水器常用的作业工具还有热液取样器、沉积物和海水取样器等。

要操控好潜水器,潜航学员不仅需要学习下潜、上浮过程和机械手的操控,还要学习矢量推进。因为潜水器上没有舵,而是靠四个正交布置的推进器来产生上、下、左、右、前、后六个自由度的空间机动能力。潜航学员还要会使用水声设备以便与母船保持联系。

潜航学员的陆上培训是十分艰苦的。在工作日,他们从去操场早锻炼开始一天的学习生活：吃过早饭，进入组装车间工作；午饭后歇息一下，再回到组装车间工作；晚饭后，他们要看书学习到深夜，天天如此。在休息日，除了在组装车间加班工作外，就是去泳池游泳，一是锻炼，二是为学习轻潜水做准备。那段时间里，看电视、看电影、上网聊天这些当今年轻人常见的活动，已经与他们无缘了。

在学习的过程中，随着潜水器知识的不断积累，各类模拟操作的反复练习，以及步步逼近的水池实验，潜航学员感到自己身上的压力越来越大。能不能操控好潜水器，潜航学员的心里确实没有底。付文韬介绍说："2007年10月15日，我在水池试验的第四次下潜（潜水器第11次下潜）测试潜水器推力器时，曾出了一点小意外：岸上的VHF①通信机电量不足，与水下失去了联系。当时我并不知道，便操纵潜水器一直前进，结果潜水器碰到了水池边缘的斜面上。回收后检查潜水器时，发现铝合金采样篮焊接处有些损坏，用渗透剂检测主框架和其他部位，并没有发现问题，但这已经惊出了我一身冷汗。"

他接着说道："水池试验阶段的最后一次下潜操作是叶聪、唐嘉陵和我一起下潜，作业要求是我和唐嘉陵分别独立完成一次潜水器全流程操控。因为702所的叶聪参与了潜水器的设计和制作过程，他比我们俩更熟悉潜水器操控系统，理解得深，体会得更透，所以负责水池试验的胡震主任安排叶聪来监督我们俩完成全流程操作。在这次试验以后，我们基本上掌握了7000米载人潜水器的整个操作流程，积累了宝贵的实操经验，我的心里算是有底了一些。"

载人潜水器水下作业有时需要持续很长的时间，按照设计能力，潜水器可以在水下连续作业十几个小时。长时间精力高度集中的精神负荷是很大

---

① VHF通信是船用甚高频（VHF）无线电通信的简称，它是指采用VHF专用频段进行船舶间、船舶内部、船岸间或经岸台与陆上通信转接的船与岸上用户间的无线电通信。广泛应用于船舶避让、海事管理、港口生产调度、船舶内部管理、遇险搜救以及安全信息播发等方面，是完成水上交通现场通信的主要手段。

的，这对潜航员的体质（包括体能和心理素质）提出了较高的要求。拥有一个良好的体魄和稳定的心理素质，是潜航员完成水下作业的基本保证。所以，潜航员的体能、心理训练和检测就成了常规训练内容之一。这部分工作由上海交通大学负责实施。但当时我国并没有一套针对潜航员的体能训练标准，所以主要内容首先是从工作需要出发，结合个人的身体特点，进行有针对性的体育锻炼。为了提高耐力，潜航学员要进行长跑或游泳类的有氧耐力训练，参加篮球、足球活动，进行八段锦拳术练习，这些都是为了增强身体的敏捷、协调能力；潜航学员做诸如单双杠、哑铃等简单的器械练习，以锻炼肢体力量。

在没有光线的深海里，被封闭在一个狭小的密闭空间中，得不到任何外部协助，所有的一切事情都要你自己面对、自己处理，这是潜航员深潜必须面对的心理压力。所以，培训时需要加强潜航学员的心理素质训练。唐嘉陵说："上海交通大学心理咨询中心的汪国琴是我们的心理辅导老师。头一次开课她就告诉我们，心理辅导的目标是通过开展相关活动和练习，从客观和主观上去审视自身的行为特点，从而更好地挖掘自己的潜能，其定位是让自己'从优秀走向优异'"。

唐嘉陵接着介绍道："我们训练的主要内容包括：参与一些团队合作活动，寓教于乐地提高工作技巧；通过户外活动学习循环管理模式[1]，提高学习效率；引入表象训练法[2]；面对压力，通过合理情绪疗法，将压力转化为工作动力；通过学习心理培训老师提供的相关阅读材料、影视资料，并结合心理访谈、心理测试、自评估报告等形式接受心理辅导。有时是通过一对一的心理辅导，指导我们解决工作中、生活上、情感上以及在现实生活中遇到的一些具体问题，逐步提高我们的心理素质与心理稳定水平。"

---

[1] 循环管理模式即为策划、执行、检查、改进，而后再策划……的一种管理方式。
[2] 表象训练又称意念训练、想象训练、心理演练等，指有意识地、积极地利用所有感觉在脑中对过去经验进行重视或再创造的过程。

在潜航员培训期间，两位潜航学员还通过参加研究所的技术交流活动，接触了一些国外的潜航员同行。例如，通过与美国的载人潜水器潜航员进行面对面的交流，了解了美国同行在人员培训、现场作业方面较为完善的办法以及他们对下潜作业的一些独到见解。唐嘉陵说："通过交流和学习，为潜航员培训和日后海上试验提供了不少有价值的参考和借鉴。"

第一批潜航学员付文韬、唐嘉陵对培训的体会是十分深刻的，他们说：

作为我国第一批深海载人潜水器潜航学员，在培训过程中，我们得到了来自各方面的关心、支持和帮助。正因为我们是第一批，所以没有现成的培训教材和培训方法，培训过程只能是"摸着石头过河"。在这个过程中，我们的体会很深，归纳起来有三点。

第一，理论知识的学习既"难"又"重"。美国潜航员 Mr. Brown 在谈到他的培训体会时，提到了理论知识的学习，他认为这不仅是受训者的难点，也是重点。我们的培训教材开始时就有厚厚的 5 大本书，涉及船舶、材料、电子、机电、液压、自动控制和声学等学科，有些对于我们两人来说是十分陌生的，而理论培训的时间又十分有限。对这些知识的学习，我们不能仅停留在简单的了解上，要深入学习就需要我们花很多时间来理解消化，要靠自己"钻"进去。

第二，培训学习要有条理，目标明确。潜水器由众多的分系统组成，缺一不可。从结构到材料，从液压到控制，从理论到实践，从操作到维护，潜航学员要学习和掌握的内容非常之多，这就需要培训者和被培训者做好规划，加强学习的针对性，这样才能提高学习的效能，少走弯路。

第三，培训要理论和实践相结合。培训中的学习与大学里的学习的最大不同，是要面对实践，面对实实在在的工作需要。所以，学习理论知识时，大家要尽可能将理论与实物、操作联系起来。比如在学习电力配电系统直流继电器时，我们可看着潜水器上的继电器实物及其所在具体位置，对照理解。所以,当水池试验阶段继电器出现故障时,我们不仅可以修复,而且还分析了引发故障的原因;我们不是头痛医头,而是采取了更为有效的处置措施,把理论知识和实际技能融会贯通了起来。

潜航学员的实训

在载人潜水器完成组装、下水池进行试验之前,两名潜航学员在云南昆明抚仙湖接受了一次实训。2007年11月中旬,北海分局潜航员管理办公室吉国主任和崔运璐以及702所的侯德永陪同潜航学员付文韬、唐嘉陵赶往昆明抚仙湖西侧的750试验场参加实训。

抚仙湖是我国著名的淡水湖之一,位于云南省玉溪市澄江、江川、华宁三县交接处,湖水清澈,是一个南北向的断层溶蚀湖泊。湖面海拔1700多米,湖的面积有200多平方公里,湖水最深处为158.9米,平均深度为95.2米。

750试验场负责实训的杨主任,高高的个子,长得很精神、威武,让人感到很干练,说话行事中透着一种军人的作风。他是"蓝鲸"号载人潜水器团队的主心骨和掌门人。他领导下的这个团队尽管人数并不多,但很团结,很能干,每一个人都是独当一面的行家里手。虽然他们不是教授、讲师,但却能在很短的时间内完成两名潜航学员的陆地操作培训任务,让两名没有任何实际操作感觉和经历的年轻潜航学员,很快掌握"蓝鲸"号载人潜水器的操作技能。他们用简洁明了的方式,用似乎不太准确但简单清晰的比喻,让潜航学员很快了解并熟悉了"蓝鲸"号。

经过几天陆地上的学习,两名潜航学员已经熟悉了750试验场"蓝鲸"号载人潜水器的操作要领;通过实船讲解,两名潜航学员初步了解了潜水器布放和回收的方法和过程。7000米载人潜水器与"蓝鲸"号的操控尽管相似,但很不相同,据说控制系统的技术含量差距很大。当时或许与两名潜航学员是第一次实际操作有关,他们操作起"蓝鲸"号来与7000米载人潜水器模拟操控的总体感觉差不太多,只是觉得很多地方简化了一些。

陆地学习的时间不长,不几日两名潜航学员就迎来了他们的第一次下潜。那是一个风和日丽的天气,湖面如同镜子一样,码头边的"蓝鲸"号装上了工作母船,在船离开码头几十米远处那里的水深已经有 80 多米。抚仙湖简直就像是一个大水缸,为了保护湖水和周边的自然环境,防止湖水污染,近些年来政府已经禁止当地渔民使用机动船捕鱼(750 试验场可以使用机动船)。周边渔民们使用的都是风帆船或手划桨的小船,看着渔民在碧波之中泛舟荡漾别有一番趣味。湖面无法与海面相比,即便是机动船也不需要多大的航行能力。因此,工作母船的结构比海船简单得多,是机驾合一的船,船长一个人就能开着走。

使用"蓝鲸"号的是一支训练有素的团队,他们一次次看似漫不经心的装船、卸船和下潜布放及上浮动作,慢慢地消除了两位年轻潜航学员的心理压力。吉国主任一直在船上,而由其同事崔运璐与两名潜航学员一起下潜,这也是为了减轻潜航学员的思想压力。第一次下潜回来,吉国问崔运璐:"你看他们紧张吗?""不紧张",崔运璐回答道。"那你自己感觉紧张吗?""我也不感到紧张",崔运璐笑着答道。然后,吉国拍了拍付文韬的肩膀问道:"你的感觉如何?"付文韬回答:"很好。"吉国接着又问道:"紧张吗?"他答道:"轮到我第一次尝试着实际操作时,虽然操作步骤背得很熟,但是开始时我还是有一点点紧张,不过很快就好了。"吉国又回过头来问唐嘉陵:"你的感觉如何?""我们两个差不多,开始有一点紧张,后来就好了。"唐嘉陵如是说。

有几次,湖里也会有一点风浪,但大家已经习惯了大海上的风浪,湖上的浪算不了什么。按照实训计划,潜航学员要下潜 8 次,为了减轻两名年轻人的心理压力,每次吉国都让崔运璐跟随他们一起下潜,而吉国则更关注整个下潜的过程。每天下潜前后 750 试验场负责培训的教练纪副主任都会讲评一下。既肯定他们的成绩,也指出他们各自的不足之处,纠正他们的错误;然后交代当天的训练内容,提出注意要点。经过 3 次下潜后,纪副主任说:"小伙子们,现在你们可以独立操控'蓝鲸'号潜水器了。"接着他又对杨主任说道:"我觉得经过这几次下潜尝试,现在可以让他们独立操控了,就让他们单飞吧。"听他这样一说,吉国和侯德勇都感到很意外。说实话,按常理只有最后一次下潜实训时,两个小伙子才有可能独自操控"蓝鲸"号,可没有想到来得这么快。这时让他们单飞能行吗?

每天在湖里的下潜训练要用半天时间,在船上看每次入水、出水都是一样,并不能分辨出来谁在下面操控潜水器。这一天,当声学电话里第一次传出唐嘉陵的声音时,吉国知道他们确实在独自操控"蓝鲸"号了,这时吉国的心里反倒有些替他们紧张了。听着傅文韬和唐嘉陵交替传出的声音,知道纪副主任在让他们交替操控潜水器。直到潜水器回收到甲板上,吉国提着的心总算是放下了。潜航学员出舱后,从纪副主任、崔运璐和两名潜航学员自己的脸上可以读出,这是一次令人满意的、成功的下潜、上浮操控。

不知不觉一周过去了,两名潜航学员的实训已经接近尾声,在他们第二次成功单独操控潜水器后,大家去了场边上的村里的小酒店,庆祝他们独立操控"蓝鲸"潜水器,也为了迎接即将到来的结业测试。纪副主任对吉国说道:"这两个小伙子的基础好,人也很有灵气,理解得快,学得也快。我们自己培养一个操控手可没有这么快的节奏,需要更长一些时间。一来要更扎实一些,因为水下搜索目标是一件麻烦的事,既要有耐心,又不能放过任何蛛丝马迹,要有一个过程才能真正领会;二来要跟随着团队一起作业几次,积攒足够的感性认识。总之,不会像现在这么快。""你是否是说,实训以后他们还是不能很好地操控潜水器?"吉国低声地问道。纪副主任很坦率地说道:"我知道,潜航学员今天的实训更多的不是学会操控'蓝鲸号',而是要通过训练消除他们的恐惧心理,降低他们的思想压力,使他们树立起信心来。所以,我早早地建议让他们单飞,不是因为他们操控得好,而是想让他们亲身感受一下操控,消除其神秘感,就是那么回事嘛。"然后,纪副主任又说道:"为此,我们还有一个活儿一再推后,估计杨主任有一个安排。"

确实如此,在潜航学员最后一次下潜,也就是他们实训结业时,杨主任有意识地安排他们做了一次真正的现场作业,让他们去抓取一个水下遗物。两名小伙子没有辜负杨主任的期望,可以说整个作业过程与纪副主任所估计的差不多,他们交了一份合格的答卷。通过这一次实训,增强了两名潜航学员对操控载人潜水器的信心,他们的心理压力有所减轻,最重要的是他们不再对载人潜水器持有一种神秘感,从而达到了实训的预期目标。

就这样,两名潜航学员很顺利地完成了实训。在实训中他们最大下潜到了150米的深度。

海试工作协调会

2009年7月,国家海洋局下发了《关于执行载人潜水器海试的通知》,下达了载人潜水器海试的指令。

2009年7月18日,中国大洋协会办公室下发了《关于转发载人潜水器1000米级海试实施方法的通知》,对海试工作提出了具体要求。

2009年7月21日下午,中国大洋协会办公室根据上述两个文件的要求,在"向阳红09"船会议室召开了载人潜水器1000米级海试前工作协调会,国家海洋局北海分局、702所、701所、中国科学院沈阳自动化所、中国科学院声学所等单位代表20余人参加了会议。会议对海试岗位的人员安排及后续工作安排进行了认真讨论和协商。

会议研究确定了各参试单位上船人员名单,各单位每航段上船人员名额分配。鉴于是首次海试,海试期间各单位人员可根据具体情况进行适当调整。会议明确了海试Ⅳ-3-5岗位,超短基线①操控由701所负责协商解决;海试Ⅳ-6-1岗位,水文(海洋环境要素)测量由北海分局负责。

---

① 超短基线是一种水下声学定位装置,通过安装在船上的声学传感器接收水下声学信标(一种发声装置)发出的特定声学信号,经处理后得到信标与船舶之间的相对空间位置,从而确定潜水器的水下位置。

会议还讨论了 702 所提出的下潜人员安排初步方案,要求下潜人员所在单位于 7 月 30 日前确认下潜人员名单,并上报中国大洋协会办公室。会议要求,下潜人员所在单位应从国家大局出发,在尊重下潜人员个人意愿的基础上,做好下潜人员的思想教育和政治审查工作。

会议还明确了载人潜水器 1000 米级海试前各项准备工作的分工及其具体要求,要求各单位按如下要求上报中国大洋协会办公室汇总:

潜水器技术状态检查确认、海试执行技术文件资料准备、备品备件、试验耗材的购置、验收相关工作、潜水器的包装与转场运输由 702 所负责;水面支持系统技术状态检查确认、组织潜水器 1∶1 钢质模型的布放回收演练,确认熟练操作,由 701 所负责,北海分局配合;母船备航及检查确认,现场海洋要素观测及相关设备准备,由北海分局负责;海试文件宣贯,由 702 所和 701 所协商安排,中国大洋协会办公室组织;潜水器及参试人员海试保险事宜,由 702 所负责办理;潜水器宣传工作策划及前期工作准备,由中国大洋协会办公室负责。

会议同时要求:所有上船人员在上船前三天自测体温,并在上船时将体温汇报给船医,经同意后方可上船。

2009 年 7 月 24 日,"向阳红 09"船在青岛执行了载人潜水器 1000 米级海试任务的演练,使用潜水器 1∶1 钢质模型进行了潜水器布放和回收的操作演练;并针对演练中发现的问题,对相关回收装置进行了技术改进,调整了潜水器升降平台相关部件的装配位置。

2009 年 7 月 27 日下午 4:00,"向阳红 09"船经过精心准备和备航,终于离开青岛,前往江苏省江阴市装载"和谐"号载人潜水器。

载人潜水器海试前奏

我国载人潜水器海试终于启动了。为此,专门成立了海试指挥小组。中国大洋协会办公室副主任刘峰任总指挥,国家海洋局北海分局副局长刘心成任临时党委书记。

出航前,北海分局对各项准备工作进行了精心组织和周密安排,同时对海试的资料、信息收集工作给予了前所未有的重视,要求北海分局新闻办公室对这项工作写出专题报告。

江阴:"向阳红09"船起航第一站

我国载人潜水器海试终于启动了,即将踏上"可下五洋捉鳖"的探索之路,这是中国海洋事业发展史上的一件大事,具有很重要的历史与现实意义,海试过程的每一个细节都具有不可重复性和不可替代性。该事件发展过程中的每一件事,直至重大时间节点的重要细节、主要人物均将对日后产生重要的影响。基于这种认识,时任北海分局局长房建孟明确指示:对于新闻宣传和信息资料采集工作要有所准备,力求真实地记录下这次海试的过程。

2009年7月27日下午4:00,"向阳红09"航离开青岛前往江阴。29日下午6:00,"向阳红09"船抵达江阴市,停靠在江阴苏南国际集装箱码头。

与此同时,702所正在把"和谐"号及备件物品装车,以待第二天起运。29日下午3:00,"和谐"号又一次被吊装上大型平板车拉出组装车间,然后停放在702所办公大楼前等待着起运的庄严时刻。

7月30日,702所定于上午9:00举行"7000米载人潜水器1000米级海试出发仪式"。上午8:00,停在所内广场上的"和谐"号周围已经集聚了不少702所的人,有人在低声地议论:"潜水器就要'出嫁'了,这是它第一次离开我们所,这一走……"

是啊,这是"和谐"号第一次离开702所,第一次离开无锡,它将出征大海,去经风雨、见世面。

清晨,天空下起了小雨,后来雨越下越大。大家都在担心,这么大的雨出发仪式还能按时举行吗?可谁也没有想到,离出发仪式开始仅剩几分钟时,大雨突然变成了毛毛细雨。出发仪式按时举行了,702所党委书记蔡大明主持了出发仪式,副所长、潜水器副总设计师崔维成代表课题组简要介绍了"和谐"号的研制过程。他说:

7000米载人潜水器是我所作为技术牵头单位承担的第一个"863"重大专项。在科技部、国家海洋局、中船重工集团公司的领导下,在上海市科委、江苏省科技厅和无锡市政府的关心支持下,在中国大洋协会的精心组织下,我们与中国科学院沈阳自动化研究所、声学研究所一起,组织了由国内50多家单位参与的协同攻关队伍,共同承担了7000米载人潜水器的研制工作。

在7年左右的时间里,我们先后经历了方案起草、初步设计、详细设计、部件设备加工制造、设备及各分系统7000米深度的压力筒内功能考核、潜水器的组装集成、陆上分系统功能联调、水池总体性能和功能调试等阶段,各阶段的工作均通过了我们所质量体系认证、科技部委派监理的确认,重要阶段的工作还通过了由国家海洋局组织的专家组的评审。2008年3月2日,由我所承当的"7000米载人潜水器总体与集成"子课题正式通过了由国家海洋局组织的出所检测确认。专家组认为潜水器本体已具备"出所检测确认"的技术条件,达到了国家海洋局批准的《海试大纲》规定的技术状态。

7000米载人潜水器的海试是一项复杂的系统工程,它不仅涉及潜水器本体、水面支持系统的技术状况本身,而且还涉及试验海区准备、试验人员组织,同时还涉及试验协同船只准备、海试应急预案准备等诸多因素。在过去的一年多时间里,在中国大洋协会的统一领导下,明确了海试的各级组织机构及其相关职责,做好了海试的各项准备工作。我们所子课题对潜水器系统进行了精心的维护,又进水池进行了10次测试和演练,对备品备件进行了充分的准备,对海试操作规程和细则在《海试大纲》的基础上均作了进一步细化。中国大洋协会检查组对所有参试单位准备工作的检查已经结束。检查结论认为,7000米载人潜水器海试的条件已经具备。

崔维成副所长介绍完毕后,他代表研究所子课题组全体人员郑重请示:"课题组人员和潜水器皆已整装待发,请批准出发!"

702所所长翁震平致了欢送辞。他说:

今天是一个意义重大、值得铭记的日子。历时7年的研制和试验,具有我国自主知识产权的7000米载人潜水器项目终于进入了最后的冲刺阶段,即将出海试验。作为当今世界上具有最大深潜深度的载人潜水器,7000米载人潜水器承载着祖国和人民的重托,是我国综合国力和海洋经济发展能力的体现,也是702所综合科研实力和科研创新能力的体现。能否实现"可下五洋捉鳖"的梦想,7000米载人潜水器任重道远。

7年来,在项目组全体科研人员的努力下,从立项、设计、研制、安装到试验,从模型到雏形,从样机到实艇,每一步都走得踏踏实实,每一战都打得漂漂亮亮!7年的风雨历程终于迎来了今天这激动而又紧张的时刻。

研制人员为潜水器送行

同志们,海试在即。站在新的起点上,考验大家的时刻到了。此次海试可以说是任务艰巨,意义深远。全体参试人员要发扬702所"团结拼搏,创新奉献"的精神,不畏艰难,坚守岗位,协调一致,密切配合,听从指挥,以饱满的热情,全身心的投入,打赢这场攻坚战!

最后翁所长宣布:"7000米载人潜水器海试出发!"

积跬步以行千里

伟大的诗人屈原这样说:"路漫漫其修远兮,吾将上下而求索。"这求索是创造,是付出,更是挑战与考验。"和谐"号就要远征了,她将面对挑战,面对考验。

2009年7月30日,简短的出发仪式过后,当翁震平所长宣布出发令、车队启动刚刚开出702所大门时,大雨又突然下了起来。这时大家都感叹:"在无锡有这样的说法,女儿出嫁时天若下雨意味着风调雨顺,幸福平安。"

在这风调雨顺的祝福中,在浓浓的雨雾与鞭炮的烟雾中,车队缓缓驶离702所。

这是一路十分壮观的车队。两辆警车开道,随后便是承载"和谐"号潜水器的大拖车,后面紧跟着三辆装载着"和谐"号备品物件的大车,末尾一连跟着几辆工作车,由13辆车组成的车队在大雨中浩浩荡荡地向江阴进发。

车队离开太湖岸边进入无锡市区,大雨变成了暴雨。透过车窗可以看到所有岔路口都有交警执勤,其他车辆都停了下来给这一奇特的运输车队让路。这是无锡市公安局交警部门特意为"和谐"号"出嫁"而精心安排的。交警部门事先一点也不知道有关"和谐"号的信息,当得知702所研制出了我国第一艘7000米载人潜水器时,他们为702所高兴,更为无锡这座城市骄傲。

当车队驶上无锡环城高架桥时,暴雨下得更大。由于路况与视线都不好,路面上的车辆太多,暴雨中难以辨别车队与其他车辆,紧随在车队最后的警车已难以控制路面的交通状况。这时,只见两辆交警部门的高架路巡逻警车急速从后面赶来,三辆警车立刻同时并排占据了整个路面的超车道、行车道和应急车道,三辆警车并驾齐驱,把后面的车辆全部挡住,同时通知车队的头车降低车速。不一会儿就见效了,由于车队减速,混杂在其中的车辆纷纷超车加速驶去,余下的是原有的车队车辆,从而保证了车队顺利通行。

潜水器运抵江阴苏南国际集装箱码头

一路上,大雨和暴雨交替,两个半小时后,车队安全抵达江阴市苏南国际集装箱码头。此时,"向阳红09"船早已静静地停靠在码头上等候着"和谐"号的到来。

"向阳红09"船的承诺

2009年7月30日下午,"向阳红09"船与"和谐"号潜水器第一次见面。尽管两个钢躯无言,但为它们付出心血和汗水并对它们寄予厚望的人们却做好了一切精心安排。大雨停了,可小雨依然在下着,就在这风雨中"和谐"号被顺利地吊放到位于"向阳红09"船后甲板的潜水器升降平台上。

2009年7月30日下午2:30,这是一个值得记下的时刻,我国第一艘7000米载人潜水器"和谐"号第一次安全顺利地与母船"向阳红09"船合为一体,这预示着我国载人潜水器海试即将开始。

载人潜水器海试是一项十分复杂的系统工程。"和谐"号装上"向阳红

09"船,宣告作为海试母船的"向阳红09"船将实现它的承诺。

31日一早,当记者与北海分局新闻宣传、信息资料采集小组的几名同志来到"向阳红09"船时,在上层甲板的住舱里见到了北海分局副局长、海试临时党委书记刘心成,他从青岛同船来到江阴。他正在审阅下潜试验人员的承诺书。

承 诺 书

"和谐"号是我国研制的第一艘载人潜水器,1000米级海试意义重大。参加载人潜水器海试是一件崇高和光荣的事情,作为潜水器研制项目组的一分子,本人接受了潜水器操作知识培训,经历了潜水器水池试验,具有操作潜水器的基本知识、技能和经验。虽然海试具有一定的风险,但是本人仍愿意接受试航员工作岗位,并郑重承诺:

服从海试现场指挥组工作安排,按计划执行50米、300米、1000米水深的试验下潜任务;在下潜试验中严格执行潜水器操作规程,确保下潜人员人身安全和潜水器安全;愿意接受相关的技术培训,以确保试验操作成功;主动跟踪了解潜水器技术状态和试验准备情况,确保每次下潜一次成功。

承诺人:

身份证号码:

日　期:

在随后接受记者采访中,刘心成副局长详细介绍了此次"向阳红09"船出航的系列保障文件。这些文件有:《"向阳红09"船航次指挥通信应急预案》、《航次保密预案》、《航次预防与控制H1N1流感应急预案》、《航次遇外籍舰船飞机干扰时应急处置预案》、《航次气象保障、防抗台风预案》、《航次人员落水应急预案》、《航次消防应急预案》、《航次狭水道航行预案》、《航次防恐怖袭击预案和航次防海盗袭击应急预案》。其中,《航次防海盗袭击应急预案》这样表述：

1. 发现不明船只拦截或要求登船检查时，船长应立即发出自卫战斗紧急信号（三短声重复三次，间隔3秒），并操纵船舶，不减速、不停车、不抛锚。如周围船舶密集度不大及航道宽敞可大角度摆尾，则不让其登船；同时，应及时将海盗袭击的时间、海域、海盗人数、海盗船型等情况报告分局和当地港口当局，争取有效支援。

2. 如发现海盗已接近并即将登船，应迅速集合船员，备好轻武器，占据有利位置，设法阻止其登船（可用水龙头或其他器械，尽量避免伤其生命，更不要抓人）。自卫战斗部署详见附录图（图略——编者注）。

3. 如海盗已登船，则应封闭全船所有通道出口，甲板上不要留人，尽量不要与其正面对抗，可通过喊话等方式迫使海盗离船。

4. 要注意保护船员和调查队员的安全，防止被海盗所伤害。

5. 如海盗放弃追踪、登船或已离船，不要穷追不舍。

6. 如在港内发现海盗，则应立即报告港口安保人员，以取得陆上支持，并尽可能采取措施阻止海盗上船以免造成伤害。

7. 遇其他如劫船、斗殴、偷渡等原因引发的暴力事件，船长应迅速报分局并按指示处理。船员应在船长的统一指挥下，努力控制局面，伺机行动。对在船上被抓获的人员，必须采取强制性的安全措施，严加看管。

刘副局长对海试的资料、信息收集工作给予了高度重视，对每一个细节都亲自过问，他建议为记录下这次海试的50米、300米、1000米的每一次下潜成功，每次下潜前都将准备一面国旗一同下潜，永久保存，作为纪念。

这个提议得到了大家的赞同，刘副局长立即指示船长窦永林派人到国旗店去请几面六号国旗。窦永林船长十分高兴地接受了这一份特殊的任务。窦船长说：能让国旗见证"和谐"号的每一次成功，这同样是"向阳红09"船的庄严承诺。国家海洋局北海航空支队副支队长孙乃清已是年近六旬的老同志了，此次他担任主摄像。老孙不顾自己年老体弱，扛起摄像机深入到船的每一个部位，驾驶室、上甲板、机舱、伙房、实验室……随着摄像机的运转，老孙记录下了"向阳红09"船的承诺。

军魂在闪光

"向阳红09"船服役30年来，纵横中国海，征战太平洋，经历了无数次狂风暴雨的考验，书写了中国海洋调查和科考的传奇经历。

30年前，1978年的秋天，那是个风云多变的季节。"向阳红09"船就像一个刚刚出生的婴儿，却满载着共和国老一代海洋人的殷切期望，离开上海沪东造船厂前往广州，执行我国恢复联合国合法席位后首次参加的联合国气象组织全球大气试验任务。那时是一群顶天立地的军人驾驭这艘钢铁之舟去接受大洋的挑战。殊不知，在那个年代，由于物质匮乏、技术装备落后，"向阳红09"船是带着许多先天不足提前出厂的。"向阳红09"船的先天不足和提前出厂，曾让老一代海洋人忧心忡忡，同时也引来人们的种种疑虑。在这种忧心与疑虑的笼罩下，"向阳红09"船高昂船头、汽笛长啸驶出了黄浦江。

事实证明，在过去的30年里，老一代人民海军干部战士、老一代海洋调查队队员、曾经的海洋科研工作者，在"向阳红"那火红的年代里，在那物质条件比较匮乏的历史时期，特别是在我国海洋事业还处于初创和启动的时期，他们怀着对祖国和人民的挚爱，面对国际敌对势力的制裁和层层封锁，以"一不怕苦，二不怕死"的大无畏精神，驾驭着海洋调查船在祖国的万里海疆上，搏风击浪、观天测海，出色地完成了一次又一次海洋调查、科考和国际合作专项调查任务；他们以"可上九天揽月，可下五洋捉鳖"的豪情壮志，驶出中国海、挺进太平洋，为我国在争得国际海底大洋矿产资源的合理权益、配合重大国防科技试验和多项国际协作调查任务中，作出了不可磨灭的贡献。

30年后的今天,"向阳红09"船上溯长江,又一次承载中国海洋事业新的使命,这必将为它传奇的经历再添加上更为浓重的一笔。

人们将"向阳红09"船30年的传奇经历总结为:临危受命、临险受命、临急受命。而这"三临"的传奇正是由一代军人开创先例的。

现在的"向阳红09"船轮机部门15名船员,有11名老兵,轮机长刘军介绍说:轮机部11名老兵中最早的是1976年入伍的,如今已52岁了;最晚的是1978年入伍的,如今也年近半百了。他们曾经是军人,大都见证了"向阳红09"船当年的出厂和远航,后来又无数次随船出海。这11名老兵分别来自北京、辽宁、浙江和四川。如今他们都是50岁左右的人了,却依然坚守着机舱,陪伴着那两台轰鸣不止的老机器。

这些船员正处在上有老、下有小的年龄段。据不完全了解,出航前该部门里有13名船员的父母有不同程度的疾病在身;有4名船员的爱人患病;有8名船员的子女大学毕业后在四处找工作;有3名船员的子女中考、高考结果尚不知晓。这些困难都需要家中的顶梁柱来承担,可他们却无法承担。

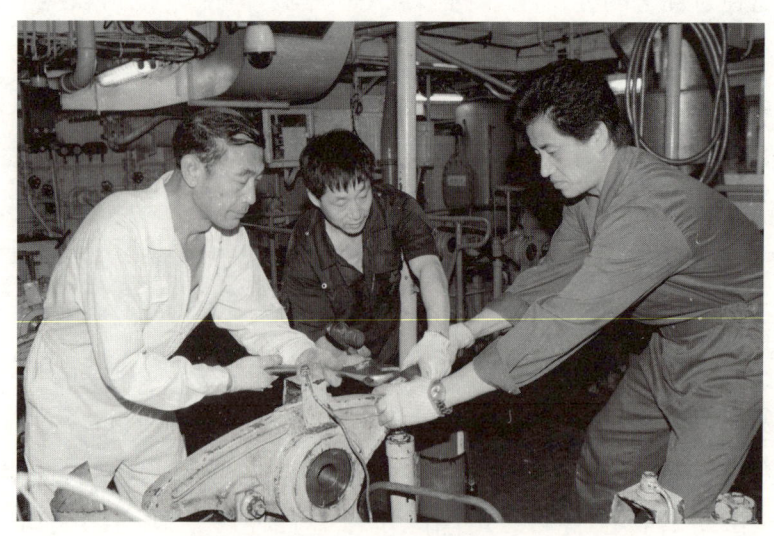

轮机部人员在主机舱工作

就在出航前老轨①征询他们的意见时,他们中没有一人因有困难而向领导提出任何要求。

轮机部15名船员分别是:轮机长:刘军;大管轮:吴大江(复转军人);二管轮:陈玉卿;三管轮:刘吉月(复转军人);电机员:夏广生(复转军人);机工长:杨焕亮(复转军人);冷藏员:魏宝然(复转军人);机工:张利图(复转军人)、边书平(复转军人)、白波、曾德林(复转军人)、谢根清(复转军人)、祁伦弟、吕吉顺(复转军人);电工:李章华(复转军人)。每逢"八一"建军节,这群脱掉军装仍然不失军魂的老兵就会庆祝起他们的节日。

在简单的庆"八一"酒宴上,这些老兵们面对滚滚长江,冲着大江东去的方向,齐声唱起了"我是一个兵……"

出航前的"全家福"

2009年8月4日下午,"向阳红09"船在江阴长江岸边的码头拍了一张出航前的"全家福"。

"向阳红09"船自1978年11月出厂后的30多年间,拍摄过数不清的照片。有人在查阅了有关"向阳红09"船所有的历史文件、报告、图片和执行重大任务的总结等资料后发现,无论执行哪一次重大任务都没有拍过完整的集体照。

因此,刘心成副局长与窦永林船长商量,在出航前找一个好天气拍一张"全家福"。

几天来,江阴的天气一直不好,几乎每天都下雨,不是白天下就是夜间下,这也使得江阴的夏日天气变得少有的凉爽。但由于船员们都在紧张地做着出航准备,加之天气原因,一直找不到合适的时间。

"向阳红09"船是逆流停靠在码头上的。行船的人都知道,无论大船还

---

① 老轨是人们对轮机长的爱称。

是小船,停靠码头时除非特殊情况,一般都选择逆流停靠,在流急的江河中更是如此。这是因为逆流停船容易操控,当船体接近码头时,如遇不利因素能给操纵留出足够的延迟时间,有利于采取应急处理措施。

再过一天就要出航了。由于逆流停靠码头,"向阳红09"船船头向西,考虑到光线的效果,拍摄"全家福"的时间选择在了4日下午。

这天下午的天气依然不是很好,一点钟时,窦船长通过广播通知全体船员集合,分列站在船艉的舵楼甲板和最上层的罗经甲板上。为了纪念此次执行我国载人潜水器首次南海试验,船长邀请了刘心成副局长以及党的"十七大"代表、中国海监第一支队副支队长、本次海试船舶顾问陆会胜和潜航学员付文韬、唐嘉陵等几位同志一起参加。因此,这也可以说是北海分局参加海试人员的"全家福"。

这是"向阳红09"船少有的一张照片,也是一张令人振奋和值得珍藏的照片。这张照片诠释了"向阳红09"船过去30年的辉煌与徘徊,也将是创造新的辉煌、续写第二个30年的新的起点。

"向阳红09"船的"全家福"

"向阳红09"船的船员中有人已陪同"向阳红09"船走过了30多年的历程。他们陪伴"向阳红09"船一起成长,相濡以沫;又一起老去,难舍难分。30多年来,他们的青春和情感为"向阳红09"船的钢躯注入了深沉的人文关怀,勃发了闯海人的激情斗志,凝练了"查清中国海,进军三大洋"的坚毅精神,沉淀了厚重的海洋文化元素。

30多年来,在"向阳红09"船工作过的船员都是这样走过来的。今天,就在紧张的备航中,甲板部的船员们为了减少船体腐蚀,为了保持船容船貌,他们不停地在各个部位除锈补漆,有人爬上桅杆,有人吊悬舷外,有人在前甲板,有人在后甲板。天不时地下雨,给除锈补漆工作带来了很大的困难,因为浸湿的钢板是不能除锈补漆的。他们为了抢时间,只好在雨停后用抹布擦去雨水,等待晾干后再抓紧时间补漆。一个部位又一个部位,一遍又一遍,他们就是这样机械地重复着同一种工作。

负责调查设备和试验工作的人员,则在不厌其烦地保养着甲板器械,检查绞车,安置试验设备,操纵吊车吊放物品。这些工作的琐碎与繁杂让人忙碌不止,他们知道这些工作是海试不可缺少的。

伙房的炊事员忙碌与辛苦是大家都看在眼里的,但能否得到大家的认可却是另一回事。他们心里知道,虽然辛苦,可若大家吃不好,则这辛苦将劳而无功。正是这种"苛刻"的标准,让他们从早到晚不停地忙碌。伙房只有三名炊事员,如果只是40多名船员还好说;由于要出海试验,领导和科研人员也上船出海,一下子多了50多号人吃饭,可想而知,一天三顿饭他们要忙成什么样。

载人潜水器海试起航

"向阳红09"船出航了。这是船长窦永林第一次执行载人潜水器的海试任务。作为科学之舟的船长,此次出海他能有绝对权威吗?不能!因为这是科学试验,是实现中华民族追梦深蓝的壮举。

起航的誓言

2009年8月6日上午9:00,载人潜水器1000米级海试起航仪式在江阴市苏南国际集装箱码头举行。国家海洋局、科技部、交通部、中船重工、中国科学院、上海市、江苏省和上海立丰船厂等单位的领导参加了起航仪式。国家海洋局副局长、中国大洋协会理事长王飞,科技部社会发展司、大洋协会办公室、702所和北海分局的领导分别讲话。

王飞副局长讲话指出:

载人潜水器的研制对于开发海洋资源、探索海洋奥秘、提高海洋科技实力、维护国家海洋权益具有重要的战略和现实意义,它的成功研制在我国海洋界和科技界具有里程碑意义,是我国从海洋大国走向海洋强国的重要举措,标志着我国海洋技术走向新的阶段。

7000米载人潜水器重大专项工作启动以来,在有关部门和国家海洋局的高度重视和支持下,经过8年的不懈努力,在各有关部门的共同努力和大力支持下,国内50多家科研机构,密切配合,联合攻关,严谨求实,知难而上,战胜了国外技术封锁,历经多种艰难曲折,完成了潜水器本体和水面支持系统的研制任务,完成了工作母船的改造工程。在科技部批复载人潜水器1000米级海试实施方案以来,各参试单位高度重视,加强组织领导,按任务分工要求,细化方案,明确任务责任,在很短的时间内完成了海试各项准备工作。

经海试领导小组批准,今天载人潜水器1000米级海试就要正式起航了。在此,我代表领导小组对你们辛勤劳动取得的成绩表示热烈祝贺。

海试是整个载人潜水器研制工作的关键阶段,是我们走向成功迈出的重要一步。我们要清醒地认识到,海试工作会遇到很多想象不到的困难和问题,我希望广大参试人员继续发扬"严谨求实,团结协作,拼搏奉献,勇攀高峰"的载人深潜精神，本着"由浅到深，安全第一"的原则，按照海试大纲的要求，精心组织，科学安排，顺利完成各项试验工作。

我相信在临时党委的坚强领导下，在海试现场总指挥部的统一指挥下，通过大家的共同努力，你们一定能够不负众望，不辱使命，圆满完成此次海试任务。

中国大洋协会办公室副主任、海试领导小组总指挥刘峰讲话说：

我们盼望已久并为之奋斗多年的时刻终于到来了！"和谐"号载人潜水器海试今天就要起航！为了这一天，我们奋斗和拼搏了8个春秋！

在这8个严冬酷暑里，我们白手起家，艰苦创业，联合攻关，突破了一道又一道技术封锁，攻克了一项又一项关键技术难关，战胜了一个又一个艰难险阻！今天，凝聚着国内50多家优势团队的智慧、心血和汗水的载人潜水器终于可以扬帆起航。借此机会，我谨代表研发团队向关心支持我国深潜事业发展的社会各界表示衷心感谢！我谨代表全体参试队员向前来参加起航仪式的中央、地方各有关单位领导和同事表示衷心感谢！

载人潜水器1000米级海试不仅是我国海洋界的一件大事，也是全国人民关注的大事，任务艰巨而光荣。我作为海试的总指挥，深感责任重大。我将在临时党委的领导下，尊重科学，依靠专家，以坚定的信念、旺盛的斗志、拼搏的精神、科学的决策，沉着冷静，坚毅果敢，去迎接一切挑战。请领导和同志们放心，我们全体试验人员将努力践行科学发展观，坚决贯彻科技部、国家海洋局和海试领导小组的决策意图，牢牢把握"精心组织，安全第一，层层把关，责任到人"的原则，继续发扬"严谨求实，团结协作，拼搏奉献，勇攀高峰"的载人深潜精神，坚决完成本次海试任务，以优异的成绩向国庆六十周年献礼。

北海分局副局长、海试临时党委书记刘心成讲话表示：

今天是一个值得纪念的日子,"向阳红09"船搭载载人潜水器和95名祖国儿女,就要踏上征程,执行我国载人潜水器首次海试任务。

载人潜水器的海试对推进我国深海事业的进步意义十分重大。试验成功既可以提振民族精神,提高我国在深海技术领域的国际地位和话语权,也将为下一步载人深潜试验探索道路、积累经验。

党中央、国务院做出建设海洋强国的战略部署,体现了党和国家对海洋工作的高度重视。我国首次载人潜水器海试使命光荣,责任重大。我们全体参试人员为能够参与此次重要的海试任务感到无上荣光。临时党委将组织、带领共产党员和全体参试人员,把奉献祖国深海事业的巨大热情转化为高标准做好每一项具体工作的巨大动力,保持严谨的工作作风和高昂的士气,打造和谐的团队精神,在现场指挥部的统一指挥下,服从命令,精心操作,同舟共济,顽强拼搏,战胜一切困难,确保海试圆满成功,不辜负祖国和人民的重托,不辜负上级党组织和各级领导的信任,不辜负广大海洋工作者的厚望。

我们就要出征,去实现中华民族"可下五洋捉鳖"的夙愿。请祖国放心,请人民放心,请领导放心,我们将以实际行动为中华民族探索深海大洋的史册谱写新的篇章。

最后参加海试的船员与科技人员代表向祖国宣誓:

我们宣誓:一定服从命令,精心操作,同舟共济,不辱使命,战胜一切困难,确保海试成功!请祖国放心!请人民放心!

宣誓人:×××,×××……

台风"莫拉克"作怪

2009年8月4日,停靠在江阴码头上的"向阳红09"船的后甲板上从上午开始一直有人在紧张地忙碌着。后甲板是此次海试最令人关注的部位，"和谐"号潜水器停放在巨大红色A型架下的轨道车上，参加海试的人员和潜航员正在按照《7000米载人潜水器江阴码头岗位联合和布放回收操作演练实施方案》进行紧张有序的联合操作演练。

这是我国首次进行深海潜水器海试，各个部位和各个环节都要做到准确、严密，确保万无一失。正是为此，这次操作演练的目的是，调试潜水器与母船上布放回收系统、辅助设备之间的接口，综合演练水面支持布放回收的各个工作流程，熟练操作，明确岗位职责，熟悉操作口令，培养军事化的工作作风，形成有序的操作习惯。

操作演练在有序地进行。就在这天下午，海试现场指挥部收到台风"莫拉克"预警警报。为此，指挥部立即召开了气象分析紧急会议。总指挥刘峰、临时党委书记刘心成、总指挥顾问陆会胜、船长窦永林等来到设在船会议室的临时指挥部，大家根据海图对比电子海图，分析了"莫拉克"台风的发展趋势，对"向阳红09"船出航驶出长江、途经东海赴南海可能会遇到的影响进行了详尽的分析与预测。分析研究后会议决定：向北京请示，将原计划6日上午11:00的出航时间提前一小时，争取在下午5:00前驶出长江口，在天黑之前进入东海选择锚地避风。

"向阳红09"船经东海赴南海，穿越台湾海峡是必经之路。根据预报与分析，"莫拉克"台风中心正好经过"向阳红09"船航行的大部分海域。前面说到"向阳红09"船30年的历史可以用"临危"、"临急"、"临险"受命来概括，而此次又该加一个"临台"受命，这好像是上天和沧海有意在考验着"向阳红09"船，在历练着"向阳红09"船。

总指挥顾问陆会胜曾任"大洋一号"船船长，2005年"大洋一号"船完成了我国首次环球科考，历时300天穿越了三大洋。船长窦永林也是一名老船长。他们多年摸爬滚打在海上，有着丰富的海上实战经验。他们知道，每年太平洋上生成的台风平均有近20个，大都会直接影响到我国的东海和南海。此次"莫拉克"是今年的第七个;也就是说,今年还将有十几个台风在太平洋生成并影响到东海和南海。而这些台风都将在11月份之前,台风的考验是"向阳红09"船执行此次海试任务必须要面对的,也是无法回避的。

8月6日上午9:30,"向阳红09"船离开江阴苏南国际集装箱码头,汽笛三声长啸,它告别了欢送的人群,穿过江阴长江大桥顺流而下直驶长江口。当天傍晚,"向阳红09"船顺利驶出长江口,于晚9:00许赶到了长江口外的绿华山锚地抛锚避风。

1000米级海试于江阴起航

老科学家挺起了脊梁

2009年,参加载人潜水器1000米级海试的科研人员分别来自几个不同的单位。在海试队伍中有5位年龄超过60岁的科学家,他们分别是:74岁的徐芑南研究员,68岁的方之芬教授,68岁的许广清研究员,62岁的张桂宝研究员,61岁的华怡益研究员。多年来,他们为我国载人潜水器的研制付出了大量心血,在海试前他们又不顾年高体弱找领导主动请战,彰显了老科学家们对祖国深潜事业的执著追求与拼搏奉献的高尚情操。登船以来,他们和年轻人一样专心工作，认真操练，按时参加集体活动。

8月6日下午进行救生操练时，几位老科学家在各自的岗位上认真操作，他们身着救生衣，头戴安全帽，在规定时间到达指定地点集合。出海以来船舶摇摆大，行走不便；他们不怕困难，坚持参加集会、上课和操练，还利用休息时间与其他同志研究工作。

在这几位老科学家中，有一对情深义重的深潜伉俪，这就是徐芑南、方之芬夫妇。

徐芑南研究员是一位知识渊博的学者，是我国深潜高技术领域的开拓者和著名专家，他担任过多型载人和无人潜水器的总设计师，为我国潜水器专业的发展作出了大量开创性的贡献；方之芬老师不仅是徐芑南生活中的伴侣，还是徐老深潜事业上最好的帮手，他们一起见证了我国深潜事业发展的曲折历程。

2002年，7000米载人潜水器批准立项时徐芑南已67岁了，怀着对祖国的热爱和对我国海洋事业发展的追求，他毅然担起了7000米载人潜水器总设计师的重担，并组织和带领由50多家科研院所精英组成的科研攻关队伍，历经6年，完成了潜水器技术攻关、设计、组装建造和水池试验；培养了一大批年轻的技术骨干；同时为海试进行了精心策划，编制完成了海试大纲。在此期间，方之芬老师始终支持着徐芑南的工作，一直默默地陪伴在徐芑南身边，帮助徐芑南整理文件、准备各种材料，关心、照顾徐芑南的起居生活；同时，方老师还在潜水器机械方面开展研究，指导年轻技术人员工作。

2009年，徐芑南74岁了，国家海洋局下达海试任务时，许多人都以为徐芑南不会上船了。然而，凭着对深潜事业的热爱，为能够亲眼看到多年的梦想成为现实，徐芑南夫妇毫不犹豫地联袂上船，参加海试。尽管徐芑南夫妇年事已高，但在船上到处都有他们的身影。人们常常可以看到徐芑南与年轻技术人员一起深入分析和探讨潜水器的技术细节，对潜水器试验的每一个步骤进行反复推敲，不放过任何一个可能的隐患。他一丝不苟的工作作风和饱满的工作热情感染了每一个参试队员,特别是第一次出海的年轻队员。

方之芬老师克服晕船和生活上的不便,默默地陪伴着徐芑南,同时还担负着试验日志和文件管理等工作。夫妇俩还常常关心年轻人的工作和生活,看望晕船的同志,找年轻同志谈心,交流工作和生活的心得。

徐芑南、方之芬夫妇

看着老两口忙碌的身影,参试人员不禁感慨万分,羡慕不已。他们说:"潜水器潜得再深,也比不上徐芑南夫妇的伉俪情深。"

熟悉许广清的同事都知道,他是一位腰板笔直、嗓门洪亮、性格直爽、喜欢和年轻人打成一片的老同志。此次海试前,已近古稀之年的他不顾一年前刚刚动过大手术以及儿女的反对,主动请战,带领年轻同志共赴海试第一线。

上船后,许广清主动要求和年轻同志一起住在后大舱宿舍。出海几天,很多年轻同志由于第一次出海,晕船反应比较严重;他鼓励大家克服晕船反应,同时主动承担起潜水器电器方面的日常维护保养工作。人们经常可以看到他身穿工作服、头戴安全帽,爬到几米高的脚手架上测量蓄电池补偿皮囊高度、检查水密插座密封性能等。真可谓:"老将出马,一个顶俩。"

此次能参加载人潜水器首次海试,这对于徐芑南夫妇等老专家来说是一生中的缘分。在船离开江阴前,潜水器第一次在长江里演练时,方之芬老师心情激动不已,在日记中她这样写道:

8月3日,进行潜水器与支持母船布放回收装置首次演练。下午雨仍下个不停。首先进行无人潜水器与支持母船布放回收装置演练。这是第一次适配训练,进行得还很顺利。接下来是载人潜水器与布放回收装置演练,叶聪与潜航学员唐嘉陵首批进入,当他俩身穿潜航员服装出现在载人舱前,大家为之一震。宝蓝色连裤装的上衣右方绣着五星红旗,左方绣着7000米潜水器的图像,表明祖国在心中,为了国家的荣誉他们敢于拼搏;潜水器是他们的至爱,这艘潜水器将协助他们挑战人类的极限。这愿望不仅是他们二位的,也是我们全体参试队员的,更是全体参加过7000米潜水器设计、研制、试验及一切关心潜水器的人们的。

在蒙蒙细雨中,潜水器渐渐离开甲板,升至空中;然后由A字架摆出舷外,慢慢吊入长江中;不一会儿VHF通信机中响起叶聪的声音:"潜水器观察窗入水。"两位潜航员已能欣赏到长江的水下景色。十分钟后,潜水器吊出水面,岸边的、上层甲板上的人在雨中都纷纷打开相机,记录下这一刻;两位专业摄影记者更是打着雨伞,跳上跳下,忙个不停。这次演练共花了2小时20分钟,熟能生巧,明天还有今后的南海50米演练,我们将一次次完善、提高,为进入下一阶段海试创造有利条件。

船长海试日记

窦永林船长有坚持写日记的习惯。

通过日记可以了解到一个人和一艘船的成长与经历,这成长和经历充满着岁月的印痕,同时又不失人的本性的浪漫。

以下是窦永林船长日记中的两篇。

2009年8月13日

"向阳红09"船在这30年里,沐浴晨光,聆听海声,观察着海洋事业的发展;这30年里,她由一个蓬勃的新生代渐渐步入老年。她,谱写了海洋调查的历史,记载了海洋科考的辉煌与发展;她,历经了海洋科考的过去,正印证着海洋科考的现在,也描绘着海洋科考的将来;她,也载满了我渐渐远去的青春。我的脚印,我的成长也落在了她的每一个角落。

20世纪70年代末,"向阳红09"船带着她羞涩的梦想驶向了铺满蓝图的海洋深处,完成了联合国气象组织的全球大气实验的光荣使命。那年我正读中学。

至21世纪的第八个年头,她已垂垂老矣……我也从一个血气方刚的少年,踱进了不惑之年。从18岁开始,我的青春岁月随着"向阳红09"船艏翻开的浪花,飘向船尾,流向远方,形成了一条由无数个圈圈点点组成的历史痕迹。很多时候,很多人认为海上的生活、海上的人是孤独的、是常被遗忘的、是默默无闻的。但是,能在大洋上驾驭波涛、放牧海洋成就了我无比坚强的性格,也让我无比骄傲!

船长窦永林

2007年,"向阳红09"船在上海重铸了金身,焕发了她的第二次青春,再次擂响了海洋科考的战鼓,翻开了探索海洋的新篇页……如今的"向阳红09"船通身白色礼装,内外一尘不染。她在时时刻刻渲染着"向阳红09"船独特的魅力,以她独特的身姿预示着海洋事业灿烂的未来……

充满活力的"向阳红09"船,正振翅欲飞,昂首翘尾,雄姿英发,以嘹亮的笛声吟唱出她胸中的能量,向着蓝色海洋的深处,向着海洋科学开发的未来,向着她多年心中瑰丽的梦想高歌!

2009年8月6日,是个难忘的日子,1000米级海试的战鼓擂响了!随着横幅、飘带、标语的热情招手,"向阳红09"船出发了!

"向阳红09"船,我的爱,我的生活,我的理想,我生命的载体。将要鹏程万里的你,放开喉咙,在这一片深邃、草原般无垠的海疆上抒发你澎湃的胸怀吧！

2009年8月30日

1984年秋，我盼望已久的日子终于来了。当我走到"向阳红09"船舷梯旁，我知道海员生活即将开始了。当踏上"向阳红09"船甲板的那一刻，我猛然感到力量倍增。接下来，我每天辛勤地除锈、油漆、保养、训练，那些都是为迎接出海的一刻。我努力工作、学习、锻炼，去准备迎接风浪的袭击。我仿佛已经看到多少年以后，我就是那个有着讲不完的故事、历经风波、存有世界各地纪念品的老水手……

出海了！站在驾驶台上，手把着舵轮，多么自豪。这可是我盼望已久的地方啊。海风送来海腥味，也送来爽意。我立刻觉得我就是那个人人都为他的经历和坚毅所折服的大力水手！当时我的身板单薄，但是我努力再站直些。我紧绷了脸上的肌肉，俨然一个坚强的战士，在接受风雨的洗礼。望着船长坚定的面容，紧锁的双眉，深色的脸庞，那是毅力和刚强的象征啊！船长眼角的深深皱纹、抿成一条线的嘴唇，是多么的睿智而让人崇拜啊！

这一刻，我做了个决定，一定要成为他，一名经验丰富、遇事不慌、坚毅果敢的远洋船长！他心里的故事一定更长，更险，更神秘！我的决心在随舵轮转动着……

2005年，我锁着双眉，紧绷着脸，抿着双唇走进驾驶室。习惯地，我理所当然地坐在了那一张只有我才能坐的高椅上，成了那样的一名船长。可我心中没有太长的故事，更没有胸有成竹的刚毅，虽然脸上的表现是这样的。风浪和惊险给予我许多的故事，也冲掉了我所有的浪漫幻想。我坐在那里，就像处在陌生的乱石小路，依着水边，却听不到浪涛声和激情。那条路既陌生又熟悉，像久违了的家。我告别了年迈父母，撇妻离女，远离故土，只为一个仅存的原因——深蓝的召唤。太多太多的孤独，早已冲刷涤荡了我所有的梦想。脑海里没有神秘的面纱，只有几个数字在跳动，一天，两天……任务完成了多少了,快到回家的时候了吧?

余光里,年轻的水手带着同我当年相同的目光。但我心里已没有那份骄傲。任凭那目光在我脸上扫来扫去,我已无动于衷。有一句话真想告诉他:傻小子,将来你会真的明白船员的含义。依然是默默的,没有对白,那是多余的。因为风太大,他不会听到,甚至听到了也很难听清。他会懂得的。我心里想着,目光依然眺过船头,望着远方。在别人正在等待船长做出新的决定时,我却在想家,那个即陌生又熟悉的地方。

孤独的天,孤独的海,孤独的海鸥,孤独的船,孤独的人生,孤独的船长。海面突然冒出的"和谐"让我顿然醒悟,有多少只眼睛在看着我,多少颗心在和我一起跳动。我在这一片人海中已由大声说话、有着爽朗笑声的大力水手,变成了短语低声、不容反悔和一言九鼎的船长。

那条水边的乱石路不好走,但那是我的路——一条航海者的路。水无声,石无声,人无声,心无声,一切都那么静。脚踩在乱石上的声音坚定、单调有规律;时而轻盈,时而沉重,没有退却!一个沉睡的梦渐渐醒来,思念也悄悄退去。随着眼睛慢慢睁开,"和谐"号静静地等在身旁,准备探海的行囊。哦,那是南海的迤逦水天。水路蜿蜒着,依着岸边,很长!

大海航行靠主机

船舶的心脏——机舱是集中放置绝大部分船舶动力装置机电设备的船舱。而船舶在海上正常地航行,主要依靠有力的动力装置保障和严格的船舶操作,只有保障了船舶动力装置的正常运行(让船舶心脏正常跳动),才能保证船舶在海上的正常航行。保障船舶心脏正常跳动是轮机部的主要任务,所以轮机部全体人员就是保障船舶心脏正常跳动的工程师。

"向阳红09"船是有着30多年船龄的科考船,船舶的心脏老化,经常会出现各种问题。每当出现问题,便直接影响到船舶的正常航行。此时轮机部就要及时而正确地诊断故障所在之处,组织人员进行抢修,让其及时恢复到正常状态。轮机部主要工作场所就在船舶的最低层(主、副机舱)。由于机舱的温度较高,每当抢修时,现场工作人员都是一身汗、一身油。可大家似乎并不在乎,都在默默无闻地工作着。

2009年7月6日,"向阳红09"船在南海执行"西太平洋地域海洋灾害对气候变化的响应"任务时,轮机部就开始了载人1000米级潜水器海试任务的准备工作。7月11日"向阳红09"船停靠青岛后,轮机部马上投入到对全船机械设备正常预检修工作中。为此,轮机部提出了这样的口号:"不能让我国首次载人深潜海试因为动力原因耽误一分一秒!"为不耽误这一分一秒,轮机部全体人员在"向阳红09"船停靠青岛期间没有休息过一天,他们加班加点将全船机械设备做了一次全面系统的预检修,有力地保障了潜水器海试的按时出航。

7月30日,"向阳红09"船靠泊江阴苏南码头。8月4日,科研人员对潜水器进行调试。9:00左右,中舱中央空调压缩机突然出现机械故障,中央空调无法正常工作。轮机部无法自行修理并排除此故障,他们只得联系厂家到船上修理。

为配合修理厂家,缩短修复时间,轮机部人员主动将压缩机300多公斤重的总成拆下,将其从非常狭小的空调机间搬到中舱,再到后甲板,最后移到码头。此时,厂家的修理工程车到了。厂家的技术人员很吃惊地看着满身是汗的他们,有一位老师傅说:"我干了这么多年修理工作,还第一次遇到船员对抢修工程这么积极主动、这么认真负责的,看来你们不是一般的船。"

8月5日下午4:00,压缩机修好被运回码头。为了防止压缩机在搬运中受损,轮机部的同志又主动提出自己把压缩机搬运到空调间,并配合修理厂家连夜进行安装、调试,以最快的速度恢复了空调的正常运转。

作为海航船,动力保障是第一位的。特别是在大风浪中,如果船失去了动力,那么这艘航船非但不能驶向彼岸,还有可能遭遇不测。

船的动力装置多在底部,因此轮机部的同志是工作在船舶最低层的人。无论执行什么任务,也无论船停靠哪个港口,船上和岸上的人总是看不到他们的身影。

机工们早已习惯了这种工作环境,天天面对着轰轰作响的机器,形成了他们大声说话却又不善于表达的习性。可是当你与他们成了真正的朋友,当他们在船靠港后以他们特有的方式喝酒时,他们会向你毫无掩饰地大声倾诉自己的心声。

一位机工说:"出航前,老轨对我们说,这次出海执行我国载人潜水器首次海试任务,这不同于一般任务,我只要求一点,就是海试中不能因为咱们的动力出问题,而耽误一秒钟。这是在我们部门不能出现的情况,如果出现,你们别怪我老轨不客气。成绩和荣誉是别人的事,我只管要求你们干好活!别的你们要是有想法就去找船长、政委说,我也会帮着你们,可前提是没有耽误'一秒钟'!"

轮机长刘军,大家都习惯地叫他老轨。他是典型的山东大汉,五大三粗,乍看上去一定会认为他是一位莽汉,所以有人又叫他"土匪"。实际上他粗中有细,有时细得让人想不到。就说喝酒,船上的人大都爱喝点酒,老轨也同样爱喝酒。可他给自己立下了一个铁定的规

轮机部技术人员在检修设备

矩:只要主机一启动,他就会滴酒不沾;无论出海多长时间,直至船靠上码头他才会喝酒。他说:"这就好像是开车不能喝酒一样,数学上这叫同理。"

部门里的人都服老轨,无论是在什么情况下,只要他在场或是他说一句话,全部门的人便闻风而动。此次海试近三个月时间,尽管轮机部的主、副机和辅助设备先后出现过多起故障,但他们实现了起航前的承诺,那个自己

对自己的"一秒钟"承诺。这些故障全部靠他们在海上自行排除的,而且不少是在别人熟睡时干完的。

  轮机部的工作环境是艰苦的。当有人问到在如此艰苦的条件下出海工作怕不怕晕船时,老轨挺直了腰杆,拍拍鼓起的肚子说道:"怕归怕,工作还得照样干";随后,他又神秘地说道:"不过,对没有出过海的人或长时间不出海的人,我可以介绍一点小常识。"他把晕船总结为三种类型,即:轻度,咽部不适,唾液分泌增加,吞咽频繁;同时轻度头痛、眩晕、嗜睡、面色苍白、恶心等。中度,头痛剧烈;恶心,厌食,呕吐反复发生,呈喷射状,吐后自觉轻松;面色轻度潮红或苍白。重度,有脱水现象,感觉疲惫;胃内容物吐空,甚至吐胆汁或呕血;面色苍白,四肢发凉,体温低于正常数。针对上述三种情况,通常预防晕船也有三个办法:第一,加强户外锻炼,做各种轻度活动。第二,加强舱室通风,保持室内空气清新,温湿度适宜。第三,使用药物防御,服用晕海宁、敏克静、灭吐灵、抗晕灵等药品,但需谨遵医嘱,适量服用。

  然后他吐吐舌头,悄声道:"吃药没用,不管是到了哪一种情况,意志是决定的因素。关键是不怕。"

南海1000米级海试

2009年10月3日上午9:17,"和谐"号载人潜水器,南中国海,1109米,这是我国载人深潜的新纪录!中国成为继法国、俄罗斯、日本和美国之后,世界上第五个具备1000米级深度载人深潜能力的国家!这是中国迈向深蓝的一大步,这是我国载人深潜人值得记住的一个美好日子!

50米:"和谐"号的中国第一潜

50米海试是"和谐"号载人潜水器此次海试的第一潜。

为了这第一潜,各参研单位和参试人员做了精心的准备。

海试过程是十分严格的,一切都在按照预定的海试大纲分步骤进行。第一潜成功后,中国大洋协会办公室副主任、海试现场指挥部总指挥刘峰在总结中作了如下的记述:

50米海区试验的目的是实现潜水器与母船布放回收系统之间的适配性磨合,完善潜水器从甲板到水面的布放和从水面回收至甲板的操作规程,积累操作经验;恢复潜水器各系统和设备海上功能;完成潜水器海上均衡试验。

2009年8月3—4日,载人潜水器在江阴码头举行了3次实艇吊放演练,验证了水面支持系统的起吊功能;15日,载人潜水器在A1作业点附近海面进行了2次海面调试试验;16—23日载人潜水器在A1作业点进行了3次海面调试和3次下潜试验。通过11次下水试验,载人潜水器各项设计功能得到了基本验证,载人潜水器布放回收操作规程得到了进一步完善,试航员队伍操作冷静,发挥稳定。除此之外,24日现场指挥部又根据中国科学院声学研究所的要求,在1000米和300米水深海区进行了试验母船噪声测试试验,为后续水声通讯功能的实现奠定了基础。至此,载人潜水器50米海区试验内容全部超额完成。

为确保试验的正确性和可信度,现场指挥部对试验过程、潜水器技术状态实施了全过程质量跟踪管理,同时还请监理公司随船进行质量跟踪。

8月6日起航后,"向阳红09"船成功躲避"莫拉克"台风,14日顺利抵达50米试验海区。避风期间现场指挥部组织学习了试验文件,从细节上研究每一次下潜内容、每一个口令、每一个操作动作,为南海试验的顺利开展打下了良好基础。

8月16日，南海分局完成了50米海区的扫海工作，为开展50米海区试验提供了试验条件。17—23日，海试警戒船舶进驻A1试验海区进行海试警戒，为整个海试过程的安全提供了外部保障。

现场气象员按照预报预警方案开展工作，为海试工作提供了现场、陆岸气象和海况保障；监理公司根据海试监理计划，见证了整个50米海区试验过程；中国海洋报记者根据海试现场计划，全程记录了50米海区试验过程，积累了第一手的影像资料和素材；海试现场指挥部组织得当，指挥有力，决策科学，保障了海试工作的顺利进行；临时党委努力构建良好的海试氛围，为海试的顺利进行提供了思想和组织保障。

8月2日，现场指挥部在"向阳红09"船上召开第一次工作会议，确定了现场指挥部的工作规则，明确了现场指挥部人员的分工。会议指出，现场指挥部要认真贯彻海试领导小组的决策意图，发扬"严谨求实，团结协作，拼搏奉献，勇攀高峰"的载人深潜精神，面对海上复杂的环境，面对前人未有的挑战，尊重科学、依靠专家，以坚定的信念、旺盛的斗志、拼搏的精神、科学的决策，沉着冷静，坚毅果敢，确保50米海区试验的圆满完成。

现场指挥部实行每日例会制度，参加会议人员包括现场指挥部成员、临时党委书记、海试顾问、指挥部办公室成员以及当天下潜的试航员。例会总结当天试验情况，布置次日试验工作，对重点问题进行讨论。50米海区现场指挥部共召开22次会议。同时，现场指挥部对海试出现的重要问题适时进行会商，分析问题，寻找对策，广泛听取各方意见，认真讨论，做到了决策科学，指挥合理。

现场组织指挥体系运转良好。现场总指挥果断决策，副总指挥现场指挥严格，各岗位人员认真操作，海试现场作业有序。参试单位之间形成了有效、畅通的协调机制。经过50米海区的试验磨合，验证了组织指挥体系的通畅性、协调性和融合性，提高了各岗位操作的熟练程度。

现场指挥部广泛掌握各方面信息。对气象信息、海况信息、母船信息、潜水器位置信息、作业现场监控信息的及时掌握保证了海试现场信息的畅通。

"向阳红09"船驶进三亚港

现场指挥部严格执行质量管理制度。从计划、准备到操作、分析都有明确的要求,文件、表格、图像、语音都有明确的要求和记录。各参试单位对出现的故障严格排查、追根溯源,保证从根源上解决问题,杜绝相同故障再次发生。

现场指挥部高度重视作业安全,专门设立了作业现场安全督察,严格执行作业现场安全规定。海试以来,作业现场严谨有序,未发生过任何人身伤亡事故。

现场指挥部办公室依照职责,及时向上级反映海试现场的工作情况,向下级传达现场指挥部的重要决议。50米海区试验期间,共向海试领导小组办公室上报《海试现场日报》25期,书面会议纪要22份、有关规定和工作规则2项,有效地保证了现场指挥部的顺利运转和指挥决定的顺利执行。

50米：参试者如是说

"向阳红09"船是从江阴起航后直接到达试验海区作业的。对于海试的细节，海试准备部部门长胡震作了这样的记述：

我参加海试并不是第一次，但参加这样大型而且责任重大的海试还是第一次。我们是怀着十分复杂的心情来到船上的：一方面心情非常激动，因为我们的潜水器经历设计、制造、调试各个阶段，现在终于可以到海上一显身手了。这是一条非常艰辛的路，许多人为此奋斗了7年的时光。另外一方面，我知道海试所面临的挑战，这是一场不容有任何闪失的战斗，每一次试验对我们而言都是一个新的开端；每一次下潜既考验潜水器，也考验试航员和母船，还在考验整个海试团队。试验决不会一帆风顺，我们必须要有打硬仗、打大仗的思想准备。

试验从"向阳红09"船到达三亚后正式开始。第一次下水是进行联合演练，我的岗位是试验准备部门长，要为潜水器下潜试验做好一切准备。我的工作其实从潜水器每一次调试试验结束就已开始，一直到下一次潜水器布放入水才算告一段落。从蓄电池的准备、载荷的计算和准备到舱内氧气和二氧化碳吸收剂的准备等等，一点一滴都不可以掉以轻心。每一次调试试验前我都会习惯性地围着潜水器转几圈，看看潜水器上每一个设备的连接是否可靠，看看是否还有遗漏的地方，在围着潜水器转的时候，脑海中再理一遍下潜准备的过程……

第一次联合演练时，崔维成副所长、试航人员张东升和潜航学员唐嘉陵3位进入载人舱。母船处于锚泊状态，潜水器在水面进行设备功能复核，试验非常顺利，但三位试航员还是经历了考验。三亚的天气炎热，海面温度非常高，潜水器舱内温度也很高，高达38℃，三位试航员出舱时衣服都湿透了。

50米海区的试验就这样开始了。从8月15日到23日,共9天的时间完成了8次下水作业。每次作业回来后潜水器均需要进行大量的维护,为下一次试验做准备工作,其工作量非常巨大。我们每一位同志都付出了艰辛的劳动,为试验的顺利进行提供了保障。每当指挥部询问我们准备情况时,我心里都有很多话想说,但每一次我都只回答:"我们一定按时准备就绪。"船上的环境和我们在水池试验时差很多,而留给我们准备的时间又比在水池试验时少很多,我们只有克服困难,踏踏实实将工作做细、做好。

在50米海试阶段我们面临的最大挑战是水面与水下的通信问题。VHF通信距离偏短,而水声通信一直无法建立。每一次下潜都要事先详细策划,特别是潜水器到水下后的每一个动作都要计划到位,潜水器返回海面的时间要精确到分钟。记得第10次试验时,潜水器比预定的返回时间晚了近10分钟;我们在甲板上的人员心急如焚,但爱莫能助,只能一遍遍地在海面上焦急地搜寻着潜水器的影子,直到发现潜水器浮出海面的那一刻,大家才长出一口气,把心完全放下。

随着潜水器试验在50米海区的顺利展开,下一步试验工作的安排也提上了日程。根据我们的海试方案,在进行1000米深度试验的时候,需要有ROV待命救援。海试领导小组和指挥部多次探讨可能的替代方案,为以后的大深度试验和工程应用摸索一条可行的途径。指挥部为此召开了多次专题会议进行研究,最后将目光投向了我们的应急浮标。

应急浮标就是安装在潜水器背部的一个方方的模块,在潜水器设计之初它是不存在的,直到潜水器开展组装联调时才加上,它是确保潜水器安全的重要装备。因为它位于潜水器的线型外,在潜水器上格外醒目。在潜水器进行水池试验时,我们专门安排了应急浮标的释放试验,并且一次成功。指挥部通过讨论认为,该应急浮标完全可以在1000米级海试中担当确保安全的重任。为此,在50米海区,我们又安排了一次专门的应急浮标释放试验。

这样的试验存在几个方面的不确定性：释放的深度如何选择才能反映真实情况？浮标释放后会导致潜水器损失浮力，潜水器的运动会受到怎么样的影响？如果缆绳没有全部放出会出现什么后果？在浮标释放后是否可以使用推力器？浮标和潜水器出水的次序如何？如何回收浮标？特别是在水面和水下没有通信联系的情况下，如何能够实现试验的顺利实施？面对这一个个疑问，有位专家主动提出参加应急浮标释放下潜试验，并且和总师组对试验过程的每一个细节进行反复推敲，以做到万无一失。

有人提出试验要与实际情况一致，就是说要让潜水器坐底释放应急浮标。对这样的提议我表示坚决反对，因为此时的潜水器只是功能性复核达到了要求；50米海区的地质又是以淤泥为主，在水面与水下没有通信的情况下潜水器坐底释放浮标是非常危险的行为，浮标的释放会导致潜水器损失80公斤的浮力，这会使潜水器陷入淤泥。

在这种情况下，我们提出了一个方案：潜水器释放浮标的深度应该在20米左右，潜水器释放浮标后自由下潜一段距离，在浮标基本到达海面后，潜水器释放压载上浮。这样既可保证浮标顺利释放，又可以让潜水器有一个安全的下行区间；潜水器上浮时也不会与浮标相碰撞。这样就可以做到万无一失。指挥部批准了我们的试验方案。

8月23日早上，试航员叶聪、刘开舟进入载人舱，开始了第11次下潜。8:54，压载水箱开始注水；9:02，压载水箱进水结束；9:03，潜水器到达27米；9:06，潜水器到达44米；9:10，潜水器到达15米；9:11，释放应急浮标；9:12，甲板上传来了一片欢呼声，大家看到了浮在海面的那一抹醒目的红色。随着波浪不断摇摆的浮标仿佛在和每一个人打着招呼，告诉大家它已经安全浮出海面。7分钟后，潜水器也浮出了海面，就在离浮标二三十米的地方静静地漂浮着。随着浪花的轻轻拍打，浮标和潜水器之间的距离慢慢变大，直到两者相距约50米，这时我们知道试验圆满成功了，所有的浮标缆绳被释放出来了。

橡皮艇在浪涛里向潜水器驶去,勇敢的"蛙人"水手在船头迎风而立,迅速接近潜水器,割下应急浮标缆绳,稳稳地将应急浮标拖回了船,接着又回到潜水器身边,准备回收潜水器。

这是一次成功的应急浮标释放试验,每一个细节都与设计一致,这说明我们的试验方案越来越成熟,我们对试验的过程越来越有把握了。通过这次试验,我们有理由也有能力放弃ROV了。这是我们的试验取得的一个重大进步,预示着潜水器向实用又迈进了一大步。

300米:"和谐"号的第二台阶

"和谐"号的第二潜是300米海试。当300米海试成功后,刘峰总指挥在总结中对第二潜作了如下的记述:

300米海区试验的目的包括:调试潜水器各系统和设备在海上功能;调试、检测潜水器导航通信性能、航行操纵性能、作业性能等,排除出现的各种电磁和声场的干扰;对压载水箱给排水、纵倾调节、成像声呐、避碰声呐、声学多普勒测速仪等功能和手操航行控制、操纵性、三向航速测定、航速2.5节时制动滑距测定、自动定高、自动定向、自动定深、悬停就位等潜水器航行性能进行验收。

受热带低压、"彩虹"和"巨爵"热带风暴的影响,"向阳红09"船被迫于8月28日—9月2日、9月5—8日、9月12—14日、9月17—21日四渡B1区,进行了2次水面调试和5次下潜试验,下潜深度分别为213米、113米、335米、268米和292米,成功进行了两次坐底,并用机械手在海底放置了标志物,进行了拍照和摄像,进行了热液取样作业,获得海水样品420毫升。

通过7次下水试验,载人潜水器各项功能在海上得到了验证。我们也对载人潜水器各项设计性能进行了测试,对14项验收检测项目进行了重点测试。海试过程中,潜水器布放回收操作基本稳定。试航员队伍操作冷静,对试验的圆满完成起到了重要作用。

300米试验过程中,现场指挥部继续加强对试验过程、潜水器技术状态的全程记录和全程质量跟踪管理。

按照要求,南海分局完成了300米海区的扫海工作,为开展300米海区试验提供了试验条件。海试警戒船舶克服船小、海况恶劣的不利条件,保障了300米试验海区试验外围的安全。

现场气象员按照预报预警方案开展工作,为海试工作提供了现场气象保障;为确保试验的正确性和可信度,监理工程师继续随船进行现场见证和过程跟踪。中国海洋报记者根据海试现场计划,全程记录了300米海区试验过程,积累了第一手影像资料和相关素材。

300米海区试验前后经历24天,"向阳红09"船四赴作业海区。通过全体参试人员的顽强努力,我们已经全面完成了《载人潜水器1000米海试实施方案》规定的任务。

300米海区海试是1000米级海试的重要组成部分,潜水器的基本性能指标需要在此阶段进行验证和测试。在南海台风频发的时间段内,海试现场指挥部抓住机遇,果断决策,组织和指挥海试的进行,保证了300米海区海试工作目标的实现。临时党委适时做了"抓住机遇,夺取300米海试决战的胜利,向新中国成立六十周年献礼"的动员,通过表彰和宣传,做好参试队伍的思想工作,鼓舞士气,在思想和组织上保障了海试的顺利进行。

300米海试阶段,现场指挥部坚决贯彻科技部、国家海洋局的指示和第一、二次海试领导小组会议的精神,沉着冷静、坚毅果敢、科学决策,带领参试团队,克服重重困难,闯过道道难关,提前全面完成了300米海区海试任务。

通过50米、300米海区试验,载人潜水器海试指挥体系已经趋于成熟。我们建立了从现场指挥部到海试警戒编队,从现场总指挥到Ⅲ级岗,再到Ⅳ级岗、Ⅴ级岗的组织指挥体系;各岗位职责明确,决策有力,指挥得当,运转良好。现场总指挥果断决策,副总指挥现场严格指挥,各岗位人员认真操作,海试现场作业有序,确保了试验的圆满完成。

载人潜水器试验涉及工种多、岗位多,只有各岗位密切配合才能保证试验的安全顺利。在50米、300米海区试验过程中,我们逐步探索,形成了各岗位间相互协同的作业模式。总指挥与Ⅲ级岗位间,Ⅲ级与Ⅳ级岗位间,各平行岗位间,潜水器与母船间,潜水器与布放回收系统间,潜水器与橡皮艇"蛙人"间,试验母船与警戒船队间,每一个岗位都与相邻的岗位有着密切的关系,真正体现了"岗岗都重要,岗岗需协同"。试验形成的一整套指挥口令和完整的操作流程为试验安全顺利实现提供了保障。50米、300米海区的试验验证了各岗位间的通畅性、协调性和融合性。

现场指挥部重视作业安全,300米海区海试期间,作业现场各类人员穿戴规范、严谨有序,未发生任何人身伤亡事故。

现场指挥部办公室依照职责,及时向上级反映了海试现场的工作情况,向下级传达了现场指挥部的重要决议。300米海区试验期间,共向海试领导小组办公室上报《海试现场日报》26期,形成书面会议纪要18份,专题会议纪要1份,应急预案1份,确保了指挥部重要信息和决议的上传下达,保证了指挥部的良好运转。

300米:参试者如是说

胡震在300米海试结束后记述道:

300米海区的试验从8月30日开始,9月20日完成了最后一个下潜试验,经历了22个日日夜夜。最让人难忘的一次下潜是9月13日进行的第16次试验,试航员叶聪、杨波完成了335米深度的试验。为此,工作母船专门移动了位置,寻找了一个有足够深度的海区来进行试验。试验完成了计算机手动操作航行/非计算机手动操作航行、自动定向、定深、定高、悬停调试,完成了坐底、纵倾调节、可调压载试验,基本上实现了全流程试验。这次试验还做了原计划中没有要求做的自动定高和坐底试验,可见两位试航员在水下工作是多么沉着冷静。他们根据情况进行了必要的试验内容变更,为下一次下潜试验做了更多的项目准备,取得了宝贵的数据。

这次试验中出现了非常严重的故障,主蓄电池中有一节爆裂了。蓄电池一直是我们的心头大患,其原因是银锌电池的设定寿命只有一年。这个电池已经使用了一年半,在江阴码头时我们就发现了有单体电池失效的现象,在整个试验过程中我们都小心地呵护着它,因它一旦失效,将导致我们的试验必须停下来等待新电池。我们在出海前就要求订购新电池,但由于经费原因一直没有落实,直到在江阴发现问题后才紧急订购。我们算了一下,新订购的蓄电池最快要到9月20日到货;在这个时候电池出问题,表明我们必须返航,这是谁也不愿意看到的结果。

中国载人潜水器南中国海海试

在16次海试时,当潜水器回收到水面后,主蓄电池箱泄漏报警,电源接地检测出现异常。潜水器回收后,我们进行了检查,发现主蓄电池箱保护罩涨裂,内部气体很多。我检查了单向阀的油管,发现内部全是气体,说明单向阀已经开启,而且主蓄电池箱泄漏报警是在上浮至水面时发生的。打开电池箱,发现有一只电池发生了爆炸。分析其原因,一是电池寿命快要到期,这是造成这次爆炸的主要原因。二是皮囊破裂发生在水面,因为在深水区气体受高压时,气体溶解在液体中,收缩很厉害;在上浮过程中气体不断膨胀,在水面时压力最大,到达水面而喷发。事后丁博士也证实潜水器到达水面时听到了一声巨响,那是电池保护罩裂开的声音。回收后我们将失效的银锌单体电池和因失效而严重受影响的另外一只电池进行了剔除处理。其他电池也因为银粉析出绝缘受到影响。故此我们又对电池组和电池箱进行了清洗。

9月13日,蓄电池告急!要命的是天气也跟着告急!气象预报告诉我们,次日下午大风将至。为了与老天爷赛跑,指挥部决定9月14日早上8:00各就各位。这时,夜幕已经降临,而蓄电池的更换工作才刚刚开始,没有什么可说的,执行命令!

"向阳红09"船轮机长刘军带着水手调好灯光,船后甲板灯火通明,全体人员立即调动起来,拆下发生故障的银锌电池组,更换备用的铅酸电池作为下潜的动力电源。装卸设备的工作既繁琐又非常消耗体力,但没有一个人退缩,没有一个人喊累,尽管大家已经忙碌了一整天。工人马岭负责采样篮设备的准备与安装,试航员叶聪负责压载核算,实验员马波负责拆臂吊……一项项工作有序展开。

在船舶漂泊状态下起吊蓄电池箱,移位的难度远远超出了想象。在船上有限的空间中移位的路径是唯一的,在这路径上有各种设备、电缆的绳索;而且吊车操作人员看不见移位路径,稍有不慎就会发生"亲密接触",后果难料。只见实验员马波站在高高的吊车操作台上操作,顾秋良爬到脚手架的顶端进行全局指挥,张贵宝在甲板上指挥,三位一体的指挥操作体系就这么形成了。蓄电池箱下伸出四根绳索,十几个同志紧紧地攥住每一个绳头。马波镇定自若,操作有序。顾秋良命令清晰果断,蓄电池箱被吊起来了,下面的同志喊着号子一起使劲,一点一点、时高时低,蓄电池箱按照我们的设想移动,最后稳稳地落在了升降小车上。

马岭和滕锡根在采样篮里忙碌着,220公斤的有效载荷、采样篮框架、热液取样器……一样样设备排列到位,固定到位,忙完时已经晚上12:00了。

蓄电池真正的准备工作到晚上11:30才正式开始,他们给新装的铅酸电池充电,以确保次日下潜有足够多的电量;将充电过程产生的气体全部抽出,再往蓄电池箱充油。每一步的工作都要求仔细、认真。杨申申和程斐趴在电池箱边一站就是半个多小时,王磊和两位潜航学员也里里外外地忙碌着。到全部工作完成,潜水器具备下潜条件时,已经是清晨5:00多了。这时候,蓄电池组的几位同志才回到房间休息,可新的一次下潜即将在3个小时后进行,等待他们的是又一轮的忙碌。

在这个不眠之夜,指挥部的领导时刻关注着工作的进展,临时党委书记刘心成到现场了解工作进展,叮嘱大家一定要在工作中注意安全。海试专家一直站在潜水器甲板上,及时给予技术上的指导,而且还亲自动手安装采样器,直至晚上12:00才离开。崔维成副所长和徐芑南研究员一直在现场安排和指导工作。有了这些热血儿郎,"向阳红09"船上的这个夜晚,显得格外美丽,显得格外精彩……

9月17日,徐芑南研究员和崔维成副所长离开了"向阳红09"船,把试验的后期任务全部交给了我,我一下子感觉到了前所未有的压力。在9月18日的第17次试验中,我早上6:00就从床上爬了起来。这是我在Ⅲ-2岗位的第一次试验,但同时我也不能放下Ⅳ-4岗位的工作。这样一来,在整个试验过程中我必须全程站在第一线,先要进行试验的准备;接着进行试验过程的指挥;最后进行试验总结和维护保养,准备第二天的试验。

试验的过程比较顺利,海试专家为了缓和我的情绪,陪我一起来到水面指挥室,了解潜水器整个试验过程的情况。试验完成了自动定向、定深测试、自动定高和悬停调试、有效负载试验,完成了测深侧扫试验、热液取样试验、非计算机手动操作航行测试等,潜深268米。当我看到潜水器顺利返回水面并被吊回甲板时,百感交集。我知道无论我付出多么大的辛劳,都比不上下潜的三位试航员:他们一方面要顶着巨大的心理压力,同时要承受舱内难以忍耐的工作环境,他们付出的艰辛是我们难以想象的。我们非常幸运,我们有这样几位非常出色的试航员,这是我们海试成功的关键。

9月20日,我还是在Ⅲ-2岗位,作为试验过程的指挥,这一次我稳健了许多,事先对水面与水下的通话进行了规范和约定。试验过程中有一个情况让我非常担心,那就是潜水器的下潜速度达到了30米/分。这是一次需要潜水器坐底的试验,这么大的速度意味着潜水器超重很多,这会导致潜水器无法坐底,或者潜水器坐底以后会陷入海底。当我正在考虑这些问题时,水下传来海试专家的语音:潜水器已经坐底。我有些惊讶,他们是怎么做到的?我仍然担心他们会不会陷进去。坐底10分钟后,水下又报告说他们已经离开了底部,这时我才放下心来。

后来我得知,潜水器坐底时因速度较大,在海底激起的"尘灰"久久无法散去。我们的潜水器在抛弃压载后才顺利离开海底,说明潜水器具备非常良好的坐底性能。

1000米:这不是简单的尺度

在海试过程中,保证水声设备在深海复杂环境中正常运行是至关重要的,因为这是保证水面和水下信息畅通的保障。然而,在1000米级海试中,却在声学通讯方面卡壳了。技术人员用了16次下潜试验,才终于解决声学通讯问题。

无缆的载人潜水器离开母船后,不能像断了线的风筝那样到处乱"飞"。潜水器下潜后,被两条无形的"线"牵着,它们就是声学设备。一条"线"是超短基线装置,这是安装在母船上的设备,随时可以确定潜水器在深海中的空间位置及其运动情况;另一条"线"是声学通讯设备,母船要通过这条唯一的双向信息传输通路与潜水器操控人员进行沟通。没有或者断掉了其中的一条"线",潜水器就会像失去控制的风筝,有很大的风险。

开始时有人认为声学通讯问题出在环境噪声上,可是超短基线的信号说明环境噪声还不至于差到那样的程度。可是复杂的声学通讯影响因素很多，几次失败后还是没有完全确定故障的原因。技术人员夜以继日地寻找问题。有时他们感到海试队员的眼睛似乎都在盯着自己；现场指挥部鼓励他们继续耐心寻找故障点，坚持下去总会有解决办法。

声学通讯问题牵动了所有参试单位，就在"向阳红09"船到达试验海域的第10天，中国船舶重工集团公司北京长城无线电厂（简称"6971厂"）设计所接到一个简短的指令："不惜一切代价确保如期完成"，极为简单，又极为明确。

这是6971厂设计所所长笔记本上的记录：

8月25日，工厂下达研制生产任务，专项工程启动。

8月27日，确定技术方案。

9月10日，零部件加工完毕，采购件齐备。

9月12日，装备启运。

9月13日，完成换能器高压测试，并完成改进设计。

9月14日，潜水器用水下通讯装置完成组装调试。

9月16日，船用水下通讯装置完成组装调试。

9月18日，完成系统联调测试。

9月19日，完成电子设备三防处理。

9月20日，整套设备随试验人员到达现场。

9月21日，完成整套设备装船工作，开始进行现场测试。

6971厂设计所所长这样写道：

在不到一个月的日子里，无数令人振奋、让人感动的画面在我眼前展现……看到了吗？灯火通明的办公室里，技术人员在激烈地讨论着每一个方案的技术细节，详细计算着每一个部件的公差，精心测量着每一项技术指标的数据,缜密编写着每一行程序代码;机器轰鸣,通宵达旦,车间工人挥汗如雨,精确控制着每一条加工路线;换能器测试中压力指示的不断上升,牵动着每一个人的神经;发往现场的专车在烈日酷暑下和风雨中日夜兼程;电话、短信、邮件与现场的信息沟通在时空中穿梭;现场技术人员头顶三亚烈日,满身汗水,精心安装和调试着每一台设备……

我们有一个共同的愿望,期待着能在大洋深处传来中国之音;盼望我国的载人潜水器在大洋深海任何的深度里自由地航行。失败是成功之母,我们经历了数次失败,只有这样我们才能取得一次成功,男子汉面前没有退却,这就是中国的企业,是属于民族的企业。

1000米海试在即,可是母船航行用的测深设备只有300米的测量能力,如何解决深度和浅地层剖面测量问题,被提到了现场指挥组的议事日程中。因为,过于松软的海底底质不利于潜水器进行坐底试验,潜水器坐在松软的"稀泥"(细的沉积物)上面,会给潜水器坐底试验带来不必要的风险。

很快现场指挥组便做出了决定。第二天,一辆装着具有浅地层剖面功能的单波束测深仪[①]的汽车从广州出发直奔三亚。两天后,日夜兼程的汽车到达了三亚凤凰岛码头。在南海分局技术人员的协助下,很快这台设备被安装在了"向阳红09"船右舷外边,并进行了现场试验,1000米海试所需的测深和底质观测问题终于解决了。

在潜水器海试期间,大协作处处可见,大家只有一个信念:一定要实现中国深蓝梦,中国深蓝梦一定会在大协作中成为现实。大协作成为载人潜水器一个个新纪录的背景色。

[①] 单波束测深仪是一种可以辨别海底面软硬程度的观测设备。

1100 米：参试者如是说

1000 米海试结束后，胡震写道：

1000 米水深海区的试验原计划在 9 月 24 日开始，受台风"凯萨娜"、"芭玛"和南下冷空气的影响，耽误了 20 多天。我们在 10 月 2 日中午起航，晚上抵达试验海区。为保障海试，中国海监南海总队先后安排了 4 条海监船和 2 条渔政船担任警戒。南海分局按要求完成了 50 米和 300 米海区的扫海工作，保障和支持了海试的顺利进行。

10 月 3 日，这一天是中华民族的传统佳节——中秋节，是我们的"和谐"号向 1000 米深海挺进的日子。这一天我将在Ⅲ-2 岗位上参与试验海试全过程，心情既激动又紧张。

清晨，海风微微，细波粼粼，海况非常适合试验。我又一次爬上脚手架，细细检查每一个设备。每一次触摸潜水器，我都有一种别样的感觉，就像抚摸自己的孩子，关切中带着期待。我深深了解潜水器上每一条脉络，我知道她不会让我失望。

潜水器入水了，我站在甲板指挥室目送她出征。水声电话中传来试航员请求下潜的请示，激动人心的一幕幕即将悄然展开。随着注水的进行，潜水器一点一点地下潜，在她完全从我的视野中消失后，我的目光依然注视着那一片深蓝色的海洋。10 分钟后，传来了潜水器到达 100 米深度的消息。我心中默默计算着潜水器下潜的速度，知道她一切正常，她正向着我们心驰神往的深海、向着我们的目标前进着。时间在不知不觉中流逝，200 米，300 米，500 米，800 米，潜水器在一步一步靠近我们的目标。

我心中计算着应该到达 1000 米的时刻，可试航员却没有用语音报告，只是用三个长声告知一切正常。我知道他们在进行浮力调整，寻找潜水器在水下的平衡点。终于，水声电话中传来那熟悉的声音：潜水器已经到达了

南海 1000 米级海试

1048米的深度!

顿时,甲板指挥室一片欢腾,大家尽情欢呼,多少个日夜的努力,迎来了这个激动人心的时刻。

试验还在继续,潜水器在1100米达到了平衡。过了几分钟,试航员报告已经抛载开始上浮。上浮过程中还进行了高速水声通信的试验,我们第一次听到了从深海用高速水声通信机传上来的语音,预示着我们的潜水器又一项功能实现了。上浮的速度很大,潜水器每分钟可上浮30米左右。上浮的过程一切顺利,总指挥发出了加强瞭望的指令,我们的潜水器要回来了。

1000米海试

过了一段时间,瞭望人员报告发现了潜水器,就在船的右后方。母船迅速靠过去回收。随着吊车的运转,潜水器缓缓离开海面,稳稳地坐到了母船甲板上。试航员出舱了,我们的英雄回来了,全体参试人员夹道欢迎,向他们致以崇高的敬意。甲板上进行了简短而隆重的庆祝仪式,大家在欢呼声中舒缓多日来的紧张情绪,尽情享受这一刻成功的喜悦。

2009年10月3日上午9:17,"和谐"号载人潜水器,南中国海,1109米,这是我国载人深潜的新纪录!中国成为继美国、俄罗斯、日本和法国之后,世界上第五个具备1000米级深度载人深潜能力的国家!这是中国迈向深蓝的一大步,这是值得我国载人深潜人记住的一个美好日子!

返航的途中,一轮明月照着我们,淡淡月色下的"向阳红09"船劈波斩浪,淡淡月色下的"和谐"号美丽宁静,淡淡月色下的我们心潮澎湃。中秋佳节,尽管没有暗香盈袖,但有明月千里伴行,照亮唯美的情思和心动,在波光粼粼中不知不觉地闪耀。

1109 米：青岛啤酒与崂山矿泉水

　　1000 米意味着什么？1000 米是深海的深度，999 米不行，只有突破 1000 米才算是进入深海，它是科学定义的"深蓝"。因此，1000 米对于所有参试人员来说既是渴望的，也是沉重的。渴望的是，通过大家的努力，实现中国人驾驶自己研制的载人潜水器第一次进入深海的梦想！沉重的是，我们能一举成功吗？！

　　就在大家分享 300 米海试成功的喜悦时，有人想到了"向阳红 09"船的母港——青岛。大家认为当我国载人深潜取得成功并对世人公布时，青岛这座城市应该更有资格分享这一中华民族文明史上的喜悦，因为这座城市养育了"向阳红 09"船 30 多年。

　　有人提议应该为青岛这座城市做点什么？这一提议一下子令船员们兴奋起来。在轮机长刘军的房间，大家七嘴八舌地议论着。有人突然想到，何不把大家离开青岛时买的"青岛"啤酒在 1000 米海试时带入海底留作纪念？随即，刘心成副局长找来窦永林船长交代此事。窦船长欣然接受，并提议再带几瓶"崂山"矿泉水一同下潜，以验证此两种产品的包装质量。这种检验将是世界上绝无仅有的。

　　众所周知，水是不可压缩的。如果在一个密封的容器里装满水，不留任何空间和空隙，那么无论在多大的压力下，容器都是不会变形和破损的。

　　10 月 3 日这一天，在"和谐"号潜水器下水进行 1000 米海试前，窦永林船长拿来了 6 听易拉罐"青岛"啤酒和 6 瓶"崂山"矿泉水，用网兜装好放入潜水器艏部的样品采集筐里。

　　下潜了，下潜了……上浮了，上浮了……潜水器成功下潜到 1109 米后返回海面。回到母船后，人们惊喜地发现 6 听啤酒和 6 瓶矿泉水几乎完好无损。在大海中每下潜 10 米便增加一个大气压，1109 米深处超过 100 个大气压。经过100个大气压的检验，6听啤酒竟几近完好，这说明"青岛"啤酒的容量是足斤足两的，易拉罐的质量是可靠的；6瓶"崂山"矿泉水也是如此。海试专家现场为这6听啤酒和6瓶矿泉水验明正身，并出具了证明书。

证 明 书

10月3日9:17，在南中国海北纬17°27.250′，东经110°25.678′，中国载人潜水器首次下潜到1109米的深度，并载有净含量330ml的易拉罐"青岛"啤酒（标有2009071801614:18 条形码:6901035609265），共6听。

特此证明

2009年10月3日

证 明 书

10月3日9:17，在南中国海北纬17°27.250′，东经110°25.678′，中国载人潜水器首次下潜到1109米的深度，并载有6瓶净含量600 ml的"崂山"矿泉水（标有2009071517:16B 条形码:6922307206005 3瓶；2009071517:17B 条形码:6922307206005 1瓶；2009071516:08B 条形码:6922307206005 1瓶；2009071516:29B 条形码:6922307206005 1瓶）。

特此证明

2009年10月3日

第一次返航

"向阳红09"船从三亚又一次起航了。在执行海试任务过程中，这艘功勋之船一次又一次创造了自己"九"(9)字的传奇。

在数字中，"九"(9)字为最。因此，中国自古便有"九九归一"、"九字为尊"、"一言九鼎"等种种说法。"向阳红09"船的"九"(9)字,在过去的30年中,蕴含了传奇,在此次1000米级载人潜水器海试中又延伸了这个传奇:

这次海试的最大下潜深度:1109米。

1000米级海试现场指挥部召开了49次工作会议。

北海分局参试人数49人。

外单位参加海试人数也是49人。

参加海试总人数为98人。

"向阳红09"船海试出航共计90天。

海试遭遇气旋、强对流云团引起的突发大风、低压、强热带风暴和台风共9次。

"向阳红09"船党支部的党员人数为29人。

"向阳红09"船两台主机,每台主机9缸。

"向阳红09"船第一次停靠江阴在7月29日。

"和谐"号载人潜水器海试20个潜次中,水面调试11次,正式下潜次数为9次。

北海分局慰问演出小分队的演员是9人。

"向阳红09"船返航停靠江阴在10月19日。

这些与"九"(9)字相关联的人与事并没有人去刻意设计,一切都是顺其自然。

8月14日午餐时,有一位海试专家对大家说了这样的一段话:

1000米级海试取得了成功,这是中国人在国际深潜界创造的一个奇迹。正如科技部领导所说:"这是中国深潜事业的里程碑。"一会儿,你们就要开船返航,而我也要下船了,我会在码头上为大家送行,直到"向阳红09"船离开我的视线。

这次我在船上的工作和收获将是我终生不会忘记的。我感谢在座的各位,从现场指挥部的领导、船长到船上的各位弟兄,包括参试队员中的老前辈和年轻朋友,没有你们的努力,没有在座每一个人的努力,我说的奇迹不会发生,我的工作也不会完成。

能够完成这项工作,在船上见证了1000米级海试成功的过程,同专家组一起承担责任是我的幸运。假如这次1000米级海试失败了,那么中国多年载人潜水器研制工作或许要推倒重来,重新开始。今天是你们创造了这个奇迹,才有了这个里程碑。

稍作停顿,他又接着补充道:

准确地说,这是一个转折点,是中国整个深海探测大工程的转折点。

为什么说这是个奇迹,在领导小组工作会上我说过,今天当着船上的弟兄们,我想再说一遍:这次海试,按常规是不可能成功的。按照国际深潜界的做法和严格的技术规范,这次海试是不能够出海的。先前我对科技部领导也说过,必须在合适的气候条件下,也就是在南海三月到五月之间完成海试,这是一个前提。我还说过,海试不能拖,时间长了潜水器上的很多技术装备和技术部件都面临着老化或过期报废的危险。在南海秋季恶劣的气候条件下,搞载人潜水器海试,这在国际深潜界是绝无仅有的。再说,我们的参试团队中大部分人缺乏出海经验;还有试验母船,在国际深潜界还找不出一条船龄在30年以上的母船。所以,按照常规的技术规范,这次海试是不能做的,做了也不可能成功,因此我说这是个奇迹。

就是这个简单的1000米,中国在世界深潜界,从零一步跃进前五位。这个奇迹的出现,没有别的理由,只有一个因素:在中国,在座的每一个人,是你们的信念和激情,是你们创造了自己一生的奇迹,才使得中国有了这个奇迹。我再次感谢大家对我工作的支持和帮助。

他的话赢得了大家长时间的掌声……

南海3000米级海试前奏

2010年5月25日,休整了半年多的"向阳红09"船又一次离开母港——北海分局团岛码头,起航赴南海完成3000米级载人潜水器海试任务。

5月18日,在"向阳红09"船会议室召开了出航前的准备工作会议,会上做出决议:此次3000米级海试若取得成功,将对外公布我国成功研制载人潜水器这一重大成果。

又别母亲港

2010年5月25日,休整了半年多的"向阳红09"船又一次离开母港——北海分局团岛码头,起航赴南海完成3000米级载人潜水器海试任务。

这一天对海上人来说是少有的好天气。头一天清晨的一场雷阵雨过后,随着太阳越升越高,天空逐渐晴朗起来,海上能见度可达几海里;加之气温适度,这对于航海人来说实在是一件好事。然而,美中不足的是,海上北风风力较大,上午风力为6~7级,阵风9级;中午过后,风力开始减弱,但由于是南下,正好一路顺风。

下午2:30,"向阳红09"船在拖轮的拖带下,徐徐离开码头。同往年一样,"向阳红09"船的此次南下远航仍然没有欢送仪式。

按照航行计划,"向阳红09"船将于26日晚抵达长江口,然后等待引水进入长江。但由于长江江面船只多,航道窄且限速,"向阳红09"船只能低速航行,预计27日下午四五点钟才能抵达江阴。

此次南下,船长窦永林感到肩上的担子很重,但他期盼能顺利完成任务,早日归航。此次他是带着沉重的家庭负担出海的。岳父患肺癌正在医院里接受化疗;同时不幸的是,半个月前,他年近八旬的父亲不慎把骨盆摔裂也躺在了医院的病床上;而孩子又正在办理大学的专科升本科的过程中。这一去,他又将在海上度过两个多月的时间,家中之事他将无能为力。

船离开了码头,窦船长拉响了汽笛。这汽笛声对于航海的人来说十分熟悉,这是在告诉人们船已离开了码头;同时这汽笛声也代表所有的船员向亲人告别,向母亲港告别。

汽笛声过后,"向阳红09"船默默远去了,留下一条长长的洁白航迹,但它仍牵着这座城市,连着亲人的心。

作为我国唯一的载人潜水器试验母船,"向阳红09"船此次南下是进行第二次海试。正因为是试验，所以具有许多不确定的因素，会遇到许多不可预见的困难。这一重大科研项目虽然成功地完成了1000米级海试，但仍然没有公开，所以不能对外宣扬。试想在经过了海上的艰辛过后，虽然参试人员心存喜悦与自豪，但这一切都是在外界毫无知晓的情况下进行，他们难免会缺乏成就感。默默地出航，悄悄地归来，我们有理由理解他们的感受。

5月18日那天，在"向阳红09"船会议室召开了出航前的准备工作会议，会上做出决议：此次3000米级海试若取得成功，将对外公布我国成功研制载人潜水器这一重大成果。

正是在这次会议上，北海分局副局长、海试临时党委书记刘心成讲了这样一番话，他说："'向阳红09'船备航准备到今天不容易，从上个月回立丰船厂修船到前几天的青岛近海准备试验，目前我们基本上可以说已准备完毕。但我们要进一步提高对3000米级海试任务的认识，这不仅是一项工作，更是一项事业。虽然在国家海洋局党组的领导下，在中国大洋协会的组织下，海试没有因为我们的工作而受到影响。但是，随着海试深度的增加，困难和风险也都在增加。负责海试平台保障的北海分局责任重大。海试保障的重要性显而易见，母船对海试的成功与否起着十分关键的作用。因此，各级领导和参试人员要高度重视，必须按照指挥部'精心组织，安全第一，层层把关，责任到人'的要求去做，不背去年1000米级海试成功的包袱，从头开始，发挥我们的聪明和智慧努力工作，不为事业和人生留有遗憾。"

最后他讲到宣传工作，他说："我们要有宣传意识，有了话语权才有海洋事业的地位。在成果未公布和未公开宣传前要注意积累资料，对于这一不可逆的海洋事业的大事，我们应该意识到这是海洋文化的积累和沉淀，决不能因为我们工作不到位、资料收集和积累不够而影响日后的宣传工作。"

南海3000米级海试前奏

忠孝难两全

李永玉是"向阳红09"船的服务员,他在船上的工作既简单又繁琐,他负责卧具、餐具保管,一日三餐清扫餐厅,每天清扫洗碗间、公共浴室和卫生间。出海期间,参试人员始终能看到他忙碌的身影,他不声不响地工作着,为船员们提供干净整洁的生活环境。

那是2009年8月4日的早晨,他爱人打他的手机一直接不通,无奈把电话打给了船长。随后船长找到他,让他给家里回个电话。电话中他爱人对他说:"昨天晚上老家来电话了,说82岁的老母亲病重,可具体病情没有说。"放下电话,他拨通了大哥的手机,消息很不幸,他的老母亲因患肠癌住进了医院,经医生检查已是晚期。此时这个七尺汉子红了眼眶,然而他擦去了眼泪并没有说什么,也没有向船长提出任何要求,又默默地去工作了。

在随船出海和回家看望母亲尽最后一份孝道之间,他选择了前者。当领导得知此消息后询问他的打算时,他只是简单地说:"我和家里通电话了,孩子现在放暑假,她们一起回去看看,我就不回去了。"第二天上午,噩耗传来,他老母亲辞世了,李永玉没有在大家面前流泪,平静地做着自己的备航工作。

在航前检查会议上,海试现场总指挥刘峰和临时党委书记刘心成向上级机关汇报备航工作情况,当他们讲到李永玉放弃回家的事迹时,会场上响起了热烈的掌声。

水手长李斌是一位有着30多年工作经验的老水手。每天早饭后,水手们都会按时聚集在他狭小的房间参加分配当日工作的例会,最后过来的几个人只能站在房门外边。他三言两语,几分钟交代完一天的工作,大家就各自分头准备去了。

海试近三个月时间,有时烈日当空,有时则风雨交加,因此在海上完成甲板机械和船容船貌的保养工作难度很大。烈日当空时,甲板上温度有四五十摄氏度,连体工作服被汗水浸透,紧贴在皮肤上,每个人都像穿着紧身衣;风雨交加时,检查完设备人被淋得像落汤鸡。在这样艰苦的环境下,李斌带领水手们每天总是最早出现在甲板上,他们用汗水换来了洁净的船貌,多次受到登船参观领导的赞扬。

北海分局随船出海参加实验的并不都是船员,除了两名潜航员外,还有调查设备技术人员。在"向阳红09"船上他们属于实验部门,这个部门只有海洋调查船上才有。他们负责操纵折臂吊、布放声学吊阵等与水面支持系统有关的工作。

实验开始时,他们要爬上高高的操纵台,按照Ⅲ-1(船长指挥岗位代号)的指令和声学吊阵人员的手势操作折臂吊或绞车。吊运的物体都很重,无论是在烈日下还是在细雨中,他们都要保持精神高度集中。

张正云、初学君、王斌、李玉良又被大家亲切地称为"蛙人组合"。每次下潜试验他们都要先下海,驾驶橡皮艇摘挂潜水器主吊缆,解脱拖曳缆;并在潜水器下潜前,作为潜水器与母船的通讯中转站;直到潜水器下潜以后他们才能回到母船上。小小的橡皮艇在大海里就像一片随波逐流的树叶,稍有不慎人就会落水,所以他们每人都得穿着碍事的救生衣。

2009年8月31日,第二次300米试验开始,当"蛙人组合"进行挂缆时,张正云被涌浪打到了水中。9月20日,300米最后一次试验结束,王斌在下软梯时扭伤腰部,他当时没有作声,没有让别人替他去,因为一切都准备就绪,大家在看着他们,他不能让大家失望。他忍着疼痛完成了操控橡皮艇的工作,可在回到母船边收橡皮艇时,他怎么也爬不上软梯了,几个"蛙人"弟兄连托带举费了好大劲,好不容易才把他弄上了甲板。这时船上的人才知道他扭伤了。"蛙人组合"出色的工作成为专家和现场指挥部最为放心的一个环节。

王斌是青岛人,身上透着一种豪气。一次大型海上调查时,万米地质绞车作业时间过长,加上赤道附近强烈的阳光照射,用来润滑数米高处的大滑轮的粘稠黄油因日晒和摩擦生热融化,像毛毛雨一样从高处散落,后甲板上到处都是滴下来的油滴。不久,滑轮轴处冒起白烟,润滑的黄油开始汽化,绞车作业只好停止,等待着滑轮冷却下来。

可是,在炙热的阳光下单靠风冷需要很长的时间,而且滑轮在高处是否冷却了我们不得而知,这时王斌爬上了高高的A型架,他在数米高处,在摇晃的船上,仅站在半个手掌宽的角钢上,用水管水冷降温。尽管有安全带,可这样依然很危险。就这样,他很快冷却了滑轮,并加注了黄油,绞车作业得以恢复进行。

张洪欣、黄云明、马训辉与潜航员唐嘉陵和付文韬来自同一个单位,但在船上他们承担的工作却完全不同,他们的工作是用海洋观测的数据来为唐嘉陵和付文韬的下潜提供技术支持。他们负责属于水面支持系统的局域网络、通用数字信号传输、全船视频监控设备和远程视频传输的技术保障,确保各种实时信息在指挥室显示出来,在各相关设备之间畅通地传输。他们还负责潜水器下潜前的海洋要素观测、为现场指挥提供实时水深数据和实时气象观测信息;为潜水器配重设置提供现场CTD(温盐深)剖面数据;为在浅水区(100米以浅海域)选择适合的下潜试验时段提供现场海流观测结果。

张洪欣和黄云明均毕业于中国海洋大学,学的是同一个专业。他们毕业的时间虽不同,但都是海洋观测的老手了,他们曾经承担过数次大型海洋调查任务,所以知道这次观测的分量,任何观测和计算的失误都可能导致灾难性的结果;要么潜水器配重失衡,要么潜水器被海流冲走(浅海的潮流流速较高)。所以,他们必须集中精力,不能出现一点失误。在备航期间,他们把所有的计算程序整理了一遍又一遍,确保心中有数。

立新船厂的礼物

2010年5月30日上午，立新船厂①副厂长周龙林代表厂长徐永康和全厂职工专程由上海来到江阴，登上经过他们亲手增改装的"向阳红09"船，赠送了上海书法家周秋根书写的毛泽东《水调歌头·重上井冈山》诗词匾。

在赠匾仪式上，面对十分熟悉的船和船长，周龙林副厂长有些激动。他对大家说："2007年，'向阳红09'船在我厂经过近一年时间的增改装成为我国第一艘载人潜水器试验母船，我们为能有幸为我国载人深潜试验作出一点儿贡献而感到高兴和幸福。明天'向阳红09'船就要起航远征南海，去完成我国3000米级载人深潜海试任务，去圆中华民族的伟大梦想，全厂干部、职工欢欣鼓舞。我代表全厂干部、职工把书录《水调歌头·重上井冈山》的诗词匾送给你们，祝福'向阳红09'船和科学家们一帆风顺，谈笑凯歌还！"

周龙林副厂长的话勾起了窦永林船长的回想。"向阳红09"船在立丰船厂增改装时，正是国际国内修造船行业最红火的时期，也是生意最好和利润最高的时期。作为企业要盈利天经地义，然而，"向阳红09"船改船难度大于造船，即费工又费时，时时都会遇到难以预计的技术难题，不但不盈利反而还会赔钱。面对这种局面，徐永康厂长说："我们要讲政治，要为我国载人深潜事业作出我们应有的贡献！"

今天，面对周龙林副厂长，想到远在上海的徐永康厂长和船厂1500名干部、职工，船长窦永林激动地向周龙林副厂长表示："请相信，我和全体参试的科学家、船员一定不负重托，不畏艰难，发扬'世上无难事，只要肯登攀'的勇往直前精神，谈笑凯歌还！"

---

① 自"向阳红09"船增改装出厂后，中海工业有限公司在资产整合时，将在上海所属的立丰船厂和立新船厂合并为一个厂。由于立新船厂的建厂时间早于立丰船厂，所以合并后的厂名沿用了原立新船厂的厂名，厂长由原立丰船厂的厂长徐永康担任。

南海3000米级海试前奏

面对崇高而深情的重托，刘心成副局长也讲了几句话，他说："非常感谢立新船厂1500名干部、职工对'向阳红09'船增改装的大力支持，你们对我国载人深潜试验的支持和忠诚令我们十分感动。今天你们又送来珍贵的礼物——《水调歌头·重上井冈山》诗词匾，这是一笔珍贵的精神财富，将激励我们为中国载人深潜试验承担重任，创造民族大业的辉煌！"

重逢在太湖岸边

"向阳红09"船出航了。3000米级海试若取得成功，我国自行研制的第一艘载人潜水器这一重大成果将公诸于世，这无疑是中华民族走向海洋的过程中具有里程碑意义的大事。

北海分局领导自始至终对自身承担的潜航学员培训和载人潜水器海试工作十分重视，同时对此项工作的资料收集、积累和日后的宣传工作也给予了高度重视。在整个工作过程中，尽管存在着这样或那样的困难，北海分局领导仍然尽最大努力为记者提供方便条件以跟踪这一事件发生的全过程。

2010年5月26日，"向阳红09"船离开青岛的第二天，在北海分局领导的精心安排和组织下，为能更完整地记录相关的资料，一个临时组成的六人采访小组赶往无锡。小组成员除中国海洋报记者李明春外，还有北海分局孟庆凌（摄像）、青岛电视台董惠（编导）、尹言伟（摄像）等。

5月27日上午，采访小组来到702所位于太湖岸边的一个试验水池车间。偌大的车间里，潜水器正静静地卧在水池旁的架子上，还是去年离开三亚时的姿态，还是1000米级海试成功后归航时的平静样子。此时，它好像知道了自己将第二次出征，高昂着艇首，注视着大型拖车慢慢地停在了面前。此时潜水器的名字已由"和谐"号更名为"蛟龙"号。

此次吊装与它第一次离开组装车间进入水池车间时不同，也许是工人熟悉了吊装流程，吊装工作进行得十分顺利，只用了20多分钟潜水器就被平稳地安放在了拖车上。

5月28日,在雨雾中,"蛟龙"号出发了。

车队在警车的护送下缓缓驶离太湖岸边,穿过无锡市区,在众多不知情市民的注目下向江阴驶去,向母船的怀抱驶去。

上午9:30,车队驶上苏南国际集装箱码头,并于当天下午5:40停泊到码头的"向阳红09"船旁。随后,紧张的吊装工作开始了,一切顺利,没用半小时"蛟龙"便安然卧在了母船的怀抱里。

雨停了,"蛟龙"在母船的怀抱里昂着头,巡视着去年便已熟悉的母船和母船的一切,注目着滚滚东去的长江!

大江东去

"蛟龙"号吊装上船后,参加海试的科研人员开始忙碌起来,着手海试的各项准备工作。5月28日下午,海试现场指挥部总指挥、大洋协会办公室副主任刘峰到船后,29日上午立即组织召开了本航次第一次指挥部工作会议,布置当天下午的演练工作。

29日下午2:00,"蛟龙"号码头演练如期进行。刘峰总指挥坐镇指挥所,严格按照海试规程下达一系列指令,后甲板各个岗位按照指令有序操作,"蛟龙"号在海试人员的操纵下离开母体开始海试前的长江试验。

5月31日,"向阳红09"船起航前,全体参试人员在码头上拍下了一张合影,以纪念3000米级海试出航这一庄严的时刻。上午9:00,国家海洋局、中国大洋协会在码头上举行了"中国3000米级载人潜水器海试"欢送仪式。

载人潜水器在长江试验

这次欢送仪式和去年相比多了一项议程。最后一项议程是由科技部领导向刘峰总指挥授旗,也正是这一议程把欢送仪式推向了高潮。

9:30,国家海洋局王飞副局长宣布:"中国 3000 米级载人潜水器海试起航!"

科技部领导向海试总指挥刘峰授旗

揭秘 3000 米级海底纪念物

由于出航前各项准备工作很忙,对试航员叶聪的采访只能安排在他工作的间隙。采访结束后,记者同他在甲板上闲聊,当记者随便问道:"3000 米级海试坐底时是否还会放置什么纪念物?"叶聪说道:"我们已经准备了两件物品,一个是旗杆高 50 厘米的国旗;一个是直径 30 厘米的八角形盘子,上面印有'中国载人深潜海试纪念:2010 年'。两个物件均由钛合金制成,可以保证不被海水锈蚀。"叶聪从位于后甲板的准备舱的一堆物料中找出一个包裹,包裹由塑料布包着,外面用塑料胶带缠了一层又一层。叶聪用剪刀一层层剪开,拿出了两个物件。

看过后,记者"得寸进尺"地要求把这两件物件拿到后甲板,然后又喊来了摄像,把它们拍了下来。这时叶聪笑着说:"这两件东西今天是第一次曝光。"

叶聪总是憨态可掬,笑意融融。拍照后记者对他说:"3000米级第一个下潜的一定会是你,期待着你的成功!到时我们去三亚的码头欢迎你!"

试航员叶聪与海底纪念物

南海3000米级海试

2010年7月13日,10:01—19:30,在海试专家的指导下,两名潜航学员作为主、副驾驶,驾驶着"蛟龙"号下潜。这是3000米级海试的最后一潜,这次下潜仅隔了一天就刷新了第36次下潜3757米的纪录,下潜深度为3759米。水中工作时间542分钟,海底工作时间282分钟,系统地完成了无动力上浮下潜、坐底生物取样、测浮侧扫、在训潜航员深海考核等任务。这次下潜全程无故障,潜水器顺利返回母船。

"蛟龙"号冲击深海探测前沿

"向阳红09"船离开江阴到了南海后,便开始了3000米级海试前的海上前期工作,同时先后完成了水下摄影和航拍工作。

载人潜水器自开始研制起就引起海洋业内人士的关注。隔行如隔山,即便在海洋业内,很多人对载人潜水器的具体情况也不甚了解。随着海试进入了3000米级,关心的人也提出了很多疑问。

2010年6月16日,记者在三亚又一次采访了潜水器本体设计总师徐芑南。此时"向阳红09"船正锚泊在三亚锚地避风。此次采访主要就潜水器的选材、研制、海试流程、重要性及多数人所共同关心的载人潜水器有何作用等问题进行。

关于海试流程,徐芑南这样告诉记者:"海试的流程是有技术要求的,一般是按20%的比例递加,并不是常人想象的一下子就下潜到多少米。"他说:"我们的海试对下潜深度的技术要求分为50米、300米、1000米级、3000米级、5000米级,最后到7000米级。"

关于7000米的深度,徐芑南这样解释:"7000米是挑战极限,冲击世界深潜纪录。因为世界深潜纪录是6500米,除此之外,其实7000米并无更大的实际意义。"

对于海试,徐芑南说:"我们最大的担心就是海试的风险问题。潜水器本体由11个分系统组成,这11个分系统能否在不同深度的海试过程中都正常运行,是所有人都十分关注的。为应对可能会出现的紧急情况,我们建立了安全保障体系,提出的目标是'下得去,上得来'。这就是说,无论有多大的风险,无论遇到什么困难情况,一定要保证潜水器本体和潜航员都能安全回到海面。这个安全保障体系就是指11个分系统不管哪一个系统出现故障,都能保证潜水器和潜航员安全回到海面。"

关于海试过程,徐芑南强调:"海试是指从陆上组装到水池,又从水池到大海，再从浅海到深海的完整过程。海试是指潜水器本体及所有设备必须按技术指标，在不同的深度进行试验。这一试验过程是不可或缺和不可取代的，实际上也是一个检验和考核的过程。"

徐芑南还告诉记者："研制超过6000米设计深度的潜水器其最大难题是潜水器本体球壳的耐压问题。我们选择了钛合金材料制作球壳。钛合金不仅强度高、韧性好，同时还具有耐海水腐蚀的优点。但在当时国内还不具有这一技术，后来我们决定与俄罗斯合作，由我们设计，俄罗斯帮助加工。当时我们还想通过这

钛合金载人球壳

种合作来带动国内钛合金冶炼、压板和加工的技术进步，现在看来这一目的基本达到了。

"在潜水器的研制过程中，每一个环节都遇到了很多困难，从设计到技术配套和加工都是如此。潜水器的研制除了其本体，同时还能促进水下摄影、水下通讯、蓄电池等技术的成熟。"

关于潜水器的使用与作用，徐芑南介绍说："潜水器的使用并不是全天候的。也就是说，并不是在什么样的天气和海况条件下都能使用潜水器，它是有一定技术指标要求的。"

2009年的海试由于种种原因拖到8月份才开始，而这个季节南海正是台风多发的季节，这为海试增加了很大的难度：海况不好，潜水器要经受更大的考验，试验母船和潜航员、海试队员也要经受风浪、疲劳的考验。

对于潜水器有什么作用，徐芑南说："科学的定义是深度在1000米以上的海洋才能算是深海，而深度在1000米以上的海域占世界海洋总面积的49%。在这个区域里海洋资源种类和蕴藏量都十分丰富。特别是近些年世

界发达国家纷纷进行大洋科学考察，发现了一些新的海底资源，比如富钴结壳、海底热液硫化物、水化合物、海底极端环境下的生物与生命基因现象等，这些都需要进一步深入的调查和研究。要达到深入调查和研究的目的，就要深入海底直接观察、调查并采集样品进行研究。为此，人们只能采用两种方法进行，一是间接借助仪器设备，比如常规的深海采样器，还有近些年研制使用的水下机器人；二是最为直接的手段，就是人下到海底，直接观察和采集样品，也就是我们通常所说的'零距离接触'。潜水器就是这一直接手段的实施者。"

当记者问及世界大洋海底科考及其未来开发前景时，徐芑南说："世界海洋史已经告诉我们，以前的世界海洋之争是海面之争，也就是通过炮舰等武力手段达到海上国土之争的目的。而今天已逐步转变为海底之争，也就是通过高科技手段争夺海底资源，以达到未来发展空间之争的目的。"

正是面临着世界各发达国家对世界海底资源争夺日益剧烈的严峻现实，中国必须拥有话语权，拥有一定的份额。潜水器是最有效、最直接的海底探索者。如果中国没有深海探测技术，就只能与他国合作，与他国合作意味着什么不言自明。所以，中国一定要拥有自己的载人潜水器，要拥有深海探测技术，并最终实现这一技术的国产化。

船长的绝活

海试中潜水器的收放，以及在试验时保证母船和潜水器的合适位置也是非常重要的，这关系到载人潜水器海试能否成功。试验母船"向阳红09"船的前身建造于20世纪70年代末。受我国的建造技术水平限制，"向阳红09"船没有动力定位装置，这样的母船，在低速航行时保持稳定的船位和轨迹并不容易。

由于尾部甲板较高，潜水器布放回收时离开水面的高度为10米以上，这样，潜水器在收放过程中的摆动幅度较大，潜水器撞击母船船体的几率较高。另一方面，由于我国的水声通讯正在发展和完善之中，没有在船体内安装，而是放到水中拖带着，实现与潜水器的声学通讯，并且一前一后两边都有。收放是潜水器入水试验和结束试验的重要环节，一旦发生碰撞，很可能会因潜水器受损而终止试验，这道难题摆在了船长窦永林的面前。

在潜水器开始下放后，船长要操控母船的运动，指挥"蛙人"到达船尾，为母船尾部潜水器布放创造相对平静的海面，以减小入水时的冲击，做到尽量平稳出（入）水，同时又要防止潜水器与母船碰撞。要做到这些，就要求船长根据现场风、浪、流的情况，随时估算出船舶的运动轨迹，面对随时都可能出现变化的风速、流速，迅速做出反应，发出口令，指挥船舶运动，使母船与潜水器的相对位置始终保持在要求的范围内。

潜水器作业完毕上浮到海面，由于此时潜水器干舷①仅几十厘米，如果母船离开潜水器超过2000米就很难发现潜水器。一旦发现潜水器，船长要根据当时的海况、风流情况，选择接近潜水器的方位，然后按照预案进行操作。可是，海上情况多变，遇有特殊情况时该怎么办？为此，船长为自己设计了一套在特殊情况下操纵母船的方法。

当完成布放潜水器后，船长要操控母船使其到达潜水器下潜预定的上漂流点。这时，为应对母船尾部拖曳声学基阵漂移方向不可预测的改变，用左主机微进，靠小舵角调整船位，在保证船艉声学通讯系统不受伤害的前提下跟踪潜水器运动。

回收作业开始时，船长则要使用车舵和艏部侧推等操控方式，使母船接近潜水器上浮位置的下漂移点。当潜水器接近母船中部时，等待在船艉的"蛙人"接下送出的拖曳缆，操纵橡皮艇驶向潜水器，挂上潜水器艏部的拖曳缆。随后，母船微速前进，慢慢带动潜水器。潜水器靠近母船船艉时，微进螺旋桨排出的水流会推离潜水器，阻止其接触船艉，以避免发生碰撞。当潜

---

① 潜水器干舷指潜水器上浮后露出水面的部分。

水器到达 A 架主吊缆下方时，指挥"蛙人"登上潜水器挂妥主吊缆，然后起吊回收到船上。

几次下潜作业以后，船长做了总结，他提醒自己时刻注意下面的几个问题：

1. 潜水器在进行作业时，母船只有单左主机机动[①]，右尾部拖带声学基阵。在不能使用侧推的情况下，船舶操控会变得十分困难。当母船位置漂移过快时，既不能快速进车，也不能使用大舵角转向。

2. 回收潜水器时，母船航向与潜水器艏向应不超过 90°。在"蛙人"系妥拖曳缆后，应大弧度慢速顶风、顶浪航行，直至潜水器艏向与母船一致方可回收拖曳缆，使潜水器慢慢接近母船船艉。

3. 由于主机长时间处于低速运转状态，油头雾化不好造成燃烧不良，从而造成结炭、磨损加剧、串气等问题出现，所以要提醒机舱注意观察主机运行情况，及时预防出现问题。

"蛟龙"号的能源危机

3000 米级海试，电子配电组只有 3 个人，他们要负责海试过程的全部电器保障工作。电子配电组的杨申申，2005 年毕业于吉林大学，获硕士学位，他在接受记者采访时说：

潜水器整个体系是一个非常庞大的系统工程。既然是海试，在海况恶劣的情况下，必然会遇到很多难题，某一部分出现故障也是难免的。

去年 1000 米级海试时，我们小组是五个人。在徐广清研究员的带领下，我们共同协作完成了任务，并摸索出来一些经验。今年海试减少了两个人。因为徐广清研究员已 70 多岁了，身体又不好，今年没能参加。

这一次海试中，同样是一遇到故障必须连夜排除，最困难时我们一连四

---

① 单左主机机动：使用左侧主机，即用一个螺旋桨推进。

个晚上都要干到凌晨。在海试当中,系统有时会出现大面积的故障,这对于我们来说确实是一个考验。海试现场的故障排除完全不同于陆上。一旦发生故障,我们必须马上定位故障点,这是排除故障的第一步工作,也是一项难度极大的工作。

去年的1000米级海试刚开始不久,徐广清研究员就发现蓄电池的能量有所下降。他马上意识到这种情况非同小可,并提议及早做准备。蓄电池是潜水器最关键的设备,整个潜水器的动力全部来自电池,它是唯一的电力来源。当坚持完成了300米试验后,蓄电池完全失效了,必须立即更换。在陆上正常更换蓄电池都需要一个星期的时间,而在海上我们仅用了两天,因为时间不允许我们按常规工作。在船摇晃的环境下,在空间受到极大限制的条件下,更换蓄电池组是十分困难的。为了抢时间,保海试,大家克服了许多意想不到的困难,两天两夜不眠不休,有的人困得站着就睡着了。徐广清研究员对我们说:"我年纪大了觉少,少睡点多干点没关系,你们年轻人抓紧时间多睡点,只有这样才能保证后面的工作质量。"徐老师勤勤恳恳、任劳任怨的精神让我们感动,值得我们好好地学习。这次徐老师没来,但我们一定会按他的要求去工作。就在几天前我们还排除了一次大的故障,摸索出了一条可行的故障排除路子。

潜水器在深海高压环境下作业,接地检测是潜航员检测全部设备是否有泄漏情况最有效的一种测量手段;也可以简单地说,接地检测是一种测量故障点、定位故障的有效方法。自海试以来,各级领导、专家,尤其是丁博士特别关注接地检测电流值这一参数。去年的1000米级海试,使用接地检测就准确地检测到CCD传感器接插件的漏水故障、锌银主蓄电池组中单体电池失效等六个故障点。这种测量手段在1000米级海试中发挥了巨大的作用。同时,在去年的海试中我们还发现潜水器存在一些安全隐患。在今年3000米级海试前我们对这些安全隐患进行了有效处理,对所有的设备和电缆接插件都进行了检测和绝缘隔离。

这次3000米级海试开始后，潜水器经过海水的高压和浸泡后，接地检测及时地检测到潜水器有一故障点，这一故障点造成潜水器仪表电池绝缘值降到一个很低的水平，而且这一故障时有时无、时大时小。有多少次我们发现了故障点，等技术人员去定位时，它却消失得无影无踪，似乎故障点总是在与我们捉迷藏。

在第30潜次陆上检查时，这个故障又跳了出来，仿佛要阻止我们进行第30潜次试验。此时试验准备工作已经开始了。我们以最快的速度按照图纸检查电路，就怕这个故障点再无缘无故地跑掉。领导铺开图纸用对讲机现场指挥，拔插头、测电路，舱外舱内密切配合。接地电流、绝缘电阻等一个数据一个数据地测量，故障范围从整个潜水器缩小到舱内，再从舱内缩小到左舷，又从左舷进一步缩小到某一接头。大家知道这一接头连结着50多路信号，通过一个中午的测量，终于准确定位，原来故障点位于高度计。

在工人师傅的帮助下，我们打开高度计，发现其内部果然有几滴海水。就是这几滴海水在高度计内部滚来滚去，造成绝缘故障来无影去无踪，让我们一次又一次地扑了个空。能够发现问题，并很快解决问题，没有耽误下潜计划，这是最值得我们高兴的。不过，对于接地检测突变的问题与这次排查的是否属于同一故障点，还需要进一步认真地分析和试验。

我相信只要大家齐心协力，积极乐观地面对困难，科学严谨地分析问题、解决问题，我们就能够战胜一切问题。

大力水手

对于经常出海的人来说，家中父母妻儿是他们拥有的最大幸福。无论航行还是靠泊在天涯海角，由于亲人的那份牵挂，让他们始终生活在浓浓的亲情之中；临行前亲人的那份嘱托，让他们无憾地去努力工作。父母的健康、妻儿的平安成为他们在海上安心工作的最大动力。

"一切平安，一帆风顺"固然是天下人所愿。但天有不测之风云，又实属自然。就在"向阳红09"船抵达南海进行海试的第二天,水手冷日辉突然收到一个坏消息,父母的住处在8日凌晨因电器起火引发火灾,全部家当化为灰烬。幸运的是抢救及时,父母保住了性命。

儿子是父母最大的依赖,父母多么希望儿子此时能回到身边,替他们分担惊恐,抚慰受伤的心。远在海上的儿子何尝不想立刻回到父母身边尽一点孝道?!但他不能,他根本无法满足父母如此微小的奢望。

冷日辉是一名普通的水手,因他膀大腰圆、肤黑力大,大家都叫他"大力水手"。他说他喜欢这个绰号,这是同志们对他的厚爱和最好的评价。

就在不久前,他刚刚从执行大洋科考的"大洋一号"船下船,此次考虑到载人潜水器3000米级海试期间水面"蛙人"作业的特殊需要,出海前中国海监第一支队领导特意将他纳入"向阳红09"船的麾下,为的就是增加船上的水面操作力量。他果然不负众望,不负"大力水手"的称谓,在海面"蛙人"作业中充分展示了自己的能力。

"蛙人"出航

当他父母家里发生火灾后,领导找到他征询意见时,他说:"领导不要太担心,我不会耽误咱们的海试工作,我爱人已经将父母接到我家去了。我是党员,只要组织上需要我留下,我就责无旁贷。"他说这话时几度哽咽,但都忍住没让眼泪流下来。面对这样的好同志,面对在海上不怕风浪、不惧生死的汉子,领导无言,唯有上前紧紧抓住他的手,是欣然,是感动,更是鼓励!

在事业与家庭面前,冷日辉选择了前者。青岛电视台的一位女记者采访他和几名船员后给《海试快报》写了一篇题目为《真正的汉子》的文章。在文章中,她写下了这样一段话:"在陆上,他们永远是人群中最激情、最狂放的人;在船上,他们却又成了最辛苦、最敬业、最严肃的人。截然不同的两种气质,竟然会如此完美地融合在每一个船员身上。终于有一次,在船上我忍不住说:'你们,真的很"man"!'他们无畏风浪、无畏艰辛、无畏寂寞、无畏风险,为了心中的理想,为了共同的彼岸,用执著的信念和豪情托起了中国的深潜事业。"

他们是真正的汉子,而中国的海洋事业,需要这样的真汉子。

就在她采访"大力水手"时,冷日辉十分平静而又有些腼腆地介绍了自己的工作。作为水手,在船上他主要是干甲板上的事。这些虽然是粗活,但业务同样要精,还要有体力。问他为什么要有体力。他说:"在帆船时代,对于一艘船,水手更重要,因为那时主要是体力活;现在虽然与帆船时代有所不同,但甲板上和舷外的工作同样需要有力气。比如船离靠码头时要带缆,很粗的缆落水后非常重,要一米一米地把缆绳地拉到船上系好,没有力气能行吗?此次海试,我是水手,同时还担任了'蛙人'的工作,因为以前我参加过'蛙人'培训。在岸上远看大海好像很平静,可真的到了海上并不是那么一回事。特别是当小橡皮艇放到大海里,接近潜水器时,随着波浪的颠簸,橡皮艇和潜水器不是同步上下起伏,两者间有个落差,而这个落差时刻都在变化。这时要登上潜水器,一是要有力气拉动潜水器;二是要在落差的瞬间变化中接近平衡的间隙跳上去,然后在短时间里干净、利落地把潜水器上的一切事都干完。"

有时橡皮艇和潜水器两者间的落差有一两米,潜水器和橡皮艇上下交错,这给"蛙人"的工作带来了极大的风险。一次因为风浪太大,"蛙人"张正云一跳上潜水器就掉到海里了。幸亏,艇上的两个人反应非常快,立即把他捞了上来。否则,慢了一点他都有可能被海浪卷走,那就麻烦大了。

记者采访张正云时,他说:"父亲已80多岁了,是个老军人。从小父亲就教育我不管做什么事,在什么情况下都要把工作干好。我常年出海,每次打电话回家,父亲和母亲总是说:能早点回来就早点回家。我问需要什么吗?他们总是说:什么都不要,你平安回来就好。"

说到这里,他用双手捂住了脸,眼泪顿时涌了出来。停了片刻,他强忍泪水说:"母亲先后做了四次胆、肾和股骨头坏死手术,这些年我八次随'大洋一号'船参加远洋科考,这次能参加海试我感到很荣幸。每次下水我都不知道会发生什么,只有回到甲板上我的心才能放下。"

他停了一会儿又说:"我敢保证我的工作没问题,但我不敢说对得起父母……"

他说不下去了,眼眶又一次红了。

党委书记?司令员?

参加3000米级海试上船人员总计有95人,来自国内13个单位和国外1所大学,分别是:中国大洋协会、701所、702所、6971工厂、中国科学院声学研究所、沈阳自动化研究所、国家海洋局北海分局、南海分局、国家海洋预报中心、国家深海基地筹建组、国冶锐诚工程技术有限公司、中央电视台、中国海洋报和美国明尼苏达大学。

在95名参试人员中,年龄最大的63岁,最小的21岁,平均年龄42.3岁;年龄在30岁以下的20人,31~40岁的20人,41~50岁的25人,51~60岁的28人,61岁以上的2人。

在95名参试人员中,共产党员46人(其中,中共"十七大"代表1人),共青团员5人;副研究员和高级工程师22人,工程师20人,技师、技工5人,高级船员26人,普通船员18人,潜航学员2人,记者2人。

显然,这是一个临时组建起来的团队,这支团队必须要在较短的时间里融为一体,去面对恶劣的海上环境,战胜海试过程中遇到的困难,去创造一个又一个中国深潜事业的第一,他们能圆满完成任务吗?

对于这样一个团队,去完成如此艰巨的任务,国家海洋局党组给予了高度重视。为了加强海试工作的领导,组织上决定成立海试临时党委,由国家海洋局北海分局副局长、中国海监北海总队总队长刘心成任临时党委书记。

刘心成是由海军转业到地方工作的军事干部,转业前任海军北海舰队青岛装备基地司令员。当他接到这一任职时,首先感到的是荣幸,但同时更感到责任重大。

刘心成尽管以临时党委书记的身份出现在这个团队中,但他却以军事司令员的内涵给予了这个团队极大的威严和自信,并以雷厉风行和难以阻挡的军人作风影响着这个团队。"无私无畏,果敢顽强,团结紧张,严肃活泼"的团队精神在短时间里,在这个团队中得到了充分体现。

他为这个团队提出了这样一个理念:"提升凝聚力,强化执行力"。为使这个理念贯彻海试的始终,刘心成为临时党委的工作确定了"一个中心,两个基本点"的基本工作思路,即以圆满完成海试任务为中心,以确保海试领导小组确定的目标实施为重点,以确保海试指挥部决定的实施为重点。"一个中心,两个基本点"既是临时党委的工作思路,也是工作目标。为了尽快发挥临时党委的作用,根据人员分别来自多家单位、人员之间不熟、个人背景差异大的实际情况,刘心成提议并创办了《海试快报》,搭建起参试人员交流和思想融通的平台。事实证明,正是这个平台发挥了出乎意料的作用,通过这个平台进行交流、融通,参试人员的注意力在较短的时间里被吸引了过来,为提升参试人员的凝聚力发挥了神奇的作用。

在接受采访时,刘心成书记对记者说:

通过《海试快报》这一短小、精悍、快捷、真实的平台,充分反映和记录了海试过程中参试人员的精神风貌及其克服困难、战胜困难的事迹,在海上艰难的环境条件下对大家起到了极大的鼓舞作用,激发了大家的工作热情。特别是在海况恶劣,在海上等待时机时,在有人晕船呕吐、生病和身体不适时,大家的情绪处在极度的焦虑和烦躁之中,这时如果不及时做好每一个人的思想工作,如果一个环节出了问题,后果将不堪设想。在这种情况下,《海试快报》可以让大家把心里话说出来,为此,我们及时组织人员撰写了《耐心、耐心、再耐心》这篇文章,针对大家因焦虑和烦躁产生的不稳定情绪,因势利导,排解郁闷,帮助大家保持良好的工作状态。

提升凝聚力是为了强化执行力。在参试人员团结一致、共赴海试时,执行力便上升到第一位。在整个海试中,我们始终坚持"只有岗位,没有单位""我的岗位无差错,我的工作请放心"这样两个工作理念。这种工作理念体现的是个人的承诺,更是人生的价值。

刘心成以身作则,他要求一名党员就是一面旗帜,就是一根标杆,党员要在海试中体现先进性,在海试中培养树立"忠诚于祖国、服务于人民、奉献于深海事业"的高尚情操。每位党员都要起到模范带头作用,全力以赴、忘我工作、不怕疲劳、连续作战,为圆满完成载人深潜海试任务贡献自己的智慧和力量。

3000米级海试中,这一团队在海试现场解决了一系列技术问题,制定完善了一批预案和规程,对一些尚未解决的技术问题也有了新的认识并采取了应对措施,最终成功下潜到3759米。这绝对不是一个简单的数字,它包括了大深度无动力下潜、上浮、坐底、自动定高定深航行、近海底搜索、配载、平衡机械手取样、捕获软体生物、在海底布放标志物、插国旗、微地形测量、图文传输、语音通讯等诸多环节。科技部原部长徐冠华在海试现场深情地说:"许多参加过海试的人都强烈地感到,置身于这个团队中,能够立即被高昂的激情所感染。这个团队具有科学精神、团队精神和自我牺牲精神。"

临时党委以圆满完成海试任务为中心,以确保海试领导小组决策和现场总指挥部决心的实现为重点,发扬和践行"严谨求实,团结协作,拼搏奉献,勇攀高峰"的载人深潜精神,努力打造勇敢顽强的海试团队,为海试任务的圆满完成提供强有力的思想和组织保证。

3000米级海试期间,在某海区进行潜水试验时,潜水器布放以后出现了复杂局面,又因措施不当损坏了潜水器声学通讯换能器和水声电话吊阵电缆,换能器险些落入海中,试验工作不得不暂时停止。现场指挥部和临时党委召开全体人员大会,明确告诉大家:"我们的团队走了'麦城',打了败仗,这表明我们的团队还年轻,缺乏应对复杂情况的能力。我们承认这些不是甘心落后,而是将其作为奋起直追的动力。"当冲击2800米深度时,临时党委要求大家铭记败走"麦城"的教训,精心操作,协调一致,战胜困难。就是在这一天,创造了下潜深度3039米的新纪录。

突破3000米后,科技部、国家海洋局和各参试单位纷纷发来贺电和慰问信,临时党委及时宣传,把上级的关怀和参试单位领导的关心传达给海试队员。这些鼓励和慰问为海试团队源源不断地注入了能量,并转化为海试团队的高昂的激情和巨大的动力。在成功下潜3757米深度时,临时党委组织试航员出舱展示国旗,组织全体海试队员在"蛟龙"号海试队旗上签名留念,培养和树立队员爱国主义、集体主义和革命英雄主义精神。当海试取得成绩时,临时党委及时提醒大家海试的路还很长,随着潜水深度的追加,困难会成倍地增大,大家要做好攻坚克难的充分准备;当海试不顺利时,临时党委告诉大家攀登科学高峰的征程从来都是有坎坷的,海试的目的就是要发现问题,解决问题;当持续多日海况不良、船上队员出现焦躁情绪时,临时党委又提醒大家要保持耐心;针对部分人员抱有1000米级海试的成就感,缺乏应对3000米级海试困难的心理准备的情况,临时党委教育大家牢记领导嘱托,丢掉成绩的包袱,一切从头开始。此外,临时党委还组织编发《海试快报》,开设海试广播站,及时进行广播,把每一次下潜深度的数字变化即时通报全体人员。

中央电视台新闻记者、上海交通大学心理专家、科学家和船上队员成了《海试快报》的撰稿人。仅在3000米级海试期间就编发《海试快报》57期,海试广播站播音45次,起到了很好的舆论导向作用。临时党委在海试中发挥的作用不言自明:带领着这支团队圆满完成了载人潜水器3000米级海试任务,把科学家写在纸上和画在纸上的追求变成了现实,变成了国家的强盛,变成了民族的自豪。

水面支持系统有条"鱼"

水面支持系统有条"鱼",701所参试组的人员都这样说。这条"鱼"是谁?他就是在载人潜水器3000米级海试中担任现场副总指挥的副总师余建勋。在工作中他严谨求实但又敢于面对挑战,既掌握水面系统的全局,又特别关注细节、亲力亲为。在这次海试中,余建勋扮演了两个角色:一个是指挥者Ⅲ-3,一个是执行者Ⅴ-0。

作为指挥者Ⅲ-3,余建勋的责任与压力很大。海试中,701所负责管理甲板设备和执行作业的任务,主要作业就是将"蛟龙"号放到海里,再从海里捞回来。这项作业有三"高"特征,即:高空、高温、高风险。高空,A形架高13余米,检修时免不了要爬上去,恐高症者可免。高温,在南海,"向阳红09"船的甲板表面温度约60℃,作业时全体人员都在后甲板,此前CCTV报道,北京气温40℃,马路井盖的表面温度高达49℃。听到这一报道时,余建勋说:"真想麻烦CCTV随船海试的美女记者回去跟那位播音员说一声:'向阳红09'船上温度更高!"

余建勋经历过2009年的海试,他深知工作责任重大,细节决定成败。为此,他特别注意把握工作的程序。指挥部例会后,他会精心安排第二天的工作；他对准备工作要求苛刻，每次作业前他都自己检查一遍细节，细到会检查笼头缆挂钩预先打开与否。

此次海试，余建勋主动承担起更多的责任，重披战袍，当起了"老A"的全职操作手，收放"蛟龙"，他在复杂的海况下作业次次成功。

余建勋因兼A架操作手，所以人们又称他为V-0。A架操作手必须具备良好的综合素质，注意力集中，头脑清醒，反应敏捷。高风险带来高压力。他告诉记者，尽管已经几十次收放"蛟龙"，但每次操作他还是会心跳加快，加上高温，每次作业完毕他都是浑身湿透。他身体不是很好，有颈椎病、易感冒，但因为他是V-0，身体不适时他从不吃感冒药；而且如果回收作业是在开饭时间之后，他就不吃饭，目的就是为了保证注意力集中，确保潜水器和人员安全。

他深知自己责任重大，因此海试期间主动对自己封锁坏消息。海试前一个月，他八十高龄的老母亲在老家住院，医院发了病危通知书，他因忙于海试准备没有回去。海试前不久，母亲情况有所好转，他告诉兄妹自己马上要出海一个多月，手机没有信号，不用给他打电话。"向阳红09"船停靠三亚期间，他都忍住牵挂不往老家打电话，也阻止爱人告知他老家那边的情况，这种"舍小家为大家"的精神深深感染了海试团队成员。

决心的深度

2010年7月9日，载人潜水器3000米级海试进行了第34次下潜试验，预定下潜深度3700米，这是在母船上对"蛟龙"号进行了全面检修和维护后的下潜试验。试验前，指挥部成员对该潜次的下潜方案开展了深入探讨，随之进行了缜密的工作部署，以确保下潜工作的顺利进行。

本次下潜试验预定的主要任务为接地状况复核、海底航行机动试验、操作机械手、利用热液取样器取得3000米深海水样、坐底试验以及潜水器其他功能验证。10:00，试验开始，依次顺利完成了潜水器布放入水、主吊缆和拖曳缆解脱、声学通讯吊阵和声学通话吊阵布放入水等前期工作，"蛟龙"号按照预定计划执行下潜任务。12:11，第一次坐底成功，下潜最大深度达3757米，这个数字已经超越了3682米的国际海洋平均深度。"蛟龙"号在接下来的近三个小时里一直保持在海底活动，成功完成了全部试验内容，并拍摄到了鲜活的海底生物照片。这些照片与三位潜航员在舱内的真实工作照一并通过水声数据通信系统发回到指挥部。试验期间，"蛟龙"号成功坐底五次，取得了可喜可贺的成绩。载人潜水器于17:18浮出水面。17:48第34次下潜试验结束。试验全过程历时7小时48分钟。

高高吊起的潜水器

试航员完成试验出舱时，现场指挥部全体成员对执行下潜任务的潜航员表示祝贺。参试人员在甲板列队举行了欢迎仪式，并对刷新中国载人潜水器纪录的英雄们进行了传统的"洗礼"。根据总师组意见，海试指挥部决定次日暂停下潜，对"蛟龙"号载人潜水器进行全面维修。

第34次下潜成功后，试航员叶聪这样说：

7月8日，第33次下潜，止于2088米深度。重返D2试验海区，首战失利。下潜时，2000米接地数值突变为1.50；抛载上浮后，接地数值又从1.5突变为0.06。问题只在2000米左右深度出现。

当晚,潜水器总师组召开扩大会议,分析问题,考虑应对措施。现实非常清楚,要解决接地问题,也就是绝缘问题,甲板检修的手段是非常有限的。必须要下潜!面对压力,总师组形成了决策,在保证安全的前提下,只要接地数值不超过1.2,就继续下潜,让深度把问题彻底压出来。电气、控制、声学的设计师纷纷表态。"我们的设备不怕压!""传感器就是压坏了,我们还有备件!""大胆下潜吧!"7月9日,第34次下潜,杨波和我组成的试航员组合再踏征程,在舱内一路无言,我们决心用深度交给领导和战友们一份满意的答卷。

准备下潜的潜水器

1700米,等待问题出现;2000米,问题如约而至,接地数值1.11;2100米,1.11;2200米,1.11……3000米,1.11。数值似乎停在了1.11,没有到1.2,我们继续下潜的决心更加坚决。均衡的效果非常理想,深度超过3682米,超过了世界海洋平均深度。多普勒测速仪显示离底60米,我们决心抛弃下潜压载,以安全为前提,选择作业内容和顺序,下潜进入作业阶段。

灯光全部开启,离底6米,看到了海底,"咦,白色的,感觉跟300米海区的沙底很像嘛！"坚决地坐下去，成了！接下来，自动定深航行、自动定向航行、水声通信试验、水声通话试验、测深侧扫声呐试验、热液取样试验、多次坐底……试验的进展很好地回应了我们的决心。3757米深度的景象也比我们想象得要丰富很多，白色的鱼、黑色的鱼、大头的鱼、透明的小虾、红色的大虾、漂亮的海底花朵……

回到水面，战友们用泼水仪式欢迎我们。其实，我是不赞成泼水的，因为按照国际惯例，这应该是给第一次下潜的人准备的。

对了，上浮过程中，接地数值又从1.11突变为0.06，我们决心在下一次下潜中向它再次发起挑战！

锁定深度：3757米

7月12日13:00—19:10，"向阳红09"船和94名海试队员在D2海区进行了第36次下潜试验。一直困扰着试验队伍的接地故障难题在此次试验中被彻底攻克，接地检测电流为0.07毫安以下，实现全过程无故障。最大下潜深度再次达到3757.31米，并成功实现了坐底；同时完成了"龙宫"标志物布放、插国旗、测深侧扫声呐微地形地貌测量等作业内容，热液取样器采获水样521毫升，水样压力保持良好。此次试验还创造了"蛟龙"号载人潜水器海试以来返回水面时间最晚的纪录。

在晚上召开的指挥部会议上，一位专家指出，这次成功下潜有三点经验教训：一是，接地检测报警问题的解决，标志着我国载人深潜进入了一个新时代，通向更深海底的大门已经打开，就在当天上午，困难的魔咒还在向我们发动进攻；二是，下潜试验前备用蓄电池箱体出现渗漏现象，声学吊阵还未入水，A架液压系统管路发生漏泄现象；三是，我们的队伍已经成长，任何困难都阻挡不了我们前进的步伐。

南海3000米级海试

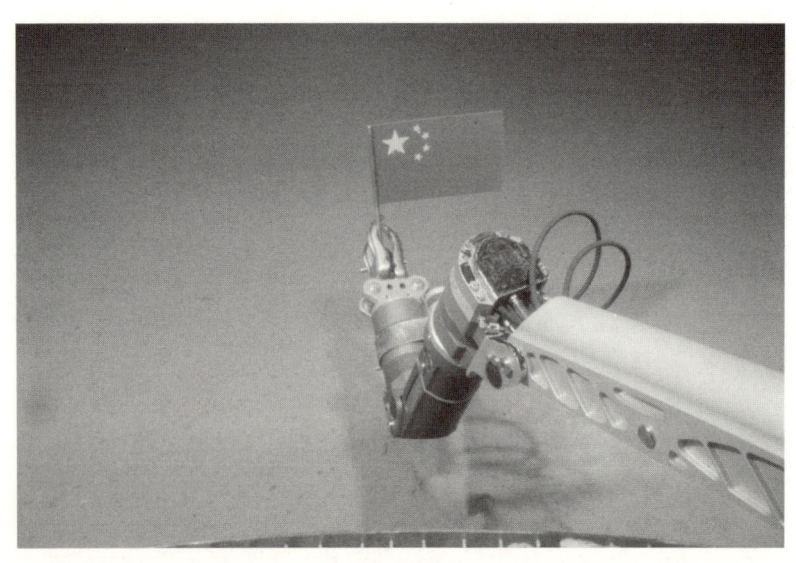

潜航员操作机械手将国旗插在 3757 米深海海底

技术咨询专家记下了这样几个瞬间：

今天我一直在母船的控制室里，潜水器和我之间相隔着几千米的海水。时不时地，我的遐想在缩短着我和它的距离。

接地：在几千米的深处，我们只有一种接地的方式——坐底。

欢呼：他很男人，居然一直忍着，直到最后才说，我们欢呼吧！顿时，南中国海开始沸腾。

站立的人：在接连四次被打倒后，还能在第五次站立起来的人将是最终的胜利者。

频闪灯：海面像是被捅破了的夜幕，透出一缕星光。星光闪烁为一个古老的民族重新点燃了几千年来的梦想。

潜次：一个潜次究竟能干啥？你会在以后的教科书上看到，每一个潜次所能实现的任务是难以预先完全估量的。以今年"蛟龙"号第 36 次下潜为例，它为中国最终打开了通向 6000 米深海的大门。

现场副总指挥、船长窦永林写下了这样的日记：

7月12日，周一，南中国海D2海试区。傍晚7:00，夕阳西下的余晖仍映照着天空。远处的天边与海面相连成线，那么平整，如切划出的一般，零星散开的云朵伸展，安静地躺在天空中回忆着一天的收获。宽阔的海面涟漪微泛，一切是那么的安然、恬静。广阔无垠的洋面上轻轻漂泊着"向阳红09"船。

载人潜水器试验母船"向阳红09"船的后甲板，人们正在沸腾着，欢呼着，迎接我们的海试胜利。六个小时的水下作业，全程无报警烦扰，无故障添乱，五星红旗顺利插入了3757米水深的海底，奠定了3000米级海试全面胜利的坚实基础。海试队员多日的郁闷被欢腾驱赶，所有的疲惫、困惑、心酸，都随着欢腾一扫而光！欢呼声中，6000米的深洋大门应声而开。

欢庆的鲜花、泼水、拥抱、相互道贺使人们忘了时间。黑暗笼上来的时候，队员们才渐渐散去，带着兴奋，带着疲惫，去寻找各自的庆祝方式。我站在欢闹的地方，站在欢迎潜航员凯旋的横幅下，仰望着潜水器上方飘扬着的五星红旗，陷入沉思。家中躺在床上的年迈父亲怎样了？辛勤一生的老娘还好吗？外地上学的女

3757米海底的生物

儿回来了吗？岳父肺部又积水了，妻子两边跑吃得消吗？爹，娘，儿子总是让你们牵挂，儿不孝啊！可我们所有的参试队员屹立在这红旗下，都是祖国母亲的好儿子！我们无愧于祖国，无愧于天地！

不知何时，有热热的东西顺双颊流下，我心中却释然了。

南海3000米级海试

好男儿志在天涯!

现场副总指挥、702所副所长崔维成记下了这样的经历:

2010年7月12日16:48,"向阳红09"船控制室传来了执行第36潜次海试任务的主驾驶员叶聪洪亮的声音:"报告'向阳红09',我们已抛载上浮,现在深度3528米,上升速度36米/分。到目前为止,接地数值一直保持在0.07以下,报告完毕!"控制室一下子沸腾了,我自己也激动得热泪盈眶!

"接地数值一直保持在0.07以下",这个我们想都不敢想的近乎完美的结果,在今天的潜次任务中实现了,这个载人潜水器的"高血压病"终于被我们攻克了,怎能不令人激动!

面对这一结果,战友们辛苦攻关的画面一幕幕浮现在我眼前。2009年5月,海试专家组组长主动指导我们检查水密电缆和水密接插件的漏水问题,他说:"这是载人潜水器在海上出问题最多的一块。"以往我们把检查的重点放在载人舱和耐压罐的泄漏上,根本没有安排水密电缆和水密接插件的漏水检测。水密电缆和水密接插件如此之多,如何检测得过来呢?根据海试专家的改进建议,我们对检测采取了补救措施,在一个多月的时间里就赶制出了一台"接地检测仪"。尽管去年的1000米级海试对发现问题起到了很重要的作用,但通过补救检测也发现了很多问题。在今年的3000米级海试前,又对接地系统进行了技术改进,在今年海试过程的第一阶段,接地问题也几乎伴随着我们每个超越深度的潜次。

7月9日,试航员叶聪、杨波在接地数值达到1.11的情况下,潜到了3757米深度,并进行了五次坐底,使海试工作取得重大突破。

现场副总指挥余建勋写下了这样的感慨:

7月12日,在D2区进行的第36次下潜试验中,"蛟龙"号再次到达3757米深度,并成功完成了坐底、取样以及布放标志物等作业任务。更为可喜的是，一直困扰我们的接地故障没有出现，难题被彻底攻克了。这意味着，通向更大深度的大门被历史性地打开了，中华民族"可下五洋捉鳖"的梦想正在一步一步变为现实，可喜可贺。本次海试所取得的成就，证明我们的海试团队是一支具有坚强战斗力的团队，知难而进，愈挫愈勇。在海试过程中，从指挥部领导、临时党委成员，到各部门长、操作人员和船员，大家发扬"严谨求实，团结协作，拼搏奉献，勇攀高峰"的载人深潜精神，全船上下，万众一心，同舟共济，成就辉煌。

刷新纪录

2010年7月13日，10:01—19:30，这是今年海试的最后一潜。在海试专家的指导下，两名潜航学员，不！此时应该说他们已是潜航员了，作为主、副驾驶员驾驶着"蛟龙"号下潜。这是自海试以来的第37次下潜，这次下潜仅隔了一天就刷新了第36次下潜3757米的纪录，下潜深度为3759米。水中工作时间542分钟、海底工作时间282分钟，系统地完成了无动力上浮下潜、坐底生物取样、测浮侧扫、在训潜航员深海考核任务。这次下潜全程无故障，潜水器顺利返回母船。

返回母船后，潜航员付文韬记下了这次下潜的经历：

"蛟龙"号跃入蔚蓝的大海，海面阳光透过清澈的海水，在水中闪耀着动人心魄的光芒，我在舱内望着这景色，不由衷心地赞叹：真美！

这是我今年的第七次下潜，也是今年3000米级海试最后一次下潜。由于这个潜次的特殊性，头天晚上丁博士陪同我们讨论和确定下潜方案到11点多。当天一早，海试临时党委刘心成书记特地再次找我们谈话，详细给我和唐嘉陵分析了这个潜次的有利条件，增强我们顺利完成任务的信心，也让我们理解这次下潜机会之宝贵，他要求我们不负众望，完成任务。可以说，进入舱内时，从技术到心理，我已经做好准备，充满信心。

这次下潜任务比较多,归纳起来有:标志物搜索、海底生物样品采集、测深侧扫声呐航行测绘、深度纪录刷新以及潜水器设备检测等工作。舱内作业分工和第31潜次一样,唐嘉陵和我各负责半段时间主驾驶和左试航员工作。

母船布放潜水器的地点选得非常棒。当我们潜到海底时,通过刷新超短基线定位信息,潜水器离标志物只有200多米,并和预期一样,基本是处于标志物流向的下方。随后按照专家老师的提议,潜水器先走直线,待距离目标点100米时,开始蛇形搜索。然而,这片海底底泥非常细,加上海流和螺旋桨的影响,潜水器离底稍高就基本看不清海底;而太近则很容易像直升机降落时在地上卷起烟尘一样,会搅起浓密的泥烟。另外,受潜水器本身视距的限制,在唐嘉陵前期操作和我随后半个小时的搜索操作里,我们没能如预期那样搜索到标志物。但是,唐嘉陵在搜索过程中,利用机械手采集到了一只紫色的大海参,估计直径有6～7厘米、长度近30厘米。

我在搜索过程中,发现几次刷新的定位信息数据跳跃非常大,从几十米到200多米,再到300多米,同时方位迥异。我只好在大致范围内加速搜索,当距离专家给的时间还剩两分钟时,又一只海参出现在我的视野里,当时我心里第一感觉就是:不能放过它。接近它时,我发现它竟然形体巨大,直径有7～8厘米,长40多厘米。它紫黑色的身躯,让我想起"紫衫龙王"的称号。我国南海真是物产丰饶啊,这么大的海参,在3700多米深的冰冷漆黑的海底,不知道生长了多少年,或许几十年,或许几百年,或许更长。不知相关科研单位有没有在南海海域和这样的深度下获取过这样的生物样品。

我将潜水器稳稳停在紫参跟前,让丁博士看过位置。在潜水器停住几秒钟后,海泥滚滚翻起,观察窗前立即被黄色泥烟所笼罩。幸运的是,其时一股海流从潜水器侧面经过,就如同风驱走烟尘一般。这种情况下,丁博士同意给我5分钟时间等待。或许是老天在考验我们,泥烟虽然不断被吹走,后面却延绵不绝。5分钟时间转瞬即逝,泥尘虽然散去许多,但是采样栏底下仍然模糊一片。这种情况下,我又等了一会儿,又过去了近5分钟,海底渐渐能辨出景象,而那只海参已经不见了踪影。只过了一会儿,唐嘉陵却在左舷发现了它的身影。原来在这段时间里,大海参爬到了潜水器侧面两米多的距离处。我慢慢调整潜水器方向,再向前挪动一点;同时启动潜水器液压源和机械手,把海参抄在机械手里。由于担心海参被机械手抓碎,我不敢握得太紧,赶紧将机械手回摆至胡总事先准备的采样箱口。其时机械手微微颤抖着,我的心似乎也跟着在颤动,生怕海参软滑的身躯从机械手里掉下来。

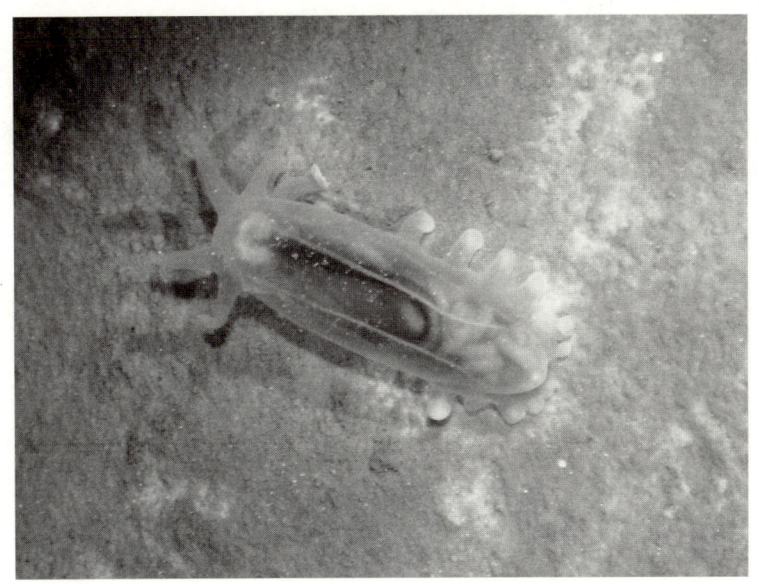

深海中的海参

还好,海参被放进了笼口。这时又一个问题出现了,采样箱口只有十多厘米宽,而海参尾部有一根倒刺,刚好在箱口卡住。我只好左右挪动机械手,终于,海参被成功放入采样箱。为了防止它在随后的作业过程中跑出来,我操纵机械手堵住采样箱口,这样才放心地开始下阶段的工作。从发现海参到我们离开,一共用了15分钟左右时间,其中,有10余分钟在等待烟雾消散，真正作业只用了约3分钟，整个过程基本上一气呵成，真令人开心至极。将来我们在深海热液喷口区获取生物样品时，应该也是这样一个过程吧。

我们首次在海底获取的生物样品，想必也会引起生物学家们的关注。

随后，我们一起完成了长距离测深侧扫声呐航行测绘工作。在抛载返航前，我们再一次坐底，刷新了今年海试的最大深度纪录：3759米。两小时后，"蛟龙"号满载着成功的喜悦，顺利回到了"向阳红09"母船的怀抱。

参数监测小组

2010年7月13日，"蛟龙"号载人潜水器不仅成功潜入了3682米的世界海洋平均深度，还创造了中国载人潜水最大潜深和542分钟最长水下工作时间的纪录。这个纪录既是潜航员付文韬、唐嘉陵创造的，也是各参试单位共同努力的结果。

海试是整个载人潜水器研制工作的关键阶段，是潜水器不断改进、完善最后达到实际应用必不可少的一步。海试面临着巨大的挑战和困难：每下潜10米，压强就增加1个大气压，且海底能见度差，底质和海流非常复杂，海况和环境非常恶劣。因此，海试期间的海洋环境参数监测与提供便成为潜水器下潜过程中最大的安全保障。北海分局潜航员管理办公室的张洪欣、黄云明、马训辉、程学文、曾现敏、王文胜一起承担了这一工作。

目前，世界上一般常规潜水艇下潜深度不超过300米，核潜艇一般也只能下潜到400~500米的深度，最深不超过600米。在金属材料、焊接技术、耐压结构和仪表、仪器设备条件满足深潜要求后，载人潜水器在海试和实际应用时，海洋环境参数将成为其自身安全和海底作业成败的最大限制因素。可以说，潜航员是探索者，而海洋环境参数监测人员是保驾护航人。在我国载人潜水器海试中，这一工作主要由业务人员应用温盐深剖面仪（CTD）、多普勒海流计（ADCP）、地层剖面仪和数字传输与发布系统完成。多普勒海流计安装在温盐深剖面仪上,这两套设备通过船上的铠装电缆绞车系统下放到海中,最大深度可达 7000 米,主要提供海试现场海水的深度、温度、盐度、声速、密度、电导率、海流等数据;地层剖面仪安装在船上,通过声波测量水深和海底底质状况;数据传输与发布系统好比是一个"管家",它将其他监测设备测得的数据加上船舶状态、水下定位等信息,进行打包处理,然后在船舶局域网上广播,让其他参试部门各取所需。

北海分局潜航员管理办公室随船出海的技术工程师张洪欣在接受记者采访时说道:

每次到达试验海区后,作为为潜水器"试水"的部门,环境参数监测小组都会立即进行全深度的海洋要素测量工作。要知道,每次下潜前潜航部门都要用我们提供的海水密度和底质数据进行配重计算,来控制下潜速度和选择坐底时机;根据我们提供的海流数据进行下潜位置的选择,以便节省潜水器上宝贵的电力资源,增加海底作业时间,因为蓄电池是潜水器唯一的动力源。水声通讯保障部门要利用我们提供的声速数据进行声线改正,以确保指挥部和潜水器之间通讯畅通,提高水下定位精度。

第 33 潜次的前夜,根据海试现场指挥部的部署,"向阳红 09"船抵达试验海区后,即开始温盐深剖面仪的投放作业。7 月 8 日凌晨 0:05,其他参试队员早已进入梦乡,而大洋技术中心的参试队员们即将开始一次大深度的温盐深剖面仪投放作业。

队员们精心操作,密切关注温盐深剖面仪的实时状态、风向和船向,同时通过地层剖面仪关注作业海区的水深变化,以确保设备的安全。时间一分一秒地过去,经过两个小时的密切配合,温盐深剖面仪被安全投放到预定位置,此时地层剖面仪显示的水深值为 3761 米,时钟指向 2:08。虽然大家都有了一些困意,但没有任何怨言,也没有任何懈怠,而是严格按照作业规程完成作业的每一个步骤、每一个细节。2:11,开始回收设备,此时最关键的是关注绞车电缆的倾角和排缆。经过两个小时的共同努力,4:21,设备顺利回收到甲板。此时工作远未结束,队员们不但要进行设备的保养、维护和数据的处理,还要关注"向阳红09"船的浅地层剖面测量,配合潜水器下潜。队员们明确分工,4:50,数据处理完毕,队员们也稍微松了口气,可以把全部精力投入浅地层剖面测量工作了。大家密切关注水深和底质的变化,对水深变化和典型地层作了相应的标记和记录。待全部工作结束时,已是8日早晨7:00。那一夜,我们为8日上午10:00开始的第33潜次提供了翔实可靠的海洋环境要素值。

在海试期间,大量高精尖调查设备和作业系统投入使用,调查所需要的数据和产生的数据量越来越多,各种调查设备和作业系统间的结合越来越紧密。我们通过远程控制技术和虚拟化技术对调查设备和作业系统进行了整合和集中控制,大大提高了各调查设备和作业系统间的协作能力和管理效率。

每次下潜结束后,我们都会和潜航员进行沟通交流,问得最多的就是,"流速大不大、流向朝哪里"、"温度、密度是多少"、"海底平不平、海底底质状况如何"这三句话。每当我们听到潜航员回答"跟你们观测的一样"时,大家的脸上都会露出笑容,不需要太多的言语,潜航员的认可,就是对我们工作的最好评价。

3000米级海试后,还要进行5000、7000米级海试。载人潜水器7000米级海试成功后,还要再实际应用于深海探测,所以说,7000米海试不是终点。

潜航员的故事

潜航员,一个极其特殊而神秘的职业,他们一向不在人们视野内工作。

潜航员唐嘉陵告诉记者:"我们在舱内的工作姿势是半抱膝、半蜷缩在坐椅上,在海底进行作业的工作状态基本是半跪着的。无论是几十分钟或是几个小时都是这样。时间稍长点,人会感到非常疲劳,这时需要极大的耐力去完成全部海底作业。"

深海"的哥"

载人潜水器本体的核心部分是载人的球体,也是潜航员的工作舱,如同航天飞船的返回舱。

"蛟龙"号载人潜水器的球体内径只有2.1米,内壁是均匀的,而外部由于安装及连接相关设备的原因是不均匀的。在直径只有2.1米的球体空间里,自底部向上30厘米处铺成一个平台,这是潜航员的坐椅。在潜航员坐椅的后面和顶部均安装有各种仪器设备,前面有一个主观察窗,主观察窗两侧分别有两个侧观察窗,同时安装有潜水器的操控仪器设备。

舱内装满了这些仪器设备后,坐椅工作平面距顶部的高度不足1.8米。因为是球体,每次三个人下潜与工作,只有中间的主驾驶员可以站立起来,而两侧的副驾驶员则无法站立。在球体狭小的空间内,潜航员需要操纵潜水器完成各种海底作业,这给潜航员的工作带来了很大的困难。

对于潜水器从海面下潜至几千米深的海底,这整个下潜过程的感觉常人是无法想象的,这种感觉和体会只有潜航员自己才能知道。潜航员唐嘉陵说:"潜水器刚放入海面时,由于体积太小,重量太轻,在风浪中摇晃得非常厉害,在这密封的舱内晕潜水器比晕船更难忍受,这一时间段也是潜航员最为受罪的一个时间段。当海面准备工作完成后下潜时,随着下潜深度的增加,潜水器在水中逐渐平稳下来,下潜到30米以后则完全平稳下来。但这时又一个问题出现了,潜水器在海面时,时间稍长些,舱内的温度可达40℃。下潜后随着深度的增加,舱内的温度也随之降低。当下潜深度达300米时,海中几乎没有一点光线,四周漆黑一团,这时舱内温度一般会降到二十多摄氏度;下潜到3000多米时,舱内温度会降至十几摄氏度,这时会感到很冷。由于我们下潜时穿的衣服不多,工作一段时间后肢体会感到麻木和僵硬。"

这就是潜航员,这就是潜航员的工作——在世人看不见的海底世界开展探索工作。如今，人们大都知道航天员，而对于潜航员却依然陌生。那么潜航员究竟是什么？既是试航员又是潜航员的叶聪这样说道：

> 1000 米海试结束后，常有人问我，什么是载人潜水器，什么是潜航员？
> 一开始，我想从海有多深讲起，蓝色的星球，生命的起源……
> 后来我发现其实自己并没有讲清楚，还容易被人误会是话痨。
> 什么是潜航员？"深海'的哥'！"
> 某次我酒喝高了，脱口而出的回答值得玩味，并且越来越受人青睐。
> 和"的哥"一样，潜航员从事的也是服务业。对于出租车，在保证安全的情况下，"的哥"听顾客的，您让去哪儿咱就去哪儿；对于潜水器，潜航员听科学家的，说让干啥就干啥。论技能，潜航员和"的哥"都需要技术娴熟，熟悉路线，对驾驶对象了解。"的哥"往来于闹市，潜航员则专注于深海研究的热点海域。
> 话题说远一点，不同的城市，"的哥"的特点也不同。比如：北京的"的哥"好侃，武汉的"的哥"好骂……这些年，我认识了不少美国潜航员，他们职业背景差异很大，有飞行员出身的，有推销员出身的，有科学家出身的，有军人出身的；他们性格差异也很大，有热情似火的，有温文尔雅的，有脾气暴躁的……听一个日本潜航员介绍，他们那边海洋学科班出身的潜航员比较多。俄罗斯的潜航员虽然未曾谋面，但年过七旬的沙嘉奇（Anatoly Sagalevitch）让人如雷贯耳，他一辈子跟载人潜水器打交道，并亲自驾驶"和平"号探索北极海底。

叶聪还说："今年的海试，我对深海'的哥'这个概念的认同感更加深了。"

说是这样说，然而"的哥"与潜航员相比只是貌似相同，在本质上仍然有着巨大的差别。潜航员工作的每一个动作、每一道程序都是严格的，叶聪记下了他的两次下潜经历：

针对南中国海气象条件的现状，载人深潜试验进行了战术调整，2010年6月20日的第26次下潜试验，深度目标直指1800米。

20日清晨，D2区清风拂面，待到潜航员进舱时，细雨缠绵，整个下潜的过程紧张而愉快。在水面水声通话不能正常工作的情况下，试航员立即向指挥部建议依靠水声通信机完成水下、水面之间的通信。注水过程中，成像声呐计算机黑屏，为确保完成试验主要任务，我们决定暂时搁置故障，择机解决。下潜过程中，三位试航员分别关注潜水器运动、接地检测数据以及保证通信的畅通，充分沟通和适当调整，确保试验的进展和潜水器的安全。随着深度的增加，在1800米发生了接地检测数值升高的突发状况，舱内三名试航员沉着冷静，果断提出了分阶段逐一排查的方案，对潜水器上的设备逐个断电排查，为故障的分析和排除积累了足够的资讯。

这次下潜的最大深度是2067米，我和杨波都为此感到很高兴，这是我们明确分工、融洽配合、有效执行的成果。返回甲板以后，重新审视这一次下潜，我觉得既出现了问题也取得了成绩，达到了试验预计的效果。潜水器在这两个小时里经受住两个考验：一是下潜速度第一次达到40米/分，二是下潜深度第二次突破2000米。从理论上，前者说明了潜水器具备了三个小时内在7000米深度下潜或者上浮的能力，后者说明了潜水器的耐压容器具备了千米级的密封能力……

21日23:00，横飞的雨线突袭潜水器维修现场，让正在紧张工作的试验队员措手不及。雨布效果不理想！载人舱面临进水的危险！怎么办？胡震用身体挡住舱口，702所的几个试验队员忙着布置额外的雨布，他们浑身湿透。我从实验室回到后甲板时，这场战斗刚刚结束。"你们赶紧洗澡睡觉吧，明天的试验推迟两个小时好了！"我心疼地说。可等到我吃完夜餐，再次回到操作维修间时，那里依然紧张忙碌着。

22日7:00，现场指挥部和临时党委在餐厅于早餐前召开了战前动员会。刘峰总指挥宣读了领导机关对突破2000米的贺信；刘心成书记动情地讲道:"我们的背后是强大的祖国、伟大的人民和伟大的党,我们要坚决拿下今天的2800米试验任务,胜利一定属于我们光荣的团队!"我问自己:"如果……如何解决?如果……如何面对?"

2010年6月22日,D2试验海区,按既定计划,潜水器成功到达2800米深度,并一鼓作气,突破3000米关口。

下潜笔记

深潜是陆上的人十分难以想象和体会到的。作为我国第一批潜航员,付文韬和唐嘉陵记录下了他们一次次下潜的体会和感受。

付文韬在讲到他的下潜经历时这样写道:

"吧嗒"一声,随着潜水器的一次横倾,驾驶台上的录音笔重重落在舱内地板上;又一声,又一个物品滑落了下来。刚入水不久,潜水器在海面晃动得异常厉害,这又是一个不小的考验。对此情形,潜水舱内的我们三人相视一笑,随即又投入紧张的海面检查中。这是"蛟龙"号潜水器在南海第25次下潜时的情形。这次下潜中,我首次作为试航员,和叶聪、杨波一起,驾驶潜水器在300米海区实际下潜作业。而潜水器刚下水,就遇到了剧烈的横摇升沉,给了我一个"下马威"。

20分钟后,我们开始下潜,到水下10米,潜水器完全稳定下来,与刚才的环境恍若隔世,大家都松了口气。今天除了常规的计算机控制航行试验、声学通信试验以外,我的操作重点放在实际海流环境下的手动航行操作和近底航行搜索以及坐底和机械手作业上。当下潜深度到270米时,高度计显示离海底约有20米。我们进行了定深航行,我先尝试了下顺流和顶流航行,潜水器的速度约相差一倍,海流方向在220°左右,流速超过了一节,远远超出了我们的预期。

随后,我开始各项航行操作。刚开始时,叶聪对照海图,指定一个地点,

让我驾驶潜水器抵达。由于海流的干扰影响,明显看出潜水器沿着一个"S"形曲线前进,虽然到达了指定地点,但我对其过程不太满意。叶聪指导我在注意潜水器自身惯性的同时,考虑海流的影响,之后又重新选定了一个路径,让我驾驶航行。调整后的效果很明显,潜水器这次在我的操控下,基本按照既定路线老老实实地前进着,我的心里别提有多高兴了。

随后,我们提升潜水器位置,关闭推力器,开始检测潜水器的垂向阻力即自身重力,为潜水器近底航行和坐底做准备。潜水器下潜速度较大,于是我们进行了可调压载系统的排水。在昨天的下潜作业中,我们发现潜水器的水下可调压载系统排水出现了故障,返航后海试实验准备部门长胡震主任,凭借丰富的经验,带领技术人员连夜检测和抢修,在下潜前顺利排除了故障。今天VB排水很顺利,几次调整后,潜水器的重量达到了坐底的理想状态。我们将距底高度降到了3米,在微光摄像机里可以清楚地看到潜水器在灯光的照射下在海底的影子。我边驾驶边观察着潜水器前方的视野。

深海中的鱼

在高度稳定后,我们进一步将距底高度调整到1.3米,这基本已经到了近底航行高度的极限了。海底在灯光的照射下,周围五六米范围内十分清楚,海底的沙质非常细,白白的,各种知名和不知名的海鱼不时映入眼帘:游动的金枪鱼;黑色的鲅鱼,长着一对翅膀,趴在海底一动也不动;人脸大小的海星,挥动着色彩斑斓的爪子……每一次看到它们,我都十分兴奋,可惜不能全部摄入照相机中。

近底航行完成后,我们选择了一处较为平坦的地势,关掉了自动定高,让潜水器在低速下缓缓着地,高度计跳动着,0.8,0.7,0.6,0.5,0.4,停住了,潜水器随即停止了向前运动,坐底成功了!但是,由于海流的影响,潜水器竟然向后移动起来,在海底留下了明显的、宽宽的擦痕。我赶紧启动机械手,将其伸到主观察窗前,探到采样篮外,在底部抓了一大把细泥。然后,又启动机械手,伸到海底,打开机械手,让它在海底划了长长一道划痕,机械手操作非常顺利。指挥部开始让我们准备返航了。我依依不舍地收起了机械手,操纵推力器开始上浮,缓缓离开了海底;然后,我们抛弃了上浮压载,潜水器顺利返回到了海面。

半个小时后,"蛟龙"号顺利坐在了母船台架上,第25潜次圆满完成了。出舱前叶聪提醒我会有特别的"优待",呵呵,原来是两盆海水的"洗礼"。畅快的水泼下来,我的心里涌动出一股骄傲和自豪,真是太开心了。

"蛟龙"号潜水器的载人舱,活动空间本来就不是很宽敞,加上舱内仪器设备集中,三个人在里面的活动空间是十分有限的。而即使在这样的环境下,每次下水作业前,深潜部门都会派人提前将两个橙色大背包送入舱内,放在固定的地方。完成下潜任务后,又要取出来。那么这里面装的是什么?

这两大包东西,无疑都是每次下潜都有可能用到的物品。其中主要是水和食品,差不多占一大半,这是三人三天的分量。食品要求是既能填饱肚子,又不能吃坏肚子,所以只有压缩饼干最符合这个要求。2009年海试,放的最多的就是压缩饼干。随着下潜次数的增多，有时也会带点巧克力、薯片、蛋卷等，这些是为潜航员在返航上浮时充饥。因为潜航员在舱内出汗很多，每次出舱就好像刚蒸过桑拿似的，所以，背包里除了吃的还有喝的，几瓶矿泉水，几瓶功能饮料和一些洗干净的水果。

除了水和食品，还有照相机、小DV、录音笔和对讲机，这都是每次下潜必带之物。对讲机用来在潜水器布放回收阶段通信之用；照相机（或小DV）本意是用来在下潜遇到特殊情形时抓拍之用，现在更多用来拍摄舱内下潜人员和设备的工作状态。每次在关舱口盖以后，潜航员都要打开录音笔放在主驾驶台上，全程记录下潜过程和语音通话，以便返航后整理下潜日志之用。有时下潜也会带上手机，既可以当表看，上浮空闲时又可以放音乐听。

在2000米深度下潜之后，付文韬这样写道：

今天早上，在参与2000米下潜前，海试临时党委刘心成书记找我和唐嘉陵了解我们的思想和准备情况，针对我们的工作再次做了深刻而又及时的指导。听完后，我觉得受益颇深，于是记下这篇文字。

刘书记首先强调的是要树立学习成长的目标。海试一路走到现在，有一个人不可或缺，他就是一直以来兢兢业业、勇往直前的海试专家——丁博士。遇到问题时，丁博士沉着冷静，毫不畏惧，科学处置。这种素质从何而来？来源于他丰富的经验。他长期从事深海科学工作，对工作中出现的问题，尤其是行业的动态，掌握全面。还有我熟悉的叶聪，作为深潜部门长兼主驾驶员，除了参加潜水器的下潜，日常还要承担许多与下潜有关的其他事情，他非常善于学习。

第二是工作激情。潜水器海试，虽然不是举国皆知，但其意义绝不亚于航天。第一代潜航员是探路者，有许多未知的困难和挑战，需要我们不断努力克服。认识这一点，保持对工作的激情，对我们的成长和国家的深潜事业都有非常重要的意义。

具体到日常的工作,刘心成书记提到了一个法宝——不断总结。他告诉我们,当年毛主席在瑞金时说,部队要打胜仗,靠的就是"两结"——团结和总结。善于总结学习,是一个人素质的综合体现。在日常工作生活中,一个人只要在总结问题上多下工夫,把过手的工作总结提炼,变成自己的东西;日积月累,他就能慢慢练出过硬的真本事。

海试第29潜次,在海试的路上可能是不起眼的——既不是深度最大,也不是任务最艰巨。但是,对于作为首批受训潜航员的唐嘉陵和我,却意义重大。因为从这一天起,我们通过了从受训潜航员到正式潜航员检验的最后一关。

受训潜航员的培训与训练,分为陆上培训和海试实习两个阶段。从2007年3月至2008年9月的一年半时间里,在由702所、701所、上海交通大学、750试验场等单位组成的培训专家组的悉心指导和培训下,我们圆满完成了陆上培训内容,并取得了毕业证书;而海试实习的内容和目标,自去年参加1000米级海试起,到第29潜次之前,已经完成了绝大部分。随着我们突破2100米深度的下潜,所有培训和实习内容都已顺利完成。

欣喜之余,我衷心感谢三年以来,在我们的学员之路上,对我们的成长直接或间接提供支持、帮助的各位领导和同事。潜航员培训是一个复杂的体系,而我们首批潜航学员的许多培训和训练内容都没有先例。702所具体负责我们的培训课程,他们认真探索,组织了国内多家单位的力量,制定培训大纲、编制培训教材、组织培训老师。想起他们,一个个熟悉的身影从我脑海中掠过:胡震主任、侯德永主任、朱渝业老师、张贵宝师傅、余建勋老师、石中瑗院长、周述尧院长、贺小林主任、贺志豪老师、杨景华主任、纪伟艇长、黄明辉主任……感谢你们!还有一直以来关心和支持我们的中国大洋协会、北海分局的领导和同事,太多、太多,不能一一细数。

作为首批潜航员,我们无疑是幸运的。从参与培训起,我们正好见证和参加了"蛟龙"号载人潜水器从组装、联调到水池试验、海试的全过程,我们无时无刻不在见证和创造着历史。领导和同事们一直以来给予我们高度的重视和崇高的荣誉。这些重视和荣誉，一度对我形成很大的压力。而在我开始理解潜航员这一职业的真正意义，渐渐清晰潜航员这一神圣职业所必须承担的责任以后，那些压力便成了不断敦促自己前进的动力。

在下潜深度突破1200米时，水面母船通过高速水声通信发来信息：祝贺两位受训潜航员通过考验！舱内的我们不禁莞尔一笑，其时负责通信的唐嘉陵问我想对上面说些什么，我想了想，说："这次下潜是我们实习训练的终点，也是我们下潜生涯新的起点！"

是啊，在人生的旅途上，终点即是起点。而在这个崭新的起点上，我们一定要肩负起我们的责任。请对我们寄予厚望的祖国、领导和同志们放心，我将以我的实际行动来证明自己！

前些天偶然看到一则故事，龙虎寺建寺之初，修建了一副大的照壁，画的是龙虎争斗图。画虽好看，人们总觉得神韵不足，经历多次修改，仍不尽人意。当时的住持无德禅师看过之后，对作画之人说："飞龙在天，下击之前身躯必然向后曲缩，方能飞速出击；猛虎踞地，上扑时虎头尽量压低，才可跳得更高。"他指出了画的缺点，龙虎形体过于伸展而无后劲，气势不足。随后他作出一偈："手把青秧插满田，低头便见水中天，身心清净方为道，退步原来是向前。"

看完这个故事，我不禁想到了我们海试的情形。

今年的3000米级海试，原计划是由浅而深，先完成300米海区试验，再做3000米级海区试验。而完成头两次300米海试之后，海况持续恶化。为了不影响海试工作的整体进度，海试现场指挥部做出了先赴3000米级海区完成大深度下潜，再折回300米海试地点，完成后两次300米下潜任务的决定。

试验进展得很顺利，我们先后突破了2000米和3000米的深度，距此次海试任务圆满完成仅一步之遥。面对近在咫尺的胜利果实，我们没有继续向前,而是选择了重返300米海区进行试验。因为,潜水器需要进一步处理之前出现的隐患,也需要在大深度下潜作业前,充分考核其水下长时间作业的能力;而下潜人员,在不断突破下潜深度的同时,也需要适时调整身心压力,为迎接更大挑战做好充分准备。

做事情有时不能一味向前。有时需要退一步,积蓄力量;有时需要退一步,休整身心;有时需要退一步,看清局面;有时需要退一步,避免危机。

今天的退步,原本就是为了成就明天更大的进步!

在2000米深度下潜之后,唐嘉陵这样写道:

人生难得几回搏。我面对这样难得的机遇,得以亲身探索深海,深感珍惜、兴奋、激动。我决心用自己的行动保障试验的顺利完成,团结协作、严谨求实,做到"没有单位,只有岗位",做到"我的工作无差错,我的岗位请放心"。

在我已经完成的12次深潜任务中,这是首次突破2000米,下潜深度达到2104米。每一次下潜深度纪录的刷新都不单单是数字的简单变化,这凝聚了多少人的心血和汗水啊,浓缩的是全体海试队员不求回报的努力、百折不挠的奋斗。

心理测试表明我是一个理性大于感性的人。面对一次大深度深潜试验,即使由一名经验丰富的潜航员带领着我们,载人舱内的气氛也难免略显紧张。在整个下潜过程中我一直保持冷静,集中注意力去聆听着周围的一切,不放过任何异常的声响。首次到达1000米深度和突破2000米深度,都让我真的兴奋了一会儿。虽然这仅仅是几分钟的兴奋,却将烙刻在我的记忆深处。

已经接近海底了,透过观察窗,外面就是我很多很多次在梦中向往着的深海世界,是我曾在书籍中看过的深海世界。映入眼帘的几乎是漆黑一片,窗外不时飘过一点点闪烁着或银色、或蓝色、或粉红,像萤火虫一样发光的浮游生物,它们似乎也对我们的到来充满了好奇,而我有时候也像小孩儿一样用手罩住窗口努力地遮住舱内的光线,希望看到更多。

短短的几个小时下潜,给我留下了太多宝贵的经历和回忆,伴随潜水器呼呼的排水声,我的第一次深潜(超过1000米)经历即将结束。试验团队通过水声通信为我们传来了贺词;而平时难得一见的成百上千的鱼儿,也在海面附近聚集着迎接我们的凯旋。阳光透过海水照射着鱼群,散发出银色的闪光,它和蓝色海水中时隐时现的浅蓝光束相互辉映,成为一道罕见的风景,让我们暂时忘记了水面摇摆的不适感觉。

"潜航员出舱完毕",伴随着今天任务最后一个口令,我给了叶聪一个深深的拥抱,并在他耳边轻轻地说了一声"谢谢"。亦师、亦兄、亦友,此刻不用多说。我也深深地拥抱了付文韬,这个时刻对我们意味着太多太多,这个拥抱包含了我们共同经历的酸甜苦辣,战友、知己、兄弟……这时,包含了所有的祝贺、敬意、祝福,带有特殊意义的水柱,倾注到我们身上。

我转身拥抱了丁博士,在我的眼里他是不可或缺的,面对每一次深潜试验的严峻挑战,他总是冲在最前面,凭借着自己丰富的经验,处变不惊,总能够对问题做出最恰当的处理;在我们每一次执行下潜任务前,他又总会认真地嘱咐我们所要注意的一切;我又拥抱了潜航员培训组组长胡震,拥抱了……连我自己都想不起来还有谁了,我太激动了。稍微平静以后,我想起了千里之外的同事们,是他们为我国第一代潜航员的成长,创造了最好的氛围。

最后我想借一句英文表达我的

向潜航员泼水庆祝下潜成功

认识和决心:"Literally, necessity was the mother of invention. That is the burden of pioneers."

神秘的海底

神秘的深海大洋是一个未知的世界,它甚至比宇宙更难以认知,更丰富多彩,更能体现生命的律动。潜航员是神秘海底的目击者,在神奇的海底世界里,潜航员用他们特有的方式为实现中华民族的深蓝梦进行着一种特殊的探索之旅。

潜航员唐嘉陵对自己第36次和第37次两次超过3000米下潜过程做了较为详细的叙述,他这样写道:

在夕阳的余晖下,第36潜次任务圆满结束,深潜部门长叶聪带领着"蛟龙"号载人潜水器再次到达3757米,我也刷新了自己的下潜深度纪录。

10:00,总指挥宣布:"第37次试验开始。"

在整个下潜过程中,潜水器下潜速度一直保持在40米/分之下,这样的下潜速度是十分合适的。深度超过3000米后,第一次作为主试航员执行下潜任务的我,启动了声学避碰、多普勒、成像声呐、观通摄像机和水下灯,为潜水器坐底提前做好准备。丁博士熟练地将微光摄像机和照相机调整到最佳位置,指导我们如何把握时机及时有效地开启各种设备,让操作更加流畅高效。设备启动不到10分钟,首次测量到了离底高度128.5米。和以前一样,我知道这是一个假值,当前深度是3498米,两者之和比母船观测深度少了150米。假值大约持续了1分钟时间,再次刷新后显示为241.2米,深度3509米,与调查值相符,并且离底高度开始连续更新。

这时我告诉丁博士,现在开始准备抛载和坐底操作了。我将左舷显示器调整到微光,在距底100米时开启了高度计并将艏向调整到210°。丁博士问:"你计划离底什么高度抛载?"我检查了一下高度计、多普勒显示值,确

定其是否一致后,决定在离底高度低于50米时才抛载。调整了微光摄像机后,我在离底47.3米处进行了抛载。

在左舷显示器上,我看到了两个不太明显的影子划了过去,感觉到潜水器下潜速度立刻减小了;指示显示为9～10米/分,我估计此时的负浮力应该小于20公斤力,可以安全坐底。按照计划,我一边操控潜水器保持航行和前进速度,一边注意通过主观察窗和微光摄像机查看四周。

由于已经有了多次近海底航行和坐底经历,我保持潜水器艏向顶流,让潜水器缓慢前进。通过摄像头,我看到潜水器下部水流带起的烟雾不断向后移动,我利用潜水器前进升力成功坐底。我看到三个观察窗里顿时升起了一层沙雾。沙雾在海流作用下很快消失了,我们清晰地看到了3700多米的海底。

按照计划我们首先静默了几分钟,重新定位潜水器,确认距离目标点为284米,方向134°,坐底位置基本与预计位置一致。能如此靠近目标,得感谢大洋中心的技术人员所做的大量准备工作,他们提供的观测数据很准确,这些数据也为"向阳红09"船操控提供了依据。

在静默期间,丁博士建议我采用蛇形路径搜索,以扩大观察范围。我根据目标点距离预想好一个蛇形路径,首先控制潜水器很快离底。由于有了前几次操控经验,我手操潜水器近底航行得心应手,在距离目标大约70米时,我开始操控潜水器按照蛇形路径搜索前进。控制潜水器离底约为2米,这样不但有清晰的视野,点动前进也能够尽量少地带起沙雾。这样做不仅能在发现目标物后立即停下,而且还能最大限度地保证在有限的时间里完成最大范围的搜索。根据蛇形搜索路径的规划,我首先控制潜水器右转到190°,匀速前进;在20米向后左转到45°;前进40米后,潜水器右转到190°;依次循环,逐渐逼近目标点,形成一道宽约40米、长约150米的搜索带。

综合显控计算机、母船与潜水器航迹界面上通过多普勒仪跟踪记录了潜水器蛇形运动轨迹。就在我们完成蛇形搜索再次坐底更新定位数据时,我们发现定位数据更新后距离目标点距离超过300米,并且有时显示在千米之外后,多普勒仪也由于离底太近不再更新数据了。我知道不能完全依靠定位信息,只能凭借对潜水器的运动感觉继续完成蛇形搜查。

在蛇形搜索的过程中我们看到了很多从来没有看到的生物,如大小形状各异的虾、一米多长的章鱼、蚌、各种看着像是植物的东西和被我们成功取上来的紫色生物。在蛇形搜索后期,我发现海底卧躺着一只紫色的海参(仅是我认定的),它长二十几厘米。我将潜水器稳稳停在海参前面,这次坐底十分成功,不但没有带起较多沙雾,而且保持了右30°顶流。随后,我开始准备取样:加电,启动副液压源,一边将摄像机、照相机调整到最佳位置,一边记录,再将机械手从回收位置移动到作业位置。这时候通过观察发现潜水器有4°艉纵倾角,我知道这时并不适合取样作业,便打开操作杆使能开关,将水银打向艏部,调整好潜水器姿态,这个过程花去了大约10分钟时间。

在调整潜水器艉倾过程中,我发现潜水器一边慢慢地被海流冲着左转,一边在向后倒退。当纵倾角度调整到—0.1°后,我停止了纵倾调节;又将潜水器向前移动,让海参处于机械手作业区内,然后操作机械手把海参连泥带沙地抓了起来。在收缩机械手的过程中我十分小心。海参本身是软体动物,在抓起的过程中既要能抓得住,又不能太用力;要不断地感觉收缩程度,在确认抓稳后,迅速回收手臂将其放入取样筐内。整个过程我一气呵成,大约用了3分钟。

不是故事

就在3000米级海试的第37潜次创造了3759米的纪录后,记者对潜航员付文韬、唐嘉陵再一次进行了采访。他们的回答又一次向外人展现了一个鲜为人知的真实世界。

付文韬性格较为开朗,较为善谈,思维敏捷。他说道:

人们也许对载人深潜和潜航员还是陌生的。但是,人类对深海大洋海底未知世界的探索和对太空的探索一样从未停止过。潜水艇的出现和飞机的发明,实现了人类下海和升空的愿望。潜水器为人类探索深海大洋的海底、求知世界的奥秘提供了必备条件。潜航员是一种极特殊的职业,必须经过严格、系统和艰苦的训练。

2009年的1000米级海试我一共下潜了4次,实际下潜和操作巩固了陆上培训的成果。今年的3000米级海试中,"蛟龙"号潜水器共下潜17次,我参加了其中的7次下潜任务,4次任主驾驶,实际主驾驶时间累计超过16小时,最大深度达3759米,圆满完成了各次下潜试验任务。

每一次下潜对我来说都是一次锻炼和考验。比如今年的第25潜次,我作为潜水器的主驾驶,在300米海区首次操纵潜水器超过4个小时,进行了综合航行控制的各项测试。内容包括:浮力和姿态的调整、自动定深、自动定高、自动定向航行,近底航行,坐底和机械手试作业练习。在这4个多小时里,我在经验丰富的深潜部门长叶聪的陪伴和指导下,第一次全面充分地完成了一个下潜全流程操控,为后续执行下潜任务打下了良好的基础,积累了经验。

当问及他这么多次下潜,哪一次印象最深时,他回答道:"第29潜次。"接着他解释道:

这次下潜,我首次到达了2104米深度,并在1000米深度操作潜水器航行和机械手作业23分钟。这次下潜,虽然作业任务不多,也不算深,对比许多其他潜次可能并不关键,但是对于我们受训潜航员来说却具有里程碑的意义。按照培训要求,下潜达到1000米深度,我们就完成了全部课程,通过了"毕业论文"。

在随后我参加的几次下潜中,有两个潜次印象特别深刻:一个是第31潜次,海试临时党委刘心成书记讲"这是向北海分局成立45周年献上了一份大礼",我作为分局的新人能以这样一种方式献礼深感荣幸。另一个是第37潜次,也是今年最后一次下潜,这次下潜为3000米级海试画上了一个又大又圆的句号,我也尽了一份力。这两个潜次——都由我和唐嘉陵兼任主驾驶和左驾驶——再次刷新了潜水器的纪录,同时也创造了许多新的纪录,对潜水器和我们都是一个突破。

在第31潜次,我们水下连续工作时间8小时48分钟,不论对潜水器,还是对我和唐嘉陵都是一次考验。这次下潜我实际主驾驶操作时间达250分钟;我在舱内拍摄了机械手插国旗的照片,通过高速水声通信图像模式发送至水面,首次实现了水下作业图像实时传输。作为主试航员,我驾驶潜水器首次定高和近底航行约3公里,并成功找到作业目标。

当问及他觉得什么样的任务给他的印象最深时,他不假思索地回答道:"搜索。"接着他解释道:

海底搜索是潜水器水下作业的重要使命之一。在一片漆黑的海底寻找一个小目标,用大海捞针形容毫不为过。我们经过努力,先搜索到了前一潜次布置的"龙宫一号"标志物,而后是国旗,随后在另一地点找到了2009年海试时抛弃的压载铁。

能够在找到目标后获取样品,是对操控潜水器和控制机械手协调能力的检验。尽管是第一次在海底实操机械手作业,但我对自己比较有信心。在发现目标后,我在较短时间里完成了规定动作。当时为了获取正面照片,需要潜水器绕标志物转向90°。这个操作难度较大,因为推进器总会搅起一些海底泥沙;泥沙会一时间形成浓浓的沙雾,这时潜水器会暂时失去视野,要完成好转向动作只能靠仪表和主驾驶的感觉。

在沙雾尚未散去的时间里,我反复地回忆着刚才的操作,判断操作的正确性。当视野逐渐恢复后,标志物出现在潜水器正前方3~4米位置,尽管这是一个小小的成功,但大大增强了我操控潜水器的信心。

第37潜次,我们共同在水下工作9小时零3分钟,创造了潜水器水下最长连续工作时间的纪录。在这9个小时里我主驾驶了近5小时,到达

3759米深度,完成了近底搜索、海底生物采集以及长距离地形探测等多项试验内容,并成功坐底,创造了本次海试的最大下潜深度。

通过海试,通过担任潜水器主驾驶,我体会到,深海本身是一个未知的世界,人类对大洋深海的了解远不及对太空的了解。尽管潜水器有各种保护措施,但是要在一个完全未知的海底世界环境中探索,依然具有极大的风险。作为潜航员,在大洋海底驾驶潜水器探知未知的世界,这就是潜航员的责任,我们要向祖国负责,要向中华民族负责。

不是梦想

唐嘉陵性格较为内向,冷静多于活泼,善于思考。接受记者采访时,他说道:

自2007年初开始,经过一年半的陆上培训和2009年的1000米级海试,我逐渐成长起来,并继续参加了今年的3000米级海试,全面完成了规定的各项试验任务。在2009年海试的4次300米下潜中我参与下潜3次;在今年第31潜次我参与创造了水下连续作业527分钟、近底航行448分钟的新纪录,并完成了预定的搜索任务,不仅找到了第30潜次布放的国旗等标志物,还搜索到了去年抛弃的压载铁,完成了新标志物的布放。

潜水器坐底是我们训练考核的指标之一。在漆黑的深海里,在有限照明和仅有十几米观察距离的条件下,好比在大雨如注的黑夜里,驾车行驶在无路的荒野丛林中一样艰难。我们必须聚精会神、正确判断、准确完成操控才能达到坐底训练的要求。这看似简单的动作,在海底要依靠平时的积累和精心操作才能完成。本次我们首次实现了1次下潜、15次坐底,较好地完成了训练任务。

深海载人潜水器数量全球屈指可数,造价昂贵,集各种深海尖端技术于一身。面对潜水器舱内的几十种设备、上百个开关,要在与世隔绝、孤立无援的深海海底行走，我们每一步、每一个动作都不能有一点失误。尽管我们具有水下作业乃至突发情况的处理预案和决定权，但是如果抛弃一组电池就意味着将几百万元扔在了深海里。

第31潜次任务的成功是我们的机遇，也是对我们的考验，寄托了整个潜水器海试团队和潜航员培训小组对我们的信任。我们能够完成所有海试任务，刷新深潜纪录，离不开领导的鼓励与信任。这次任务同时也丰富了我们的操作经验，增加了我们对潜水器的操控能力，增强了信心，为我们完成更大深度的下潜试验打下了基础。

潜水器在1000米以深、3000米以浅海域共下潜了4次，我参加了3次。3000米以深区域共下潜4次，我参加了2次。分别在第36和37潜次任务中，我们连续刷新下潜深度，最大深度达到3759米。

第36潜次任务是继前一次下潜因水密接插件渗水终止作业后又一次向更大深度冲击的试验。在下潜深度超过2000米时，潜水器曾多次因故退出。这一次下潜我的心情是很复杂的，一方面我们找到了存在的问题，但能否通过本次下潜找准故障点是很难预料的。另一方面今年第2号台风"康森"已经在试验海区的前方形成，试验海区是台风的必经路径，在这种情况下，留给我们的时间已经不多了。从开始下潜时我就在心里祈祷，期望故障点就出现在我们的排查中，能一次下潜成功。

下潜中的每一秒我都密切注视着仪表盘。随着下潜深度的增大，在压力的作用下，潜水器会发出应力释放声响。被压力挤压后金属体发出的异样声响对于别人可能是恐怖的，而对于我们来说已经习惯了。在排除应力声响后，我努力倾听任何的意外声响，以缩小锁定故障的范围，为下次试验向更大深度冲击铺路。

深度在一点点增加，超过了2000米，又超过了2500米，已经接近3000米了，我透过仪表观察潜水器一切正常。我暗自庆幸，我们在一分一秒地接近成功，但感觉到这两个多小时特别漫长。潜水器超过3700米，我们已经在测深

潜航员的故事

仪上看到了海底,我心里冒出一句:"成功了!"付文韬同我一样都在聚精会神地工作,虽然我们十分兴奋,但还是把兴奋的欢呼暂时压在了喉咙里。

如果说第36潜次仅是一次尝试,那么第37潜次的目标则是明确的。指挥部安排了海底目标物搜寻、坐底生物取样、测深侧扫微地形地貌探测,以大深度地全面考核在训潜航员。

这是我们首次在大深度下完全独立作业,指挥部提出了"严谨求实,精心操作,处事不惊"的要求,我们感到了责任的重大。这时台风"康森"正在逼近试验海区,这将是今年最后一个潜次了。面对许多压力,通过调整,我们以良好的心理素质、坚强的毅力、熟练的操作成功下潜,创造了3759米的纪录,为3000米级海试画上了一个圆满的句号。

有人问我:"在水下待9个小时是什么感觉?"我回答道:"不知道你是否知道医学上有一种病症叫'幽闭恐惧症'?这是指一个人在进入狭小、黑暗的空间会产生恐惧感,它表现的症状是呼吸加快、心跳过速、感到窒息、脸色发红、流汗和感到昏眩。这种恐怖的经历会储存在记忆之中,有人会时常表现出来。"

潜航员的工作环境正是这样一个狭小、黑暗的空间,而且是一个与世隔绝的海底幽灵般的空间。幽闭心理训练是潜航员必需进行的训练。在培训时,我和付文韬被分别关在模拟潜水艇减压舱里,舱内空间狭小、无光、无声,是一个完全封闭的环境,只是事先准备了一些食品和水放在已知的位置上。这时完全没有时间概念,不许睡觉。尽管我们事前已有了心理准备,但坚持到一定程度后,仍然需要极大的毅力和耐力。

第一次训练也许是因为有一点新鲜感,坐在里面,脑子里不断回想从记事时起能记得的一切人和事,觉得时间过得还稍快些。第二次,第三次……当新鲜感过后,当所有的记忆重复回忆多次后,每一分、每一秒都是那么漫长、那么苛刻,这种坚持是十分痛苦的。幽闭训练最短的时间是12个小时,最长的时间是17个小时。

海试中每一次下潜对于我们来说都是难忘的。为验证潜水器的性能，我们需要在水下连续工作9个小时以上。在狭小的球体空间里，三个人要并排屈身抱膝坐着操控潜水器。每次下潜的前一天我们要调整饮食，将下潜过程中的排泄降到最低。我们每人带两瓶水，大半天下来只能喝两口，润一润干得难受的喉咙和嘴唇，为的是减少排泄。最后一次下潜成功后，大家的喜悦无法用语言来表达，当时我们几乎一天没有吃喝。

潜航员唐嘉陵和付文韬

海底无光，越深水温越低。随着下潜深度的增加，舱内温度很快降低，从三十六七摄氏度很快降到十几摄氏度，舱壁的冷凝水散发着寒气，靠舱壁的人半个身子凉、半个身子热，舱内气压也降低到相当于1500米山顶的压强。出于安全考虑，舱内氧气浓度一般低于正常水平的10%～20%。我们感到下潜就好像在登山，只是反了方向。下潜得越深，越冷，氧气越稀薄。

尽管潜水器舱内条件有限，但是为了保证海试质量，完成更多的试验任务，在水下不能浪费一分一秒。当水下定位设备出现故障时，搜索的难度增加，我们只有靠更多、更快的航行来扩大搜索面积以提高命中率。近底航行中任何一次过量的、不恰当的操控都会搅起海底沉积物，使潜水器陷入泥沙云雾中，这时我们将会失去观察能力。因此在复杂海底地形区域，一个操作失误，就有可能导致不可预料的后果。

海试使我更深刻地认识到，任何技术装备都需要在应用中得到改进和完善。挫折和失败是暂时的，实现中华民族的深蓝梦不是梦想，成功将属于祖国。

冲刺前的预演

根据"蛟龙"号载人潜水器技术改进和海试实施方案,"蛟龙"号将开展海底照相、摄像、海底地形地貌测量、海洋环境参数测量、海底定点取样等作业试验与应用,全面考核其在5000米水深的设计功能和性能,进一步锻炼和培养中国载人深潜技术能力,为下一步开展设计深度指标的试验和应用奠定基础。

中国的"境外领地"

按照航次安排,2011 年 7 月 1 日至 8 月 15 日,计划在太平洋海域进行 5000 米级海试。2011 年 6 月 25 日,"向阳红 09"船离开青岛,这次出航像例行的出海一样,没有多少人来送行,一切显得很平淡,但平淡中透着一种厚重的庄严。两天后,"向阳红 09"船到达江阴苏南国际集装箱码头,进行海试前的最后准备。

告别

中国南海没有 5000 米以上深海域,因而不具备 5000 米级海试的水深条件。2011 年 7 月 1 日,5000 米级海试从江阴起航,三声汽笛过后"向阳红 09"船头直指太平洋,向一块中国的"境外领地"驶去。这块"境外领地"既不是陆地,也不是岛屿,而是 5000 多米深海的海底。

多金属结核是一种丰富的海底矿产资源,早在"挑战者"号环球海洋调查时就有所发现,但鉴于当时的技术条件,对它仅是略知一二。我国从 20

世纪 70 年代开始进行大洋调查,比世界海洋发达国家晚了 20 多年。美国和俄罗斯都具有丰富的陆地资源。出于战略地位和海洋大国的考虑,1987 年,前苏联第一个向联合国提出多金属结核矿区申请;1998 年在基本完成富钴结壳矿区申请所需调查资料的基础上,俄罗斯率先向国际海底管理局提出制订富钴结壳、热液硫化物等其他资源调查勘查制度的动议。同时,除了美国、英国、法国、德国、日本等海洋强国,亚太地区的韩国、印度等新兴工业国家,在成为多金属结核先驱投资者之后,也加大了其他海底资源的调查勘查力度,为占有资源做积极准备。

美国洛克希德—马丁公司已将深海技术装备列入继航天和军事之后具有巨大潜力的战略技术。美国、俄罗斯、日本、法国等国研制的系列潜水器产品,已开始投入深海活动。深海技术也引发了海洋传统观念的更新,提高了人们认识地球内层空间的能力,扩大了人类的生存空间,并日益成为大国实施全球战略的技术支撑。

面对日益严峻的国际形势,1983—1990 年,在我国海洋调查还处于低谷的时候,国家海洋局和地质矿产部组织了 9 个航次的大洋多金属结核资源调查;在所有参航单位的共同努力下,在勘查技术相对落后的不利局面下,勘查了面积约 200 万平方公里的国际海底区域;经分析筛选后圈出远景矿区 30 万平方公里,为我国申请多金属结核矿区奠定了基础。

1991 年 3 月 5 日,我国提出了多金属结核矿区申请。国际海底管理局和国际海洋法法庭筹备委员会将我国登记为国际海底区域先驱投资者,并批准了我国位于东北太平洋国际海底区域 15 万平方公里的多金属结核开辟区的优先开采权。至此,我国在国际上以资源占有为主要目的的新一轮"蓝色圈地运动"竞争中取得了重大突破,在距离我国数千海里以外,5000 多米的海底深处,有了一个差不多与渤海大小相当的"境外领地"。

这块"境外领地"就是"向阳红 09"船此行的目标海域,载人潜水器将在这里进行 5000 米级海试,同时进行该海域海洋环境观测,履行拥有优先开采权所应承担的保护海洋环境的义务。"向阳红09"船要在中途不靠港补给的情况下，支持近百人的海试队伍，完成潜水器的各项试验工作，然后在近50天"油水不进"后直接返回江阴出发时的码头。"向阳红09"船这条老船，又一次面临新的考验。

满载的"向阳红09"船

中国新华社江阴2011年7月1日电（记者阮煜琳）：

中国载人潜水器"蛟龙"号继去年创下3759米的下潜深度纪录后，今年将冲击下潜5000米深度的目标。这是中国载人深潜从未触及的全新纪录。下潜能力达到5000米深度后，可使中国深海活动能力覆盖世界70%以上的洋底。7月1日，搭载"蛟龙"号的"向阳红09"试验母船从江阴苏南国际码头起航，奔赴东太平洋执行为期47天的海试任务。

今年5000米级海试选择在中国大洋协会与国际海底管理局签订的东北太平洋多金属结核勘探合同区进行。"蛟龙"号总设计师徐芑南介绍说，本次载人潜水器"蛟龙"号承载一名潜航员和两名科学家，将在5000米左右深度超常环境下进行资源勘查、科学考察和其他深海特定作业。根据"蛟龙"号载人潜水器技术改进和海试实施方案，"蛟龙"号将开展海底照相、摄像、海底地形地貌测量、海洋环境参数测量、海底定点取样等作业试验与应用，全面考核其在5000米水深的设计功能和性能，进一步锻炼和培养中国载人深潜队伍，为下一步开展设计深度指标的试验和应用奠定基础。

5000米级海试对"向阳红09"船也是一个新的考验，在将近50天的时间里不停靠外港加油加水。相比2010年的南海3000米级海试，5000米级海试任务将更具有挑战性。第一，试验海区距离祖国大陆约1万公里，船舶不分昼夜的单程航行就需要半个月时间；第二，海区试验环境复杂多变，净海措施难以实施;第三,5000米的下潜目标更是中国载人深潜从未触及的全新纪录。这些都将是对我国深海载人海试队伍的一次新考验。

2万公里,直去直回,油水自带,蔬菜粮食自给自足,不靠港补给。载着近百人的海试队伍,"向阳红09"船装载得锅满盆满,整装待发又一次去迎接挑战。

按照国家海洋局通知精神,中国大洋协会办公室组织各参试单位召开了海试协调会议,确定了各参试单位备航工作内容。会后各参试单位开展了积极的航次准备工作。经过1000米级和3000米级海试的洗礼,潜水器海试备航更为有序,"向阳红09"船的各项准备工作在按部就班地进行。但是,长航程、无补给的连续海上作业以及维持近百人海试队员的吃住的难度可想而知,仅是蔬菜一件事就是一个大问题。

在海上,肉食可以冷冻较长的时间,尽管在航次后期肉食的新鲜程度有所减低,可毕竟还是有的。对于蔬菜,冷了会冻坏,热了会烂掉;通风不好要烂,通风大了会干,真是左右为难。而中国人一般都有吃蔬菜的习惯,总是吃肉,时间一长大伙都受不了,这是长时间进行海上调查作业的一大难题。几年前,"大洋一号"船第一次停靠岛国密克罗尼西亚的波纳佩,因为不熟悉当地的情况,无法补充蔬菜,90多天的时间把从国内带上的菜消耗得精光,只能拿豆腐、豆芽、干海带充当蔬菜,船医不得不给大伙发放复合维生素来补充营养。

为了延长蔬菜的保存时间,厨师们把蔬菜用纸包起来,按方向整齐排列装回到盒子里,小心翼翼地摆放进菜库,经过这样处理后,蔬菜可以大大地延长存放时间。出海前,他们每天都要处理运到船上的蔬菜,有时要工作到很晚。在他们看来,只要能让海试队员吃上蔬菜,哪怕是将蔬菜储存时间延长一天,付出的辛苦都是值得的。

在海上,"向阳红09"船的洗涤用水是开放的,人们随时可以洗上热水澡。与独立的饮用水不同,每天海水淡化可以补充数吨消耗掉的洗涤用水和机器消耗的淡水。可这些水是用油换来的，主机运转更需要油，所以出航前船要加上很多的油才能满足航次用油的需要。

满载的物资（油、水、食品等）和装备把"向阳红09"船体压沉了不少。

等待好天气

中国新华社北京7月22日电（记者阮煜琳）：

因天气原因原定于22日进行的"蛟龙"号潜水器5000米级下潜试验推迟了。目前搭载"蛟龙"号潜水器的母船"向阳红09"船仍在东北太平洋海试区域，等待风平浪静的好天气。

21日凌晨3:00，"蛟龙"号潜水器在海试区域进行了第一次下潜试验。5:26，下潜深度达到4027米。整个下潜试验历时5个小时，潜航员对潜水器水下各项功能进行了试验，均工作正常。可是，因天气恶化比预计得要早，不得不取消原定的再一次下潜计划。现场天气预报：在未来三天内，当地的风力将为6~7级，浪高为2~3米。根据海试规程，"蛟龙"号海试下潜的基本条件是风力不超过4级，海况不超过3级。现在已不符合下潜规定的条件。现场指挥组决定，这三天时间的主要工作是进行潜水器和相关设备的维护、保养和检修。三天之后，将会根据海况情况再做出是否下潜的决定。

说来也怪，按照一般的规律，从7月下旬到10月上旬是这个海区气象条件较好的时段。现在正是7月份，应该是该海区气象条件比较好的"时间窗"。可是今年不仅风大，而且雨也多；前些日的几次试验，都是在大雨如注中进行的。

大洋技术中心随船出海的王文胜，除了完成海洋参数保障工作外，拍照是他的一项重要工作。为能在大雨中拍摄照片，又不损伤相机，他用塑料袋包扎起相机，只把镜头露在外面，用塑料纸壳遮住露在外面的镜头。尽管这样,拍照完以后还要把相机赶快放进雨衣里。相机是保护了,可是站在大雨里拍照的他却全身淋透了。

他在大雨中拍完照片回到舱室,脱下湿透了的衣服,感觉好受多了;他疲倦地靠在床边,渐渐开始迷糊起来。迷迷糊糊中,他听到政委的喊声:"他们又要开始试验了,'司令'①让你再去照几张照片。"只得起身穿上湿漉漉的衣服,因为这是第三身了,再也没有干燥的衣服了。他拿起相机简单地看了一下,又冒雨来到后甲板拍照。

不知道为什么,天公总是不作美,这几天风雨交加,潜水器的很多准备工作都是在雨中进行的。潜水器是不怕水的,可是人在雨里干活总是觉得别扭;但也有好处,人不再被太阳晒得难受,水也喝得少了。

船在漂泊中,轮机部的人有了更多检查机器的时间。机舱里大管、老轨和技工们开始有步骤地检修主辅机、配电设施、轴系和各个泵系、应急发电机等,保障"向阳红09"船具备良好的工况,可以随时保障试验的进行。对轮机部门来说,天气不好的时候正好是检修的时间;此时,他们不是空闲而是更忙了,要抓紧这段时间保养好机器。这时候老轨会安排很多事情,比正常航行时更为紧张;因为好天气不久就会光临这个海域,在这之前他们要抓紧时间多干一些活。

甲板部本想借着这段时间修补一下油漆,可是老天一直在下雨,比起轮机部门他们要维护的机械设备少多了,所以他们也就没有更多的事情可做。到了晚上,探照灯的边上时常可以看到钓鱼者。这里的海水清澈,没有多少鱼类。夜间活动的主要是鱿鱼,它们会集中在船边的灯光处。钓鱿鱼的钩不需要鱼饵,渔钩上包着一圈荧光片,鱿鱼会以为那是一只小的鱿鱼便扑上去抱住鱼钩,然后就被水手们拎上了甲板。鱿鱼上钩后提出水面时要快,不能碰到船体,不然鱿鱼会紧紧地吸住钢板,好半天弄不下来,这是个技术活。

---

① 司令是船上人员对海试临时党委书记刘心成的爱称。

正是这种特殊的海上生活条件,为船员们创造了休息时的乐趣。水手长李斌和"大力水手"都好钓鱼,他们一般会从天黑后钓到半夜;然后把"战利品"收拾一下,切成薄片用开水一烫,沾着一点辣根吃,很鲜美。每天的收获不一样,有时一个晚上钓不上来几条;有时又会遇到一群,一会儿就钓上来不少。每次若钓多了,他们就会召集大家一起过过瘾;吃不了的鱿鱼,他们就用绳子串起来,晾晒在甲板外面。哪天若没有收获,他们会烤成鱿鱼干吃,味道也很不错。

两天过去了,该做的准备工作都做了,眼下大伙儿只能期盼海况尽早好转,好早一天完成试验任务。

为潜水器下潜护航

"蛟龙"号载人潜水器入水

南海海试,渔船和渔网是试验中的一大威胁。一旦渔网缠住潜水器或缠住母船，都会给试验工作带来意外。南海海试由中国海监南海总队的海监船不分昼夜地为其护航保驾。在潜水器进入试验海区前，海监船对该海域进行"清场"，探测所有可能有碍于潜水器试验的水下物体，确保试验安全；在试验期间，海监船密切观察海面船只，防止渔船误入试验海域。

2010年9月7日，南海海试第14次下潜，一切都像往常一样紧张而有序地进行着。不久，"向阳红09"船和2海里外的"中国海监74"船都注意到一艘100多米长的货船，正以18节（1节≈1.852公里/小时）的航速向试验警戒水域驶来。起初，"中国海监74"船通过无线电频段，轮换使用中、英文向该货船呼叫，要求其改变航向，避开试验区域，但没有得到回应。"中国海监74"船只好开足马力向大船驶去。

此时"蛟龙"号潜水器在"向阳红09"船前方浮出了海面，船长果断发令，"向阳红09"船画了半个圆弧将潜水器护于母船左舷。此时，不远处的"中国海监77"船也迎着大船驶去；而"中国海监74"船则果断地插到了货船与"向阳红09"船之间，将两艘船隔开，并迎着比自己大数百吨的货船驶去。

在开阔海面上航行的货船，避让时通常采用转向而不是减速和转向并用的方法。面对两条迎面驶来占据了预定航线的海监船，此时并不十分清楚发生了什么事情的货船还是做出了反应，开始减速、转向改变了原航线，擦着警戒水域边行驶了过去，"向阳红09"船用一声长笛表示敬意。这仅是警戒船工作的一个片段：驱离误入试验海域的渔船，为试验海域"清场"，中国海监船伴随"向阳红09"船度过了试验的每一天。

在太平洋深海区，没有了渔船、渔网，可是因断裂而漂浮游荡在海洋中的鱼线有时可达数百米长。5000和7000米级海试的护航任务是由我国新型海洋调查船"海洋六号"船完成的。"海洋六号"海洋调查船由中国船舶及海洋工程设计研究院自主研制，是中国首艘自主研制的可燃冰综合调查船，于2008年10月在"武昌造船厂"建成下水；总设计师是708所张炳炎院士，由他为下水仪式剪彩。船东是广州海洋地质调查局。该船以海底可燃冰调查为主,可在海上航行60天无需补给,具有较强的自持能力。设计最大排水量5287吨,速度17节,续航15000海里。

"海洋六号"海洋调查船

"海洋六号"海洋调查船集地震、地质调查等多项调查功能于一体,是我国首艘自行设计建造的深海远洋海洋调查船。它采用电力推进,具有动力定位能力,配置了深海水下遥控探测系统、深海取样分析、深水多波束、深水浅地层剖面、长排列大容量高分辨率地震采集系统等多种高科技勘查设备,配置有4000米级深海水下机器人"海狮"号,在我国海洋地质调查船中技术装备首屈一指。

2012年6月2日11:00,"海洋六号"船驶离广州海洋地质码头,赴太平洋执行中国大洋第27航次科学考察任务。本航次"海洋六号"船主要承担三项任务:一是,开展海山区富钴结壳资源调查,积累基础资料;二是,开展调查区环境调查与评价以及相关科学研究,进一步了解环境基线的自然变化范围和生物多样性空间分布特征;三是,在特定海域负责为载人潜水器"蛟龙"号7000米级海试护航。

时任国家海洋局办公室主任的李海清说:"'海洋六号'船自 2012 年 6 月份起航以来,克服各种困难,按计划完成了海试区的调查、保障和护航任务,为'蛟龙'号海试提供了全面的安全保障。希望'海洋六号'船全体科考队员,秉承中国地质调查工作者的优良传统,团结一心,继续做好'蛟龙'号海试的保障工作。同时,安全高效地完成科学考察任务,为我国大洋事业再立新功。"

海试大学

尽管每一次下潜的准备工作远远多于调查作业的工作,可在海上仍有不少空闲的时间。

有一次海试队员们在会议室里聊天,海试现场指挥部顾问陆会胜提议打造一个平台,办一个"海试大学"。这不仅是填补空闲时间的好办法,更是一个开放式的多功能交流平台,能够研究问题、集思广益。他说道:"海试队伍里人才济济,在这个各显神通的'星光大道'舞台上,让每一个人都可以展示其科研、技术、后勤保障的成果,介绍各方面的先进技术;大家还可以提出海试中发现的各种问题及其解决的思路,达到群策群力、集思广益、共克难关的目的,为海试现场营造一种研究探讨的氛围;还可以交流一些看似'毫无关系的话题',丰富大家的业余生活。"

就这样,从 1000 米级载人潜水器海试开始,"海试大学"一直办到了 7000 米级海试结束,一共办了上百期。

"海试大学"并不是载人潜水器海试首创,在很早以前专门从事极地科考的"雪龙"船上,在进行紧张深海资源勘查的"大洋一号"船上都有过此类的"大学"。汇集在这个"平台"上的科研人员、工程师、船员和各类工程技术保障人员,通过"大学"对共同感兴趣的问题进行深入广泛的交流与切磋,有时甚至是观点和看法的碰撞。这不是争强好胜,有些科研项目就在交流、切磋和碰撞的火花中孕育,甚至是"诞生"了。

"海试大学"很有魅力,每一次听课的人都很多,有时整个会议室坐得满满的,来晚的人只能站在角落里听课。"海试大学"让平时不太参与活动的船员们也打开了话匣子,他们纷纷讲述自己听课的感受。当他们说到701所李景老师的"生活感悟与诗的创作"一课时,都说他讲得好,既生动又易懂。

"海试大学"的课程更多是围绕着潜水器展开的。702所崔维成副所长在"深海载人潜水器的过去、现在和将来"的课程中,简要地介绍了从人类对潜水器最初的探索到第三代载人潜水器诞生的过程,详细生动地讲解了载人潜水器不同发展阶段的典型代表,并重点对除"蛟龙"号以外,目前世界上正在使用的5台深海载人潜水器和第三代载人潜水器进行了介绍和对比。之后,大家还针对"蛟龙"号载人潜水器的应用——"4500米载人潜水器"的定位与设计理念等问题展开了热烈的讨论。

此外,还有科学家所作的"载人潜水器的历史和最新研制计划"的学术报告。科学家全面回顾了国际上特别是美国载人潜水器的发展历史,介绍了俄罗斯2007年在北极水域下潜时惊心动魄的过程,让大家听着很过瘾。船员们说:"跟这帮科学家一起出海,上上'海试大学'真能长见识。"

陆会胜讲述了1999年11月24日发生在渤海海峡的"大舜"号海难,事故的案例分析和触目惊心的海难过程令人深思,也从一个侧面为全体参试队员上了一堂活生生的安全教育课。大洋技术中心程学文以"分享我的航海经历"为题,与大家分享了自己多年在世界各海域、各港口间的航海经历和亲身见闻。他的讲述幽默风趣,栩栩如生,特别是当他讲到他们的货船与海盗斗智斗勇的经历,讲到各国家、各地区令人耳目一新的风土人情、生活习俗时,课堂气氛变得十分活跃。

"海试大学"还为听课人员颁发了《毕业证书》。这既是一种形式,也是一种珍藏。在他们看来这是自己亲身参与我国首艘载人潜水器海试一再创造新纪录的佐证。

大洋海底 5000 米

2011 年 7 月 21 日凌晨，北京，复兴门外大街，国家海洋局办公大楼"蛟龙"号海试陆基保障中心里灯火通明，这是一个不眠之夜。

此时，太平洋，关岛以南，距离北京 1 万余公里之外，在风浪中的"向阳红 09"船上，"蛟龙"号全身披挂、整装待发。

北京时间凌晨 3:00，海试现场指挥部总指挥刘峰下达了下潜指令，由崔维成、叶聪、杨波三人组成的试航员组合随着"蛟龙"号载人潜水器被吊入水中，"蛙人"解开主缆，潜水器开始无动力下潜。4:00，潜水器的下潜深度达到 1777 米；5:26，上传回的数据显示，潜水器达到了 4027 米；随着抛弃压载铁，潜水器开始转入上浮阶段；7:48，潜水器浮出水面，焦急等待的人们，立即发现了刚刚浮出水面的潜水器；8:00，潜水器回收上甲板，稳稳地进入升降平台，试航员随后出舱。

与 3000 米级海试时"初试牛刀"相比，"蛟龙"号此次下潜很快就突破了 4000 米深度，过程十分顺利。

北京时间 7 月 22 日凌晨 4:30，"蛟龙"号再一次就位，准备向新的深度发起冲击。国家海洋局局长刘赐贵说："未来十几天，将见证我国载人深潜的奇迹。"

2010 年夏天，"蛟龙"号在 3000 米级海试中最深下潜到 3759 米，标志着我国成为继美国、法国、俄罗斯、日本之后，第五个掌握 3500 米以上大深度载人深潜技术的国家。2010 年的海试，"蛟龙"号除了冲击 5000 米深度，还要开展海底照相、摄像、海底地形地貌测量、海洋环境参数测量、海底定点取样等作业试验，全面考核其设计功能和性能，进一步锻炼和培养我国载人深潜技术队伍，为下一步 7000 米级海试奠定坚实的基础。

自古以来，人类就对蔚蓝色的海洋充满了憧憬，渴望有一天潜到神秘海底一探究竟。我们年轻的潜航员们，自 2007 年起，一次次驾驶"蛟龙"号探索深海，一次次往深海延伸。

冲刺前的预演

一步步深潜下去的载人潜水器及其深潜技术,能为我们带来什么好处呢?科学家告诉我们:深海有大量未开发资源,"蛟龙"号的成功下潜,意味着中国具备了深海载人探测的能力。"蛟龙"号不断地往下深潜,这表明中国的载人深潜技术获得了突破。

　　世界各海洋大国,像美国、法国、德国、俄罗斯、日本等都在瞄准海洋开发技术获取深海资源,在这方面中国不能落后,必须迎头赶上去。

　　"蛟龙"号下潜的难度和意义不亚于载人航天。我们现在对外太空的了解远超过对深海的了解:我们可以观测光年量级距离的天体,可是我们却看不到水下几百米深的海底世界,对几千米、上万米深处的了解更是非常有限。

　　5000米级海试成功了,位于东太平洋的E1、E2、E3三个试验海区共完成5次下潜作业,下潜深度分别为4027、5057、5188、5184和5180米,创造了下潜作业时间9小时14分的新纪录。潜水器在海底完成多次坐底试验,并在中国大洋协会多金属结核勘探合同区开展海底照相、摄像、海底地形地

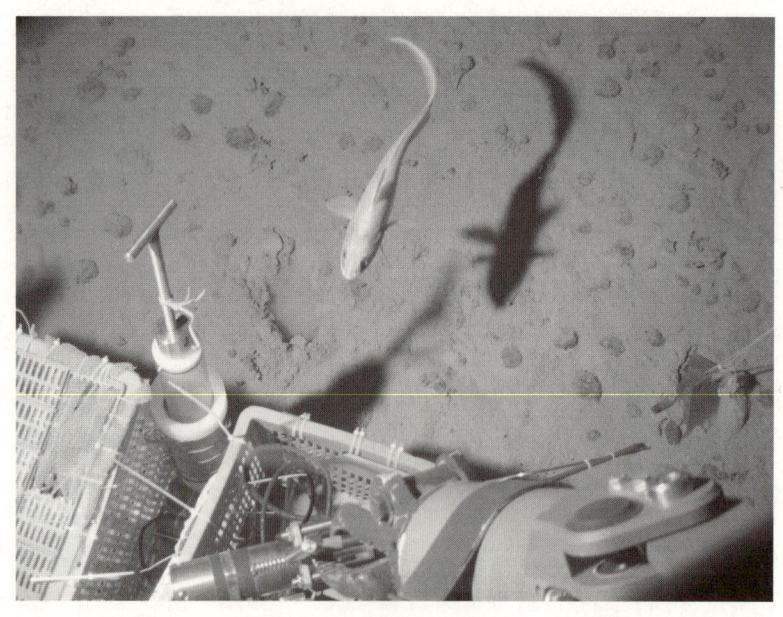

5000米深海中的鱼

貌测量、海洋环境参数测量、海底定点取样等作业试验与应用,完成了各项试验任务。

5000米级海试结束后,"向阳红09"船再次返回江阴苏南国际集装箱码头。有消息说:下一次海试,我们将冲击潜水器7000米设计深度。对此,"蛟龙"号总设计师徐芑南在接受记者采访时说道:

今年的5000米级海试,相比去年南海的3000米级海试深度更大,这是一次新的考验。海洋高科技装备必须在海洋里得到实践验证,这是所有设备或技术装备必须要过的一关,"蛟龙"号也不例外。海上的天气和海况千变万化,因天气原因推迟或取消试验的情况并不少见。我们必须在保证安全的前提下进行试验,不能蛮干。海试容易受到气象条件的影响,尤其要注意在高海况下布放和回收的潜水器的安全问题。

回顾世界各国潜水器发展历程,我国是第五个拥有深海载人潜水器的国家。尽管我们晚了一些,可是有关载人潜水器的各种技术,我们无需从零开始。即可以借鉴他们的优点,避免他们的不足;总结前人的经验,我们的研发少走了不少弯路,反而是比其他几个国家更加成熟和完善了。

我国只有不到30年研制潜水器的历史,从无到有,后来居上。我国研制潜水器的历程可谓"十年磨一剑",一言难尽,我们是一步一步走过来的。目前,世界各海洋强国都在改进自己潜水器的性能,研制功能更强大的潜水器;同样我们也会继续对"蛟龙"号进行改造升级和完善,同时加紧我国潜航员队伍的培养。

茫茫大海之上的海试队员们,在遥远的太平洋上进行试验,他们已对潜水器十分熟悉了,通过海试取得了大量的第一手资料;同时又在第一时间对潜水器进行改进,直面更大深度的挑战。中国载人深潜精神是:"严谨求实,团结协作,拼搏奉献,勇攀高峰"。我们完全有理由相信,中国载人潜水器冲击7000米下潜深度一定会成功。

"蛙人"的故事

在奔腾咆哮的浪涛里,面对暗藏杀机的太平洋,"蛟龙"号载人潜水器纵身深蓝,书写了我国深海探测事业的辉煌。就在"蛟龙"号龙腾虎跃时,在海试团队一次次欢呼创造了一个个新的下潜纪录时,闯荡在浪涛间的"蛙人"突击小组的身影被深深地定格在了那一个个惊心动魄的瞬间……

"蛙人"

在"蛟龙"号载人潜水器海试过程中,有一个响亮的称谓被海试团队所认可,这就是"蛙人"小组。

什么是"蛙人"？他们是为放入海中的"蛟龙"解开主起吊缆绳的人;是"蛟龙"返回水面后第一个接触它,为它挂上牵引缆绳的人;是回收潜水器时为起吊缆"穿针引线"的人。

在载人潜水器海试之前,除了船员之外,海试团队中几乎没有人目睹过如"蛙人"在海上以血肉之躯,甚至生命搏击风浪的场面。

在风浪与肉体的对抗中,在偌大波涛与弱小生命的较量下,海试团队所有的人都真切地目睹了什么是惊心动魄！什么是壮美的震撼！

就在这惊心动魄中,在这壮美的震撼中,冲锋陷阵在海上的"蛙人"突击小组始终坚定着这样一个信念:确保海试成功！他们抱定这样一个决心:为了"蛟龙",不要管我！

冷日辉、刘绍福、张正云、王斌,无愧于我国载人潜水器海试"蛙人"的称号。

5000米级海试第5次下潜成功,创造了下潜深度5188米的新纪录。而在这5次下潜中,"蛙人"在大风浪中10次解挂主吊缆和拖曳缆,20次收放橡皮艇;他们战风斗浪,不畏艰险,虽伤痕累累,然所向无敌。

"蛙人"大无畏的精神和果敢的行为感动了海试团队所有的人。海试临时党委书记刘心成对"蛙人"小组说:"布放潜水器时,我一直盯着你们。一个浪头把

战风斗浪

张正云打进了海里，刘绍福接着爬上潜水器，他被大浪吞没了三次……最后你们终于把拖曳缆解掉了。这是什么？这是惊天地泣鬼神的壮举！"听了领导的话，王斌说："在最危险的时候，我们什么也没想，只记得潜水器的安全和潜水器里面还有三个人……"这时，一位潜航员动情地说："我们是人，你们也是人啊！"

这不是普通的对话，这是海面上的"蛙人"与潜水器内潜航员的心灵对话！

载人潜水器海试从 50 米、300 米、1000 米级、3000 米级，到 5000 米级，人们对"蛙人"经历了从不了解到了解、从了解到赞叹的认识过程。正是他们在海上的风浪与波涛中彰显的男儿气概和舍生忘死的奋勇精神完美了海试团队，为祖国的深海探测事业增添了光彩。冷日辉，出海前刚打完一周的点滴，膝盖、腿部还有多处擦伤；王斌，在潜水器第一次下潜时就扭伤了胳膊和后背；张正云膝盖多次受伤；刘绍福腿上已是疤痕累累，左胸肋部因被挤压受伤，弯腰喘气都困难……

那么，四名"蛙人"为何有如此的信念和决心并付之行动呢。

这信念、决心和行动来自他们心中的一笔账。

张正云 54 岁，刘绍福 53 岁，冷日辉 51 岁，王斌 47 岁。正是经受了岁月的磨砺，他们才有了自己的感悟。冷日辉这样说："能亲身参加为国争光、为民族争气的如此神圣的任务是一种幸运；能在大海上贴身伴'蛟龙'是一种缘分；能为'蛟龙'而担当是一种荣光！"正是在这幸运的感召下，在这缘分的安排下，在这荣光的照耀下，四名"蛙人"自知与"蛟龙"相比是微不足道的；面对国家和民族大业，他们虽是沧海一粟，但冲锋陷阵，义无反顾。他们从心底喊出了"为了'蛟龙'，不要管我"的吼声！

船长陈存本这样说道："在暗藏杀机的太平洋上，在风大浪险的艰难危急时刻，我看到了'蛙人'雄狮般的果敢、猛虎般的威猛、猎豹般的速度、骆驼般的耐力。"

潜水器下放,"蛙人"待命

雄狮般的果敢

2011年7月20日,5000米级海试的第一次下潜开始了。

此时,试验海区的海况相对来说是比较好的,浪高达2.5米。随着总指挥的口令,"蛙人"突击小组乘坐的橡皮艇被从母船上放入海面。一到海里,橡皮艇顿时像一匹脱了缰的野马在海面上上蹿下跳。它蹿上浪峰后,瞬间又跌入浪谷;这一上一下的落差就是五米多,同时还在剧烈地颠簸摇晃。如何下艇?船上的人急切而担心地注视着。

海试首先要把"蛟龙"号潜水器放入海中,最后还要把它回收到母船,这是一个完整的过程。就是说,没有"蛙人",潜水器放不下去,也收不上来。面对危险,如果说不紧张那是假话,"蛙人"心中难免有点忐忑。然而,他们没有退缩,"明知山有虎,偏向虎山行"成了四名"蛙人"唯一的选择。

负责驾驶的王斌敏捷地启动橡皮艇,发动机"突突"地响了起来;伴着

"大力水手"冷日辉沙哑雄浑的指挥声,橡皮艇离开母船,乘风破浪,颠簸起伏地冲向作业区。

"蛟龙"号潜水器被放入海面后,一头扎进海里,顿时拍得浪花飞溅。无情的海浪撕扯着"蛟龙","蛙人"们瞪着眼寻找着契机靠近"蛟龙"。就在浪头稍纵即逝的瞬间,橡皮艇靠近了"蛟龙",冷日辉、刘绍福几乎同时双膝跪地,上身前倾,一把抓住了"蛟龙";早已按捺不住的"飞人"主攻手张正云,猫着腰,一个箭步跃上"蛟龙",一手抓住主吊缆,一手用力一拉,脱开了主吊缆。这是怎样的瞬间!这是何等果敢的举动!

"蛙人"解除主缆

发怒般的巨浪扑向了"蛟龙",将来不及防备的张正云一下子抛向了大海。刹那间,天、海、人、物混沌一片,似乎已经没有任何东西还独立存在着,犹如一片狼烟四起的战场……

善战者,求之于势。就在这关键的时刻,还是那句话:"为了'蛟龙',不要管我!""蛙人"刘绍福顾不上同伴的安危,瞅准潜水器,顺势骑爬上左摆右晃、上蹿下跳的"蛟龙",又以迅雷不及掩耳之势果敢出手,顺利解开了拖曳缆。随即,经验老到的冷日辉、王斌,在海上涌浪难以判断方向的情况下,迅速改变战术,从"蛟龙"的另一侧出击,如鸷鸟之疾,接应刘绍福从潜水器上回到橡皮艇上,随后掉头驶向落入水中已被海浪打出了五六十米远的张正云。

猛虎般的威猛

"蛟龙"号潜水器是椭圆形的躯体,圆形脊背在静水中露出水面的面积不足1.5平方米,在海中,稍有风浪脊背就会被海浪完全淹没。试想,在3米高海浪的海况下"蛙人"该如何去工作?

"蛙人"说:"风浪中在'蛟龙'的脊背上几乎是无立足之地。匍匐在'蛟龙'圆滑的脊背上,在风浪的摇晃中,我们的身子是泡在海水里的。一个浪头与另一个浪头间隔只有3秒的周期,在放潜水器时脱钩要在0.5秒之内完成;在挂钩时,在剧烈摇晃的潜水器上要抓住母船A型架上放下的直径5.5厘米粗的吊缆准确挂上潜水器。每一次的每一个动作对于我们都是考验。"

"蛟龙"号5000米级海试第四次下潜时,太平洋上晴空万里。当下潜结束时天气突然变了,大雨倾盆,雨点伴着风的威力打在人的脸上,有些疼。这时已是晚上7点多,天已黑暗下来,海上水天浑然一体,让人感到仿佛一切都回到了远古的混沌时代。当"蛟龙"号上浮海面,甲板上的人发现了浮荡在海中的"蛟龙"号时,四名"蛙人"驾驶橡皮艇犹如出山猛虎,搏击风浪疾飞而去;犹如出鞘利剑,劈开黑暗所向披靡。

找到了"蛟龙"号,橡皮艇靠了上去。此时,海浪依然咆哮,大雨依然磅礴;"蛟龙"淘气地上蹿下跳,就在这浪动、船动、人动、"蛟龙"也在动的交织中,"蛙人"虎虎生威,毫不畏惧,冲上"蛟龙"的脊背,迎击飞浪的扑打,以迅速敏捷的动作去完成挂拖曳缆、系主缆等工作。这一个个在陆地上看似简单的动作,在暴烈与咆哮的海浪中,"蛙人"却要付出千百倍的努力,付出超乎想象的代价。

"蛟龙"号每次下潜入水、出水时的身姿都有不同：温柔的、优雅的、狂暴的……这一次则是惊心动魄的。

这一次，在潜水器即将出水的前一刻，发生了从未有过的一幕。由于海浪较大，母船尾部在海面上起伏明显，落差六七米。这时回收"蛟龙"不能让潜水器太靠近船尾，否则会发生碰撞。A型架主缆已下落到潜水器头部位置，在风浪中，"蛙人"爬上潜水器后要前移才能抓到主缆，并安全地插上起吊销。就在此刻，一个大浪开始退去，潜水器随海浪起伏的又一个坠落周期到了，下落势头凶猛，此刻"蛙人"张正云还站在潜水器上，他来不及回到橡皮艇里。在海面如果潜水器只被拖曳缆系住，是没有太大危险的；而一旦被主缆连接上且主缆没有动作的话，就会立即处于危险之中，因为六七米的海面落差瞬间产生的加速度会使A型架连接潜器的主缆发生绷缆。

千钧一发，如何面对？"蛙人"面临着两种选择：一是在张正云返回橡皮艇之前不连接，以保证他的人身安全，其后果是潜水器有可能绷缆；二是继续释放主缆加大长度以避免绷缆，但当潜水器再次被海浪浮起时主缆会因过长而大幅度弯折，这将会扯掉潜水器上面的设备。

电光火石之间，"蛟龙"号已进入"恒张力"状态。橡皮艇被迫离开潜水器，张正云则依然骑在"蛟龙"背上。"蛟龙"落到波谷，一个海浪扑来，"蛟龙"成了"潜龙"；张正云整个人随"蛟龙"沉入海中，海水淹到了脖子。紧接着"蛟龙"随波逐流，大幅度起落几个来回；绞车高速运转发出轰鸣声，场面令人愕然。橡皮艇终于开过来，张正云站起身跃回艇上。随后，"蛟龙"再无机会在海面上跳跃，它被大力拉起后，带起的水和肚子里的水倾泻而下，瞬间组成盛开的"莲花"，"蛟龙"被顺利地回收了。

当一切顺利，"蛟龙"号被安全地回收到母船甲板，当海试队员为取得又一次下潜成功而欢呼时，四名"蛙人"已拖着疲惫的身子悄然隐去了。

猎豹般的速度

偌大的太平洋,3米多高翻滚的海浪,"蛟龙"号脊背不足1.5平方米的立足之地,这就是"蛙人"每次在潜水器下潜和浮出海面时工作的环境和场地。

每次脱、挂钩出手时间只有半秒至两三秒,这就是对"蛙人"关键时刻的时间要求。

四名"蛙人"做到了,他们在一次次稍纵即逝的机会中做到了万无一失,保证了"蛟龙"每次下潜和回收的成功。

四名"蛙人"在海中作业是有分工的:王斌负责驾驶橡皮艇;冷日辉负责靠近潜水器时的靠帮;张正云、刘绍福负责登艇脱、挂钩操作。他们的协调配合着实令人惊叹,最快捷的一次从橡皮艇靠上"蛟龙"到"蛙人"登上潜水器接近吊缆挂钩成功,再到"蛙人"落水到潜水器被吊离海面,只用了不到两分钟的时间。这是何等迅猛快捷的两分钟!

在这样恶劣的环境中完成一系列高难度动作是常人难以想象的。失去平衡、晕船、呕吐、紧张、危险,这一切都在分分秒秒地伴随着"蛙人"的一举一动。

一位摄像师第一次随船出海,他坚持随橡皮艇下到海面,从另一个角度拍摄"蛟龙"下潜的场面。领导同意了,40分钟后,当被从橡皮艇上拉回到船上时,他瘫倒在了甲板上。有人上前关切地问他怎么样时,他只说了一句话:"真不是人干的活。"

受罪、危险、无助,这是"蛙人"在海上与大风浪搏击的真实写照!

风浪中一个"蛙人"落水了,另一个"蛙人"要顶上去。他们全然不顾也许会再次被巨浪打落海中,也许连人带艇一起被颠覆到海中……就在这惊涛骇浪中,"蛙人"以最快的速度为潜水器拖放和回收提供了最有力的安全保障,这是无畏的力量!

"蛙人"为潜水器加挂牵引缆绳

脱、挂缆的速度决定着成败,决定着代价。因为脱、挂缆的时机会随着波浪的起伏转瞬即逝。面对挑战,"蛙人"们虽然平均年龄超过了 50 岁,但他们却泰然自若,勇于担当。快靠近"蛟龙"时,他们放慢了橡皮艇的速度,小心翼翼,生怕碰撞上潜水器。靠上潜水器后,两名"蛙人"用力抓住潜水器扶手,一名"蛙人"箭步冲上潜水器去完成一系列操作。海浪打在他们身上,潜水器随着海浪上下起伏,橡皮艇已被海浪高高托离了海面,他们没有脚蹼也没有橡皮衣,只有一顶蓝色的安全帽戴在头上。任凭海浪翻腾,任凭潜水器跳跃,他们以猎豹般的速度有力地支持了水面支持系统 A 型架顺利布放、回收潜水器,也为潜水器内的潜航员尽可能地缩短了呆在舱内的时间。

"蛙人"猎豹般的速度令人折服,完全可以用"刹那间"来形容。这刹那间张正云两次被海浪打落海里,刹那间他身体被海浪吞没了,只有头上的那顶蓝色的安全帽隐现在海浪中……

看到了这一切,经历了这一切,船长陈存本事后对张正云说:"嗨,你掉海里人看不见了,可你那蓝帽儿可露脸了,在太平洋里漂了两次,中央电视台四套都播了,全国的观众都能看到。"这时,一位船员则调侃道:"据网评评论,你那蓝帽儿比赵本山卖的拐值钱多了!"随即赢得了一片笑声。

不慎落入海里的"蛙人"

骆驼般的耐力

为了"蛟龙",四名"蛙人"一次次承受,一次次担当,一次次付出,无怨无悔。海试一路走下来,他们忍着伤痛,咬紧牙关坚持、再坚持。就是在最困难的时候,他们也阻拦船长把伤痛情况汇报给现场指挥部领导,以免影响海试大局。正是这骆驼般的耐力让他们战胜了大风、打败了恶浪,成就了"蛟龙"潜深海的梦想。

也许有人会问:是什么力量支撑他们走过这不平凡的历程?

回答是朴实无华的:"忠"之真诚,"孝"之可敬!

47岁的王斌是四名"蛙人"中年龄最小的,父亲是一名老海军,后来成为北海分局的一位领导。如今80多岁的父亲患老年痴呆症已多年,清醒时他知道儿子出海,去执行我国载人潜水器海试任务去了;不清醒时他不知道儿子已出海了多长时间。当儿子终于回家了,告诉他"蛟龙"号海试取得了成功,创造了中国人深潜的新纪录时,老人说不出一句话,两眼直直地盯着儿子,脸上堆满了笑容。

老父亲的笑容让儿子心疼,让儿子心酸。看着父亲苍老的容颜,王斌大声地对父亲说:"爸爸,儿子没有给您丢脸!"

"大力水手"冷日辉,父母都年老多病。就在跟船出航的前一天,他为老父亲过了82岁生日,接着第二天就出海了。海试期间又逢母亲的生日,当家中的哥哥和弟弟要为母亲过生日时,老母亲坚决地拒绝了。她说:"我要等日辉回来再过生日。"

自从第一次在电视里看到儿子乘坐的橡皮艇在海浪中时隐时现,老母亲那颗苍老的心就被提到了嗓子眼。当儿子回家了,对老母亲说:"妈,我回来啦。"老人那颗悬着的心终于放下了,她连声对儿子说:"回来就好,回来就好。"

冷日辉说:"母亲曾做过两次大的手术,我都在海上,没能陪在老人家身边。去年出航的当天上午8点多,我把母亲送进医院,在病床旁我是挣脱母亲的手离开的,10点钟就随船出航了。"每当说起这些,粗壮的汉子总会哽咽。

张正云的老家在浙江天台,父亲去世后,他把83岁的老母亲接到青岛。平时老人很少看电视,因为听不懂电视里的人讲的话。儿子出海了,儿媳妇告诉她电视里能看到正云。这回老人主动要求看电视,她想在电视里找到儿子,看到儿子。可一连看了一个多月,都没有看到儿子,只看到了一艘大船,还有一个小船漂在海里被海浪打得上蹿下跳,老人害怕了。

当儿子回家了,老人却哭了……

冲击7000米深度

2012年春节前夕,时任国务院副总理的李克强在慰问极地和大洋科考队员代表时指出:"蛟龙"号载人潜水器7000米级海试是一项具有标志性意义的重要工作。相比之前的海试任务,此次7000米级海试工作任务更加艰巨,责任更加重大。

按照计划,"蛟龙"号载人潜水器7000米级海试队于2012年6月3日上午,乘"向阳红09"船再次从江苏省江阴市苏南国际码头出征,奔赴地球的最深处马里亚纳海沟,执行7000米级海试任务。

世界最深处：马里亚纳海沟

马里亚纳海沟，位于北纬11°20′，东经142°11.5′，即位于菲律宾东北、马里亚纳群岛附近的太平洋底，亚洲大陆和澳大利亚之间，北起硫黄列岛、西南至雅浦岛附近。

其北有阿留申、千岛、日本、小笠原等海沟，南有新不列颠和新赫布里底等海沟。全长2550千米，弧形，平均宽70千米，大部分水深在8000米以上。最大水深位于斐查兹海渊，深度为11034米（1957年，由前苏联航具"维塔兹号"测得，此数据以后未再测得，故不以为准确），是地球的最深点。

这条海沟的形成据估计已有6000万年，它是太平洋西部洋底一系列海沟的一部分。

如果把世界最高的珠穆朗玛峰放到马里亚纳海沟的沟底，峰顶将不能露出水面。已有不少登山家成功地征服了珠穆朗玛峰，但探测深海的奥秘却极其困难。

1899年，人类在关岛东南首先测到内罗海渊的深度为9660米。这一纪录一直保持了30年，直到1929年在其附近测出了9814米的深度。1951年，英国皇家海军"挑战者二号"首度测量海沟，以回波定位方式于北纬11°19′、东经142°15′，测出10900米的深度。此方式是以反复发送声波，再以耳机捕捉回波，并将回波器的速率，以手持码表计时完成的。因此，在正式提报新的最深测量深度时，按照谨慎的做法，应将所测深度减去一个可能的误差尺度20英寻（1英寻≈1.8288米）较妥，从而得出深度为5940英寻，即10863米。

1957年苏联科学院海洋研究所的一艘海洋考察船"斐查兹"号对马里亚纳海沟进行了详细的探测，并用超声波探测仪于8月18日在它的西南部发现了一条特别深的海渊，即斐查兹海渊。

1960年1月23日，瑞士著名深海探险家雅克·皮卡尔与美国海军中尉沃尔什乘"的里雅斯特"号深水探测器，成功潜入马里亚纳海沟，下潜深度10916米，他们创造了当时最深的潜水深度。当他们潜到9785米深的时候，潜水器发生了剧烈震动，导致一块19厘米厚的舷窗玻璃出现了轻微裂痕。

雅克·皮卡尔非常担心会有意外发生，但是他不愿放弃这次难得的机会。"我们继续下潜，就像刚才一样。没有多余的废话，我和同伴一致决定了。"雅克曾在回忆这次潜水时说："这并不长的11公里，花了5个多小时的时间。"但巨大的水压使得他们仅仅在海底呆了20分钟，就不得不返回海面。

雅克·皮卡尔在此深度发现了许多人类从未见过的深海动物，如30厘米长，样子像海参的欧鲽鱼。在深海这个高压、漆黑、冰冷的世界，居然还有生物悠闲自在地生活着，这让他们很震惊。"那趟旅行最有趣的发现是那些从潜水器舷窗外游过的鱼类，我们震惊地发现在那么深的海底，竟然还生活着一些相当高级的海洋生命。"在此之前，科学界已经认定如此之深的海域中绝对不可能有生物存活下来。

1962年，"史宾塞·傅乐顿·拜尔德"号（Spencer F. Baird）测得马里亚纳海沟最大深度为10915米。

1984年，日本人将"拓洋"号（Takuyo）送入马里亚纳海沟，以多窄波束回波定位仪进行观测，测得最大深度为11040.4米，记录为10920（±10）米。

1995年3月24日，在经过数次失败后，"海沟"号机器人被12000米长的一次缆缓缓放向海底，母船操作室内的17个监视器显示出潜水器发回的图像资料。经过三个半小时的"行进"，"海沟"号到达斐查兹海渊底部，这时显示的水深是10903.3米，修正后的水深为10911.4米，最为精确。

2011年1月，一个国际科研团队通过对马里亚纳海沟的考察，发现那里储存着大量碳，这意味着海沟在调节地球环境方面的作用比人们之前认识的更为重要。马里亚纳海沟就像是个沉淀物收集器，被海沟里细菌转化的碳的量比6000米深的海底平原上的碳含量高。这说明了海沟里碳含量比研究人员此前认为的高,他们以前没意识到深海里还有这么一个二氧化碳收集槽。科学家们下一步的想法是把研究结果量化,算出深海海沟里的碳含量到底比其他海域多出多少,被细菌转化的碳的量具体是多少,这些数据能帮助科研人员更多地了解深海海沟在调节气候方面的作用。

总之,人类对深海的认识还是很肤浅的,对于深海我们不能只隔着数千米的海水"隔皮猜瓜",需要到达那些没有去过的地方,但要"亲密接触"并不是一件轻而易举的事,上天难,下海也绝不轻松。

起 航

"向阳红09"船执行7000米级海试任务引起了国人的高度关注,驻青岛的十多家媒体记者赶到北海分局团岛码头做现场报道。2012年5月28日上午9:50,"向阳红09"船离开码头,次日晚8:00,抵达长江航道内的太仓锚地抛锚。30日早晨5:45,"向阳红09"船起锚沿长江上行,12:25,顺利抵达江阴苏南国际码头。至此,"向阳红09"船的各种出海物资已经全部到位,船上各工作和生活场所整理一新,"向阳红09"船以崭新的姿态再次迎接"蛟龙"号载人潜水器和全体参试人员上船。

6月2日下午,国家海洋局副局长、海试领导小组组长王飞登上停靠在江苏江阴苏南国际码头的"向阳红09"船,检查载人潜水器准备情况,并在江阴市主持召开了"蛟龙"号载人潜水器海试领导小组第八次工作会议。会议根据海试准备情况,决定海试队按计划于6月3日起航。王飞指出:各参试单位在起航后要继续做好各项准备工作,在确保安全的前提下向更大深度下潜。前线指挥部要按照职责处理好海试中出现的各种变化情况,按照科学规划、制度完备、职责明确、责任到人的原则,做好"蛟龙"号海试工作,一切都要以海试成功为出发点和落脚点,所有工作都要服从服务于海试。

同日,国家海洋局党组书记、局长刘赐贵,科技部党组成员、副部长王伟中,江苏省政府副省长徐鸣,中国船舶重工集团公司副总经理钱建平在江苏省江阴市接见了即将奔赴马里亚纳海沟、执行"蛟龙"号载人潜水器7000米级海试任务的海试队员代表。

6月3日上午9:40,"蛟龙"号载人潜水器7000米级海试团队乘"向阳红09"船从江苏省江阴市苏南国际码头出征,奔赴马里亚纳海沟海域执行7000米级海试任务。在欢送仪式上,国家海洋局党组书记、局长刘赐贵发表讲话,并宣布"蛟龙"号载人潜水器7000米级海试起航。

在起航仪式上,各级领导共同为中国邮政和国家海洋局联合设立的"蛟龙号深海邮局"揭牌,同时宣布:中国邮政特聘请"蛟龙"号深潜部门长叶聪担任"深海邮局"首任名誉局长。张荣林介绍,"蛟龙号深海邮局"有虚、实两个邮局,虚拟邮局设在位于海底7000米外的"蛟龙"号载人潜水器舱体内,地面实体邮局设在青岛市崂山区邮政局金家岭邮政支局;目前主要开办国际国内函件寄递和集邮业务,邮政编码是266066。

北京市汇文第一小学的少先队员代表在起航仪式上宣读了《给海试队员的一封信》,并向海试队送祝愿瓶。

突破6000米

经过在绿华山锚地54个小时的休整,6月5日早上6:00,"向阳红09"船从绿华山锚地起锚,一路向东,奔赴7000米级海试海区。

"向阳红09"船已起航两天了,在这两天的时间里,第3号台风"玛娃"迫使"向阳红09"船停靠在长江口外绿华山锚地避风。参加过1000米级海试的队员们对绿华山锚地记忆犹新,当时他们也是在这个锚地防抗过2009年第8号强台风"莫拉克"。

2012年,当地时间6月15日9:00—16:47,在马里亚纳海沟海域进行了"蛟龙"号载人潜水器7000米级海试第一次下潜试验(即第46潜次),最大下潜深度达6671米。

随船报道的新华社记者罗沙这样写道:

"向阳红09"船6月15日电：我国"蛟龙"号载人潜水器15日在7000米级海试第一次下潜试验中，最大下潜深度达到6671米，创造了我国载人深潜新纪录。

北京时间当日早晨7:00，"蛟龙"号7000米级海试现场指挥部宣布下潜试验开始，本次下潜试航员小组由叶聪、崔维成和杨波组成。7:12，"蛟龙"号被布放入水；7:22，潜水器开始注水下潜；8:37，"蛟龙"号下潜深度超过3000米；9:40，潜水器打破去年5000米级海试时创造的5188米纪录；10:00，潜水器下潜深度超过6000米，并继续下潜至6671米。

"蛟龙"号载人潜水器出水

据海试现场指挥部介绍，在这次试验中，试验母船的数字通信系统再次出现故障，海试团队立即将其切换为模拟通信模式，保证了潜水器与试验母船通信畅通。据了解，故障原因已经查明并进行了相应处理，不会影响未来的下潜试验。

崔维成说："经过以往的海试，我们对排除设备故障已经有了丰富经验。今天下潜试验中遇到的问题都在预计范围内，试验整体进行得比较顺利，取得了比较好的结果。""我们对完成7000米级海试更有信心了。"他同时表示，对于第二次下潜试验的安排，还需要根据设备、天气和人员的具体情况来确定。

4天后，6月19日，"蛟龙"号7000米级海试第二次（第47潜次）下潜最深到达6965米，并进行了坐底取样试验；潜航员唐嘉陵在海底工作约3小时，获取了海水样品和沉积物样品。那么6900多米的海底究竟什么样子？是平坦的，还是崎岖的？能看到什么生物？

深海见闻

唐嘉陵回忆道："在执行第47次下潜任务的前一天晚上，为了保持充足的精力，我很早就休息了。睡觉之前，我琢磨着到时候我到底会看到些什么？那里与去年在东北太平洋区域5000米级海试的海底会有什么样的不同？我会看到哪些奇异的生物？那里会有什么样的地质现象？各种问题在我脑子里转来转去。看了看表，自知自己想多了，现在的任务是睡觉，用充沛的精力迎接明天的下潜，可是闭着眼睛那些画面还是不由自主地浮现出来。我一次又一次地告诫自己，努力阻止着画面的出现，但是……第二天，当我真的下潜到6900多米的海底时，实际与想象差距甚远。"

唐嘉陵看到的海底给他的感觉不是深邃，而是荒芜和贫瘠。他说道："海底下没有石头，也几乎没有起伏。在那里，不像在森林里能听到风声和鸟叫，也不像在高山上能看到峰峦和绵延，只能体会到从来没有过和想象不到的宁静。我打开灯光，四处都是平的，海底沉积物细细的，而且呈现给我一种黏稠胶着状的感觉，灯光下沉积物的颜色介于淡奶黄色和浅褐色之间，细腻得像奶酪。我轻轻一推控制手柄，推进器的轻微转动把沉积物推了一下，我看到它们自然地一散，像是战场上的硝烟，弥漫起来。"

"那里有你想象的生物吗？"唐嘉陵说："没有。在海底里，我看到了一些非常小的、像昆虫一样的生物；但由于机械手的空隙较大，我抓不上来。在平坦的海底有很多透气的小孔,一个个连成一片,似乎这是海洋生物活动的痕迹,但我看不到生物。在做沉积物取样时,泥像黏稠的奶油一样缓缓地流淌,我小心翼翼地把取样器插进泥里,尽量慢地拔起,避免与周围相碰。用了很长时间,我才把样品完好地取到。

"在布放下潜标志物时,我操控潜水器坐向海底。海流像风儿一样流过,透过观察窗我看到像'昆虫'一样的小生物四处闪躲,垂直推力器荡起了一层泥烟雾,看上去有几层楼高。当我用机械手慢慢地把'中国载人深潜蛟龙号第47次下潜'的牌子平放到海底时,想在视窗前拍一张标志物的照片。可是缓缓落下的细腻黏稠的泥烟,已经把标志物掩埋,我只能看到微微凸起的形状。当烟雾慢慢地散去,我还是拍了一张照片。

"这时,我感觉像宇航员到达月球,每一步迈进都带起漂浮的尘土,我到达了一个非常非常遥远的、人迹罕至的地方,体会到什么是真正的孤独,也想起了那个古老而深刻的哲学提问:'地球上的人,我们孤独吗?'"

潜航员付文韬在描述他的下潜体会时,这样说道:

6月22日,进行"蛟龙"号7000米级海试的第三次试验,也是我今年的第一次下潜作业。现场指挥部两天前就定下了我做这个潜次的主驾驶。我除了认真观摩前一潜次海底作业录像,做好制订下潜计划等常规准备工作外,昨天午饭和晚饭,我还特地多吃了三大块红烧肉。因为今天的下潜时间比较长,从早上出发到傍晚返航,我要在舱内度过接近半天时间,还是早点"储备"为妙。

当接近海底,我打开灯光,海底世界清晰地显露在我的眼前。第一个惊喜就是海底有底栖动物爬行的痕迹,但这个惊喜没有持续多久,就被机械手的状态打断了。今天,机械手在海底的动作反应感觉要慢不少,有较大时延,这对操作机械手的影响很大,我心里想可别让我们"宝山空回"。

第一次坐底,因海底激起的"烟尘"很长时间未消散,我没有立即作业。

在'烟尘'散去的时间里,我要确定海流流向,因为我们要顶流近地航行,这样可以将海底泥烟对我们的影响降到最低。我启动推进器让"蛟龙"号离开海底,同时把艏向调转了120°,对着西偏北的顶流方位。"蛟龙"号前进了100多米后,第二次坐底,我试着操作机械手开始作业。当我第二次离开海底,在离地2米左右高度航行时,海底不时有虾和海参出现在我的视野内。大约前进了10分钟,我看到前下方有一只个头较大的海参。我赶紧减速、坐底。可惜,潜水器由于惯性往前多跑了20多厘米,海参正好在作业栏底部,机械手抓不到。经验告诉我,再退回去会搅起大量泥烟,还是"走为上"吧。

海底生物

让我们欣慰的是,海底的生物真不少。不久,一只大个头半透明海参又在前方出现。我们第四次坐底,这次潜水器稳稳地停在了海参跟前。眼看海参触手可及,可生物箱还没有打开,而开启前还得先将旁边的标志物放下去。为了有一个清晰的视频记录,我们还是得耐下心来等泥烟消散。此时,前方约3米处一只体型稍小的海参正在努力游动,像海马那样折叠式前进。

透过正前方的玻璃窗,趁泥烟没有完全起来,我拿出准备好的相机拍下了十多张连续动作画面。右前方也有一只纯白色、不透明的小虾在游动,叶聪操作高清云台记录了下来。

约5分钟后,泥烟全部散尽。我再次启动机械手,先夹住标志物轻轻放在海底。然后,赶紧打开生物箱,将看起来很萌的海参轻轻握住,放入箱内,盖好盖子,我松了口气。去年,在5180多米的海底我也抓到过类似的海参,可惜在潜水器上浮过程中弄丢了。我们第五次坐底时,还在海底发现了水螅。它的外形像朵花儿,又像小小的伞被撑开,轻轻地在海底摇曳。

突破7000米

2012年6月15日和19日,我国"蛟龙"号载人潜水器已经进行了两次下潜,深度分别是6671米和6965米。下一步,我们就要超越7000米深度。谁将首先下潜,去完成超越设计深度的冲击呢?

有人问:为什么还差35米不下潜到7000米?

海试现场总指挥刘峰和临时党委书记刘心成做出了解释:"海试计划完全是按照上级批准的海试方案进行的。今年,'蛟龙'号7000米级海试的下潜方案是:2+2+2,即最多下潜6次。按照计划,将两次下潜到6000米附近,两次为备用潜次,但并不超过7000米,两次是下潜到7000米深度。前两次下潜的目的是验证5000米级海试之后对潜水器进行一系列技术改进的实际效果,检验改进的可靠性和实用性。现在我们已经发现了新问题、新故障,要用备用潜次去解决新问题并现场排除新故障。同时,课题任务书中规定的200多项考核指标和功能有待于继续验证。所以,在没有做好充分的准备时,不会贸然奔向7000米深度。"

第48次下潜后,大家都在期盼着。经过几次尝试,技术上已经具备了冲击设计深度的条件,首次冲击7000米深度的帷幕即将拉开。

6月24日,当地时间6:30,现场指挥部和临时党委为三位试航员:叶聪、刘开周、杨波举行了简短的出征仪式。7:00,各就各位,第 49 潜次试验开始。

　　7:19,潜水器入水;7:29,潜水器注水下潜;10:28,潜水器进行第一次抛载;10:50,下潜深度达到 7005 米,现场指挥室响起一阵掌声,"蛟龙"号首次超越 7000 米设计深度;10:55,潜水器首次坐底,深度 7015 米,并进行了近底航行;11:07,第二次坐底,潜水器下潜深度显示当前深度为 7020 米;13:53,潜水器完成全部预定试验内容,第二次抛载上浮返航;17:26,潜水器浮出水面;18:12,潜水器顺利回收。全程历时 672 分钟。

　　本次试验,试航员在 7020 米深的海底与国家海洋局刘赐贵局长进行了通话;试航员接受了中央电视台现场记者的连线采访,通过水声通话回答了现场记者的问题。

　　在海底的"蛟龙"号里,试航员向"天宫一号"上的航天员发送了祝福信息,表达了对我国载人航天事业和载人深潜事业的良好祝愿。

　　6 月 27 日,第 50 次下潜,再次突破 7000 米,下潜深度 7062 米,历时 695 分钟。

冲击 7000 米成功后潜航员开启香槟庆祝

6月30日,第51次下潜,第三次突破7000米,下潜深度7035米,历时588分钟。

至此,中国载人潜水器"蛟龙"号三次冲击7000米深度均获成功。最大下潜深度7062米,为历时十余年的7000米载人潜水器研发之路画上了一个圆满的句号。在具有深海作业能力的潜水器方面,中国一跃而居世界有列,全国人民为之振奋,为之欢呼。

母港等待"蛟龙"

"向阳红09"船开始返航后,国家海洋局北海分局就忙碌起来。按起航前的计划安排,此次"向阳红09"船先返航青岛,在青岛奥帆基地[①]举行盛大的欢迎仪式。届时将有一个重要的仪式,"蛟龙"从7000多米深的马里亚纳海沟带回来的水样,将在奥帆中心码头由潜航员倒入青岛的大海中。"向阳红09"船的母港,将迎接载人潜水器7000米级海试胜利归来的勇士们,用清凉的海风和高涨的热情迎接"蛟龙"号第一次来到青岛这座美丽的海滨城市,迎接她回到深海潜水器未来的"家"。

此前,"雪龙"号极地考察船刚从青岛起航,开赴北极进行科学考察,而现在"蛟龙"号也要首次来到青岛了!

2012年7月14日下午3:20左右,"蛟龙"号随"向阳红09"船抵达中苑码头锚地,青岛海关、边检的相关工作人员乘交通艇登船,为96名海试队员办理了入境通关手续。14日中午12:00之后,"向阳红09"船逐渐接近岸边,海试队员们的手机开始有了微弱的信号。由于发现在甲板上才有信号,队员们都迫不及待地跑到驾驶室外面和靠岸一边的甲板上,只见二三十个人"集体"拿着手机给亲人打电话。7000米级海试总指挥顾问陆会胜打趣

---

① 青岛奥帆基地即青岛国际帆船中心。2008年第29届奥运会和13届残奥会帆船比赛曾在这里举行。

道:"憋了一个多月没用手机,大家都提前给手机充好电了。"

7月16日,为期44天的"蛟龙"号载人潜水器7000米级海试任务圆满完成,停靠青岛。

中共青岛市委书记李群在欢迎宴会上致辞。他说:

"向阳红09"船停靠青岛奥帆基地

"蛟龙"号英雄们载誉而归,使我们见证了中国海洋科技事业的自我超越,见证了一代又一代科技人日益增强的尖端实力,也见证了人类攀登科学高峰、探索深海奥妙的执著追求。

青岛是"蛟龙"号梦想起航的地方,也承载了中国的蓝色梦想。当前青岛正抢抓山东半岛蓝色经济区的重大机遇,加快建设"蓝色硅谷",全力支持国家深海基地等国家重大创新平台建设,努力成为我国科学开发利用海洋资源、走向深海的桥头堡。今后,青岛将以"蛟龙"号海试团队为榜样,进一步增强责任感和使命感,加强保障能力,奋力拼搏攻关,用汗水和激情为我国海洋事业发展作出更加积极的贡献。

"蛟龙"号为何最终落户青岛呢?作为参与人和见证者,山东省科技厅副厅长、青岛国家海洋科学研究中心主任李乃胜说:

国家深海基地实际上走了一条"发起在无锡,目标在上海,落户在青岛"的路。

2002年国家"863"计划将其作为重大专项正式启动,潜水器进入建造阶段,当时考虑需要建一个基地。因为7000米载人潜水器研制由无锡702

所牵头,自然先想到在无锡建基地,但当时国家海洋局却考虑将基地建在上海。上海也是国内重要的海洋基地,准备打造一个"上天入地、下海登极"的集体形象。为什么最后来到了青岛呢?

首先,青岛有以花岗岩为主的基岩海岸,非常有利于港口建设,这是一个先决条件。第二,青岛受自然灾害影响较小,每年台风在山东半岛正面登陆的很少;即便正面登陆,风力也会较弱,极少会发生因自然灾害而仓促搬家这样的事。第三,深海基地的建设得考虑国家安全。东海、南海距离争议海域较近,容易受到政治环境的影响;而在黄海,发生激烈争议的可能性不大,所以国家安全有足够保证。

我国海洋研究"国字号"的大院大所也多集中在青岛。而且当时国家早期布局的一些科研基础设施也都在青岛。不能为了一个基地,让科学家们再跑到上海去,这势必会人为地增加不必要的浪费。

国家深海基地建在青岛的意义重大。第一,树立了青岛的形象;第二,进一步确立青岛海洋科技国家队的地位;第三,是青岛海洋科技走向深海的标志;第四,是大大促进海洋科技事业的抓手。载人潜水器海试结束后,伴随而来的就是深海和大洋的国家项目、国家课题的进一步确立,而领头的科学家不少就在青岛,这是吸引、凝聚高端人才的重要平台,同时也给国外海洋科学家和高端人才提供了一个成就事业、施展才能的平台。

看海的父亲

"蛟龙"号潜水器,是一个令人引以为豪的骄子。当它离开母体一次次下潜到50米、300米、1000米级、3000米级、5000米级、7000米级的深度,也把一代伟人不朽的呼唤载向了深蓝!

"向阳红09"船远征南海时,在青岛有一位80岁的老人,他的儿子随船出海了,去干一件他弄不明白的事。老人已患了老年痴呆症,如今他只知道儿子跟船一起去了很远很远的大海。儿子走了20多天了,他想儿子了。一天,他没跟家人打招呼便独自出了门。他自己也不清楚是怎样走的,走的什么路,只是一直向大海的方向走去。

海边,风很大,浪很大……

这位老人终于来到海边,站在岸上眺望着远方……

在他不清楚的记忆中,儿子应该是从这里去远航的,当他想儿子时家里人反复对他说,儿子去干一件很光荣又很难的事,是前人从来没做过的大事。

由于长年患病,老人看上去比他的实际年龄还要苍老许多,白发随风飘散着。80岁耄耋之年的记忆中,儿子总让他很担心,对儿子无尽的担心使他愈发沧桑。

这几天青岛的风特别大,儿子驾驶的船和船上那么多人都怎么样了?他们今天能回来吗?他们已经出去很多天了,应该回来了!他确信儿子今天会回来,一定会回来的。他要来接儿子回家,要给家人一个惊喜,来证明他的预感!

一个小时过去了,

三个小时过去了,

一上午过去了,

……

长时间的站立使老人有点撑不住了。旁边钓鱼的人已注意到长久站立在海边的老人,见此情景关切地上前询问他在干啥。他回答:"我等儿子。"垂钓者似乎明白了点什么,又不敢多问,于是拿给了他一瓶矿泉水和一个小凳子。就这样,他坚持到了晚上。钓鱼的人要走了,拿走了小凳子,又给了他一瓶矿泉水。

一艘轮船从远方驶来,又驶过去了。又一艘轮船驶来,又驶远了……

老人混浊的双眼,随着一艘艘轮船的驶来,几次亮起来,又随着轮船的远去一次又一次黯然下去……

晚饭后休闲的人三三两两地来到海边散步。看到坐在岸边石头上的老人痴痴地望着大海，人们感到很奇怪，不时投以疑惑的目光。有人上前问老人："你不回家吗？"老人还是那句话："我等儿子。"时间很晚了，又有许多人关切和担心地上前问他为什么不回家，他始终是那句话："我等儿子。"于是，有人报了警。

老人的家人已找了一天。清晨就离开家的老人怎么晚上九点了还没消息啊！警察把老人抬走了，在他身上警察找到一张纸条，上面写着电话号码。当家人接到警察的电话，把老人接回家时，老人已经饿得不行了，蜷缩在床上嘴里依然不停地说："不要告诉儿子，我没事，他的事比我重要！"

一个多月后，儿子回来了，完成了任务，完成了前人未做到的"下五洋捉鳖"的任务回来了。当儿子知道了父亲的一切，来到父亲等他的海边，面对大海流下了眼泪。

这是我国深海探测工程历程中的一个缩影：儿子承载了父亲的梦想，父亲盼望着儿子的成功。

海洋强国之路

追梦深蓝是海洋强国之路。

国际海底资源竞争是国家海洋权益的竞争。

海权,对于人们的启示是深刻的;当然,不同的人会有不同的理解。但必须明确的是,海权仍有硬实力和软实力之分。海上力量当是硬实力,而软实力往往又会左右硬实力作用的发挥。这又回到了中国惨痛的历史教训:不是器不如人,是制不如人。

我们要走的路还很长

载人潜水器海试是一项系统工程，2012年6月24日，我们第一次成功冲击7020米深度，以后又两次冲击设计深度，最深达到7062米，创造了新的纪录。7月14日，当"蛟龙"号随"向阳红09"船抵达青岛锚地，这项让国人和世界瞩目的载人潜水器海试画上了一个圆满的句号，其下潜深度进入世界的前列，一跃而位居世界现有载人潜水器可作业下潜深度的首位。

从2000年载人潜水器项目发起到2002年立项，从2009年海试开始到2012年7000米级海试成功，用"十年磨一剑"来形容载人潜水器发展历程并不为过。这是一个鼓舞人心的成就，其中包含了很多科研和工程技术人员的心血和不懈的努力。下一步载人潜水器将进入试验性应用阶段，这将是一个新的过程，需要我们继续摸索。

对于每一位参与海试的人来说，他们见证了一次又一次下潜突破。每当说起几年来的海试历程，他们感到难忘的除了突破7000米深度，还有1000米级海试，真是应了一句话俗话"万事开头难"。

1000米级海试包括50米、300米和1000米三个阶段。对于潜水器来说，尽管几乎每一个组件都通过了压力测试，但组装成重达几十吨的潜水器后，必须在海里进行整体压力试验；而组装过程无论多么仔细，都无法百分之百保证没有意外出现；与潜水器配套的水面支持系统，尽管经历了模型试验，但也存在同样的问题，各种意外情况随时都可能出现。2009年6月进行的载人潜水器50米海试，是在经费没有到位的情况下在南海浅水区域进行的试验。没有人经历过这样的试验过程，大家的心里都有些担心，预想着可能出现的意外情况，尽最大努力做着海试的准备工作。

海试之前，各类海试协调会议开了几次以后，一些最初没有注意到的问题，逐渐冒了出来。比如：有技术人员提出海试准备中海洋参数观测和实时数据处理的问题，因为目前"向阳红09"船上的技术装备尚不能满足更大深度海试的需求。对于50米水深的海试,"向阳红09"船现有的技术装备基本可以满足试验要求,但再向深处试验就会存在一些问题。即便是在浅水区(比如300米水深),由于海流的变化很大,潮流流速有可能大于载人潜水器设计航速;另外还要避开潮流的涨急、落急的高流速时段,这些都需要进行海流观测。深层海水的密度,关系到载人潜水器的配重总量。配重多了、少了都会影响载人潜水器抛弃压载后的浮力状态。要控制载人潜水器浮力在预定的范围内,就要事先观测深海海水密度参数。

面对各类问题,各参试单位积极努力,充分利用现有技术手段,满足了1000米级海试需求。这些情况确实给了我们一个提醒,让我们更加冷静地对待海试中随时可能出现的各类问题;同时也使我们认识到了在组织一个大的系统工程方面,我们确实也存在一些缺陷。

世界上的载人深潜器已有几个,在下潜深度上我们有信心超越他们,但是我们几十次的下潜与别人的成百上千次的下潜相比来说真的微不足道;我们还没有开始投入使用的现实情况与他们很多次的实际应用相比还有很大的差距。我们现在的载人潜水器还只是一个高技术的"模型",距离实际应用,距离像发达国家那样业务化的运行还差得很远,我们还要有很长的一段历程要走。

说到底载人潜水器就是一种深海运载工具,这个工具能否成为我国深海探测作业设备链上的一个环节(尽管设备很贵但仅仅也就是一个环节),还有待于我们在实际使用中去验证。这些不是说一说、试一试就可以实现的事,需要一个过程,需要与各个海洋学科的科学家们一起摸索、一起探讨,这个过程可能需要相当长的一段时间。我们要有足够的耐心。

我们在载人潜水器方面要有实质性的赶超,绝不是一朝一夕的事,我们要走的路还很长,很长。今天,我们已经迈出了走向深蓝的一大步。事实表明,没有人能阻挡中国走向海洋,进军深蓝的步伐。

中国的海洋基因

1970年夏季，我国台湾地区当地居民在台南县左镇乡菜寮溪溪谷采集到一片灰红色的古人类化石。经日本考古学者用氟锰法测算，断定那是3万年前一位约20岁的男性青年的顶骨化石。这一史前人类被命名为"左镇人"。迄今为止，这是我们发现的最早开发祖国宝岛的先驱。他的出现，将台湾原始社会的历史在长滨文化的基础上，向远古推溯了2万年左右。来自中国内地的"左镇人"何以到达台湾地区？

据考证，3万年前的台湾海峡还只是一片低洼地，后来那里才在最近一次的海侵后变成今天的海峡。

"左镇人"的发现，让台湾一些学者为之兴奋不已。一位叫黄大受的教授曾发表文章呼吁"改写中华古文明史"。他认为，中国人一直以黄帝为始祖，故自称"黄帝子孙"或"炎黄子孙"，一直以黄河流域为发祥地，故称"黄河"为"母亲河"。其实，自20世纪80年代以来，由于历史学、考古学、民俗学等学科的研究成果不断发表，古代史的本来面目已经逐渐被揭开，中华文明史的开端应该更向上古延伸。中原仰韶文化遗址距今已超过5000年，东北红山文化遗址距今也在5000年以上，西北大地湾文化遗址距今已达7000年。这些古文化遗址中均已出现了一项或多项文明因素。浙江河姆渡古文化遗址出现了距今7000年的早期海洋文明；湖南彭头山古文化遗址出现了距今9000年的早期农耕文明。可见，中华文明源头的出现，绝不止5000年，而在万年左右。其发祥地也绝不止黄河流域一处，就现已发现的文明源头而言，即可归纳为六七个不同的区系类型，应该说中华文明是多源的。过去，中华文明一直被误认为单纯的农业文明，起源于西北黄土高原，是一种封闭保守、安土重迁、缺少进取精神的大陆文明。其实不然，考古发现，生活在东南沿海的"饭稻羹鱼"的古越人，在六七千年前即敢于以轻舟航海。河姆渡古文化遗址出土的木桨、舟的模型与许多鲸鱼、鲨鱼的骨骼，都表现了海洋文明的特征。现在已无越族,古越人早已融合于汉族或某些少数民族;属于海洋文明的百越文明已融合于中华文明之中。古越人的发明创造如植茶、养蚕、干栏式建筑等等都已成为代表中华文明的事物,而为世人所称道。经过近年来的对外学术交流,我们还了解到古越人很早就向海外迁移,主要是向东和向南迁移,因此现在东南太平洋诸岛上的许多民族都与古越人的后裔有一定的血缘关系。台湾的原住民高山族也是古越人的一支。

今天的中国人,不能被历史上由于认识的局限性所形成的既定结论所束缚。在中华民族的基因中,原本就有海洋文明的成分,能从泾河、渭河走向北部大漠、西部戈壁、南部中南半岛、东部大海的中华民族,也具有走向海洋、走向世界的基因与能力。也许是受了传统的单一"农耕民族"讹论的影响,历史上的中国虽然很早就走向海洋,但并不具有海洋意识和海权意识。

郑和之后再无郑和

我们拥有大片海域却长期轻视经略海洋。从远古时期起,中国人的社会活动就一直是以陆地农业经济为主,从没有把海洋经济摆在重要的地位。从世界各国发展历史看,"以农为本"必然导致"重陆轻海"的思想观念。中国从神农、黄帝起,尤其是儒家思想成为主流思想之后,"农本商末"的思想就占据了主导地位。

虽然,历史上涉及海洋经济政策的改革,如管仲的"官山海",桑弘羊的"盐铁论",以及唐、宋时期的"市舶司"和历朝历代颇为辉煌的远洋贸易,都曾对社会经济的发展起到积极的促进作用,但在整个社会活动中,经略海洋始终处于"配搭儿"的地位。

航海技术先进,但航海的驱动力低下。历史上的中国,造船业曾经位于世界前列。其船型之多,不下千余种,仅渔船就有两三百种之多,因此,被称为拥有"世界上最多的船舶图样"。中国帆船(英语称为Junk,音译成"戎克船")在英国、法国、葡萄牙、荷兰、德国、意大利等国家的一般文献、辞书中,早已成为专门名词。

到宋元时期,中国航海者已进入"定量航海"的阶段,对海洋气象、水文的变化规律和对信风的运用已经十分纯熟,磁罗盘导航、锚泊和使舵等技术在当时都是最先进的。然而,先进的技术并没有引导出中国人认识地球的理论,也没有带动起中国人探索未知世界的欲望,更没有变为中国人获取财富的途径。正如李约瑟先生所说:中国人是伟大的航海技术发明者,而中华民族并不是伟大的航海民族。中国人并没有通过海洋"发家致富",更没有通过海洋向海外"殖民"。

茫茫大海,无遮无拦,无边无界,却被很多人生生地视为了"天然屏障"。历史上的中国,把海上经济看做是对陆地经济一种可有可无的补充。宋元以前,中国基本没有遇到来自海上的威胁,自给自足的大陆经济无需向海洋索取资源;中华民族更没有向海外发展的雄心伟略,海防充其量被视为"看家护院",而谈不到"海权"。

"西北甲兵"、"东南财赋"格局,逐渐使华夏大地的统治阶层求安于大陆上的一方沃土;即使有"开拓四海"的行动,也主要是为了求得"归顺"和"宾服"。梁启超曾说:"克里斯托弗·哥伦布以后,有无量数之哥伦布,瓦斯科·达·嘉马之后,有无量数之达·嘉马,而我则郑和之后,竟无第二之郑和。"在中国人的眼里,海洋是"屏障",而非"宝藏"。

从上国之尊,到屈膝签订城下之盟,航海的辉煌无法抹去海洋的伤痛。历史上的中国人,多以"仁爱"、"中庸"的道德观和"中华上国"自居;海上征战,经略海洋,大都以恢复政治秩序为目的;视海洋资源为他人之物,视海上通道为他人之路。虽然当欧洲人还在地中海打转时,中国的郑和已经"七下西洋";但中国始终没有像西方一些国家和民族那样,通过海洋走向世界,通过海洋征服地球。

蓝色国土

当代最具"权威"和"公允"的《联合国海洋法公约》由全世界150多个国家参与制定,历时9年,经过漫长的争议和妥协,终于在1982年4月30日获得通过,并于1994年11月16日正式生效。1996年5月,中国正式加入该公约。

按照《联合国海洋法公约》,中国所拥有的管辖海域为300万平方公里,水域纵深由基线以外12海里延伸至200～300海里。换句话说,国际海洋法规赋予了中国新的海域,中国在国际法律文书上拥有了对这些海域的权益和权力。然而,历史又一次清清楚楚、明明白白地告诉我们:在国际关系中,一纸公文起不了多大的效用。

从《联合国海洋法公约》生效以来的国际情况看,简单地在地图上划一道线,口头上宣布一下某片海域的归属权,声明自己对某片海域的主张,这些对于海洋活动、海洋开发和利用海洋并没有多少实质性的意义。对于一个国家来说,缺乏海上开发和利用海洋的能力,海上力量薄弱,所谓的领海、归属、管辖无异于是"纸上谈兵"。可以说,若不重视利用《联合国海洋法公约》这个武器来维护中国的海洋权益,则这将是一种失策。然而,我们更要切记,"以此为灵丹妙药,寄希望于用这个公约以及国际舆论来解决中国的海洋权益问题,无疑又是一种自欺欺人的幻想。"

目前,世界上普遍认为拥有全球性海权的国家只有美国,其中一个重要的原因就是它有一支全球性的海军力量,似乎这支力量就能够确保美国坐稳"海上霸主"地位。其次是俄罗斯海军,虽然苏联解体但俄罗斯海军仍然实力不凡,它仍是一支仅次于美国海军的"远洋海军"。而英国、法国、中国、日本,则被视为世界上的二流海军国家,只拥有控制离本土一定距离海域的制海权。这一评价虽有一定的客观性,但是仔细想想,他们对于中国海上力量的估计似乎仍高于客观实际。我们应有清醒的认识。

经历了百年沧桑的中国人，胸中既有历史的耻辱又有走向海洋的雄心壮志。"海洋热"、"海权热"方兴未艾，今天的中国海权何在？

2009年3月，当美国海军的侦测船"无瑕"号进入中国南海刺探军事情报被曝光后，国内一些媒体对国民的海权意识进行了一次联合调查。结果表明：80.6%的人不知道黄岩岛的位置；96.8%的人没读过被西方奉为经典的《海权论》；57.1%的人不知道中国海监的确切身份。很少有人知道，在中国南海有条九段线，知道从十一段线演变为九段线历史的人，更是凤毛麟角。在我们社会的普通公众心目当中，中国的疆域面积往往是指960万平方公里，我们忽视了还有300万平方公里的"蓝色海洋国土"。

历史上，世界先后出现的海洋强国都有自己的软肋，这也直接导致了海洋强国不断更替。在世界四大文化古国中，已消亡或断裂了三个，唯有延续至今并深刻影响世界的华夏文化长存于世。究其消亡或断裂的原因，固然各不相同，其中海洋文化恰恰都是它们的软肋。华夏文化中方方正正的汉字，世代流传"天人合一"的理念和稳固的价值观，是我们内在的文化力量，这是任何强大军事力量所不能摧毁的，这是我们的幸运，应该感谢老祖宗。文化无态，却能如影随形，你的所作、所为都带有文化的影子；她无形，却能驱动万物，你的所有所作所为都在其操控之中。

建设海洋强国需要实力，硬实力需要构建，而软实力则要有历史与文化的配合；软、硬两者互为阴阳，配合交融。中国走向海洋，既不能沿着西方的路子，更不能生搬硬套西方的思维。只有华夏文化之精华、之灵魂，才能引导中国，为人类书写新的历史。

院士的告诫

对于日益严峻的海洋形势，对于深海海底资源日趋激烈的国际竞争，汪品先院士在《海底之争和科学界的历史责任》一文中这样写道："大项目正是形成大队伍的捷径。可见，这里并不是先有鸡还是先有蛋的问题，而是将海洋科技摆在什么位置的问题……海洋科技比陆上更需要组织,需要科技决策层面的部署。"正如《海试快报》中一文所言。

近期以来,海岛的国际争端不断升温。历来无人过问的小岛,甚至被潮水淹没的礁石,都成为各国争夺的对象。原来,海岛之争的根源在海底。1994年生效的《联合国海洋法公约》,肯定了200海里专属经济区和沿海国对大陆架自然资源的权利。根据拥有的岛屿就可以将周围200海里范围划为专属经济区,有的国家根据一个小岛申报的海域,比它本土的面积还大。

海上之争古来就有,今天其焦点却在海底。所谓沿海国对大陆架自然资源的权利,指的不是海面、不是渔业,而是海底,是海底的矿产和固定的生物资源。人类开发海洋,历来讲的是"渔盐之利,舟楫之便",说的都是海水、海面,并没有海底的事。尤其是深海,直到20世纪早期,人们还以为深海是一片死亡世界,海底没有生命、没有运动,是世界一切事物的终点。直到在深海海底发现锰结核,才引起人们的注意。海底更重要的当然是石油,估计未来油气总储量的40%将来自深海海底。因此,一个小岛可以带来巨大的海底油田,怎么能不引起国际争夺?

人类对深海的知识绝大多数来自20世纪下半叶。60年代,证明洋底在扩张;70年代末,发现海底热液和"黑烟囱";接着又发现不依靠光合作用的"黑暗食物链";直到发现深海底下上千米的地壳里,还有微生物生活,而且可能占地球上生物量的三分之一。蕴藏着未来世界宝藏的深海海底,突然呈现在了人类面前。

新世纪大洋海底的国际之争,源自海底的资源潜力。但是与陆地不同,海底的开发完全依靠高科技。没有下海、深潜的能力,即便坐拥大片海域,也只能是望洋兴叹。因此,新世纪的海洋之争其实是科技之争。

当年,世界列强靠炮舰争夺海面;现在,世界海洋强国靠高科技争夺海底。时至今日各国申请"大陆架外延"的国际海域划界,依然要靠海底考察资料的支撑。当前许多国家的"海洋考察",都承担有科学以外的目的。一些国家间的海上争夺,也愿意打着"海洋调查"的旗号。科技在国际海洋权益争夺中的作用,从来没有像今天这样突出;科学界对于海疆所承担的社会责任,也从来没有像今天这样重大。如今深海科学考察的意义,已经远远超出了学术的范畴。君不见为了北冰洋的海底之争,俄罗斯潜水器前往"科学考察",将俄罗斯国旗插到4000米的深海底,而带队人竟是70多岁的国家杜马副主席;为了发展深海技术,日本两代天皇,先后到美国亲自参观海底潜水器!

随着经济全球化,海洋在我国的重要性越来越大,而海疆权益面临的挑战也越来越多。无论南海还是东海,海域和岛礁之争频频发生,关键都在油气。南沙一带南海南部的海区,是西太平洋海域权益之争最为复杂的地方,同时也是南海油气远景最好的海域。维护自己海域的权益,科学界是可以大有作为的。近年来,我国对于海洋科技给予空前的重视。我国的海洋事业,正在经历着郑和下西洋之后,六百年来从未有过的发展良机。然而,我国海域尤其是深海海域,科学调查研究程度都还很低。科学界要抓住机遇发展海洋科技,把研究和开发我国海域的责任担当起来,进而向全世界展示:科学认识中国海域的任务,是由中国科学界完成的。

国际海洋科学的发展史告诉我们,海洋尤其是深海研究的突破,都是通过科学和技术的结合,通过组织大型合作计划才能实现的,而这正是我国当前的弱点所在。

历史的经验告诉我们,我国近代史上曾经因为轻视海洋而付出了血肉与领土的代价。这种深层次的历史文化因素,今天是不是还在影响着我们的决策,以致在国际海底竞争中,还要继续付出代价呢?

中国走向海洋

1980年底,就在中国圆满完成首枚洲际导弹发射试验任务之后,凯旋而归的"济南"舰却神秘地消失了。一年之后,当"济南"舰再次出现在人们的视野时,舰上增添了卫星导航系统。几年后,"济南"舰又加装了直升机平台等新装备,搜潜、反潜能力和反舰能力大大提高。人民海军战斗力的提高,无疑增加了中国在国际舞台上的话语权;但反过来讲,人民海军的发展只有与国家海外利益与战略结合,才不至于是"纸上谈兵"与"花拳绣腿",才能获得真正的内在发展动力。

走向海洋,零星的行动不行,需要思想,更需要大战略思维,这是全民族的行动。中国历史上的"走向海洋"多数是被逼出来的。其一,外在的挑战使我国的海洋不安全了,只能走向海洋,保家卫国;其二,在经济发展需求的驱动下,土地、能源和空间资源不足了,故而走向海洋,开发所需资源。总之,两者都是迫于形势的被动行为,而不是基于思想的主动行为。

中国历来奉行"与邻为善,以邻为伴"的周边外交方针。然而,这并没有使周边一些国家停止对南海诸岛的蚕食;今天中国海洋权益受到侵占的局面的形成,可谓"冰冻三尺,非一日之寒"。在联合国海洋法会议上,中国代表团有三个使命,即:反对霸权主义;支持第三世界;维护国家利益。同样是在联合国海洋法会议上,世界海洋大国首先是维护自己国家的海洋权益,维护他们的国家利益。冷战结束后,世界从未停止过局部战争,在朝鲜半岛、越南、阿富汗、伊拉克、利比亚……多次响起了枪炮声。

已经过去的历史证明,中国,作为"礼仪之邦"的一个世界大国一直在尽着自己的义务,而海洋权利却在不断地被挤占。

这就是历史,我们不能苛求前人,但我们也不能不接受教训。

新中国成立之后,毛泽东多次说过这样一句耐人寻味的话:"旱鸭子也得下海。"

1988年9月14日,中国核潜艇向预定海域发射运载火箭,试验获得圆满成功,从而使中国核潜艇真正具备了核打击的能力。美国《海军学会会报》评论说:"当中国宣布从潜艇上发射弹道导弹试验成功时,事情已经变得十分清楚了,中华人民共和国即将成为世界上第五个拥有海基威慑力量的核大国……"中国用"两弹一星"和核潜艇的实际行动,打破了发达国家核垄断的梦想。

20年后,2008年底,人民海军舰艇编队从三亚出发,远赴亚丁湾执行护航任务。中国军舰沿着郑和当年的航迹又一次驶进了亚丁湾,执行一项远离本国数千公里的任务。2012年,我国第一艘航空母舰"辽宁舰"完成了单舰海试试航。我们一直在追赶。

1954年夏天,一位名为曾汉隆的渔民,在莺歌海发现"海上冒着小泡泡"的奇怪现象,这无意之中揭开了中国海上石油新的一页。从1958年起,海南岛西南角的莺歌海陆续出现了近10个探井,莺歌海成了中国海洋石油人心中的圣地。2012年,壳牌公司与中国海洋石油总公司(简称"中海油")签署了一份合同,其合同区域位于海南岛以西海域、莺歌海盆地。合同约定壳牌公司在勘探阶段持有100%的权益;一旦进入开发阶段,壳牌的参与权益比例为49%,中海油的参与权益比例为51%。

1999年,在中国内海——渤海,美国康菲公司发现了有"海上大庆"之称的蓬莱19-3油田。2002年底,该油田第一期项目投产,日产原油3.5~4.0万桶。不到10年时间,2011年6月,该油田B、C平台分别发生严重溢油事故,由此引发了中国内海乃至中国海最严重的溢油和生态污染事件。

在东海,2003年5月由中海油、中国石油化工集团公司(简称"中石化")、美国优尼科公司、荷兰皇家壳牌集团公司四方合作项目合作签字,中海油和中石化合起来绝对控股。这便是东海的"春晓"油气田开发项目,整个项目估计在投产两年后年产气可约达25亿立方米。然而,由于周边国际政治形势的牵制,至2012年,"春晓"平台已搁置6年之久,中方不仅没有收获一桶油气,而且每年还要投入资金对"春晓"油气田的设备进行维护保养。

海洋油气业最令人担心的并不是油气业产值的问题,而是海洋油气业的整体战略等问题。有专家指出:中国海洋油气业的发展战略和整个海洋发展战略一样,重北轻南,这才是最值得担心和反省的。从战略上来说,这是非常短视的行为。因为渤海是中国的内海,而且平均深度只有15米左右,开发难度不大,也没有任何海权争议,所以渤海的石油不应该急着开发,而应该将其作为后备资源。可是,如今大规模地开发油气资源,让渤海已经成为中国内地污染最严重的海域,导致该海域的环境急剧恶化。

改革开放以来,我国海水增养殖业迅速发展。全国海水养殖面积:1978年约为10万公顷,1992年约为49万公顷,1999年上升到109.5万公顷。海水养殖产量:1978年为45万吨,1992年为243万吨,1999年为974万吨。海水水产品养殖所占比例由1978年的12.5%,发展到1992年的35%,1999年上升为39.4%。养殖品种从70年代的少数几个品种,发展到目前的40余种,其中产量在万吨以上的海水养殖品种有15个。海水增养殖业的养殖面积逐年扩大,养殖产量数十倍增加,所占比例逐年提高,养殖品种不断增加。然而,这些发展的直接代价是近海环境严重受损。我国海水养殖业曲折发展的历程,从一个侧面告诫人们:海水养殖作为一个产业,由于其自身的发展与海水环境有着密切的联系,只有以不破坏养殖水域周边环境的生态平衡为前提,才能得以顺利持续发展。

无论是军事还是经济,今天的海洋竞争,实际上已经成了海洋科技的竞争。没有发达的海洋科技,即使有广阔的领海也只能望洋兴叹。海洋以其丰富的资源、广阔的空间以及对地球环境和气候的巨大调节作用,成为全球生命保障系统的一个重要组成部分,是人类社会可持续发展的宝贵财富。

走向海洋,中国要综合运用外交、科技、贸易、军事等手段,面对现实,积极参与大国之间的博弈;海洋竞争将成为重中之重,如何确定海洋战略便成为当务之急。因此,海洋强国战略具有特别重要的地位,中国能否和平崛起,首先要看中国能否在一系列海洋问题上取得主动权。

海洋战略不只是海军的战略,不只是经济的战略,也不只是科学发展的战略;海洋战略应该是国家的乃至全民族的行动,是中国全面进军海洋长期发展的走向。但是,我们不可以急功近利,不能急于求成,更不可能期望速战速决。战略是耐力和思想的博弈,是文化的碰撞与对抗,是民族大智慧的体现。只有在中华文化的沃土里,在东方智慧之中,才能生长出中国海洋的大战略思维,并切实成为全民族的实际行动,实现中国深蓝梦。

古人云:知耻而后勇。

未来的中国,一定会在海洋崛起,成为世界的巨人!

大事记

20 世纪 90 年代初，中国船舶总公司第 702 研究所向国家科委（国家科学技术部的前身）提出研制 6000 米级大深度载人潜水器的建议。

2000 年，中国大洋矿产资源研究开发协会组织全国涉海各领域和部门的院士、专家进行深海运载装备需求论证会，形成了初步论证报告。

2001 年 1 月，国家海洋局邀请国内海洋界 10 位院士和 15 位教授级专家以及国家发改委、财政部、科技部、外交部的有关领导，举行深海载人潜水器座谈会，会议初步达成研发载人潜水器的共识。

2001 年 12 月 1 日，国家"863"计划通过公开招聘方式确定 7000 米级载人潜水器总课题组成员。

2002 年 4 月 27 日，国家海洋局向科技部报送了《关于启动 7000 米级载人潜水器重大专项的请示》。同年 6 月 11 日，该项目获得科技部批准立项。

2003 年，由 702 所牵头，联合北京、上海、沈阳等地有关单位，成立 7000 米载人潜水器项目组。

2007 年 9 月，经过 5 年的技术攻关，载人潜水器陆上组装完成。

2007 年 11 月，载人潜水器海试母船改造工程结束，"向阳红 09"交船仪式在中海集团上海立丰船厂举行。

2008 年 3 月，载人潜水器完成水池联调试验，满足了海试要求；水面支持系统改装改造完成。

2007年3月—2008年8月,潜航学员付文韬和唐嘉陵,完成理论知识、体能素质、心理素质等方面的培训和训练,陆上培训结业。

2009年8月6日,载人潜水器南海1000米级海试,"向阳红09"船从江苏省江阴市起航。

2009年8月15日,唐嘉陵、张东升、崔维成3人乘载人潜水器第一次下海进行水面调试,几次下潜深度分别为38米、41米和44米。

2009年10月3日,载人潜水器在我国南海下潜到1109米,并完成了规定的性能试验。

2010年5月31日,"蛟龙"号载人潜水器南海3000米级海试,"向阳红09"船从江阴苏南码头起航。6月20日,"蛟龙"号载人潜水器突破2000米大关,下潜2067米;6月22日,"蛟龙"号载人潜水器突破3000米,成功下潜3039米;7月13日,"蛟龙"号载人潜水器成功下潜3759米,并实现了坐底、布放"龙宫"标志物、插国旗等作业内容。

2011年7月1日,"蛟龙"号载人潜水器5000米级海试,"向阳红09"船第三次从江阴市苏南国际码头出征,奔赴东北太平洋。当地时间2011年7月25日,"蛟龙"号成功突破5000米水深大关,下潜至最大深度5057米;7月27日,顺利完成第三次下潜,最大下潜深度达5188米,再次创造我国载人深潜新纪录。

2012年6月3日,"蛟龙"号载人潜水器7000米级海试,"向阳红09"船奔赴马里亚纳海沟试验区,开始执行7000米级海试任务。

2012年6月15日—30日,在马里亚纳海沟试验区,"蛟龙"号进行了6次下潜,其中3次超过7000米,最大下潜深度达到7062米。

2012年7月16日,圆满完成7000米级海试任务的"向阳红09"船和"蛟龙"号载人潜水器,抵达青岛,7000米级海试结束,为载人潜水器一系列海试画上了一个圆满的句号。

后　记

　　人类潜入深蓝,是与遨游太空并行的世界难题。

　　自20世纪50年代后,法国、前苏联、日本、美国等发达国家先后研制了当今世界著名的几艘深海载人潜水器。这些潜水器在90年代中,到达的范围遍及海洋中的大陆坡、2000～4000米的海山、火山口、洋中脊以及6000多米的海底平原,为人类大洋深海科学探索和研究提供了条件,成为科学家现场观察获得地质、生物的重要手段。

　　1977年,美国俄勒冈州立大学的一位海洋研究者,在东太平洋海隆的加拉帕格斯裂谷附近发现了一个新的生态系统。1979年,美国生物学家乘伍兹霍尔海洋研究所"阿尔文"(DSV Alvin)号亲眼目睹了海底热泉生物群落,证实了20世纪的海洋重大科学发现——深海热液喷口。

　　我国于2002年启动载人潜水器的研制项目,并于2009年在南中国海进行潜水器海试。2012年6月24日—30日,中国载人潜水器"蛟龙"号三次冲击7000米深度均获成功,最大下潜深度达到7062米,创造了"蛟龙"号下潜深度的新纪录。我国载人潜水器的研制并成功突破7000米深度,向世界宣告中国已成为继法国、俄罗斯、日本和美国之后,第五个拥有深海探索技术的国家。这是中国海洋事业发展史上的一件盛事,也是中华民族的一件大事,是实现中国深蓝梦的一个里程碑事件。

　　载人潜水器从立项到完成海试,可谓"十年磨一剑",这里有科研人员的不懈努力,也有工程技术人员的艰苦奋斗。为培养我国首批潜航员,我们摸索出一条中国式潜航员培训之路。在潜水器研制工作的后期,海试成为人们关注的目标,"向阳红09"船再一次挑起了重担,我们仅用一年时间就完成了海试母船增改装工程。至此载人潜水器可说"万事俱备"。

海试成功突破1000米深度,使中国迈出了走向深蓝的第一步,这是艰难的一步,也是走向胜利的第一步。南海3000米级海试经历的种种艰险与困难,验证了"上天难,入地难,下海更难"的现实。5000米级海试成为冲击7000米设计深度的前奏,虽然迎接海试的是大风大浪。在经历了风浪的考验之后,海试做好了最后冲刺的准备,随后的7000米级海试,"蛟龙"号一路凯歌,创造了新的世界载人深潜纪录。

"蛟龙"探海,鼓舞了国人,震动了世界。

上天、入地、下海,中国无所不能,载人潜水器海试成功实现了"可下五洋捉鳖"的中国深蓝梦。

这是一个艰难的历程,这是一个发展的历程,这是一个探索的历程。这个历程创造了一个个中国探海的新纪录,刷新了世界载人潜水器潜海作业的纪录。

"蛟龙"号海试,无论下潜到什么深度,操作规程都是一致的。但在深邃莫测的深海,潜水器的每一次下潜其结果都是难以预测的,实践是唯一的选择。每一次考验的处置都独具匠心,这里难以用文字去一一详细解读。由于作者水平有限,加上受条件限制等种种原因,书中难免会有遗漏或不完整之处,敬请读者见谅。书中不妥和错误之处,敬请专家和读者批评指正。

作者在采访过程中,得到中国大洋协会办公室、国家海洋局北海分局、702所、701所、上海立新船厂等部门和单位领导、专家及相关人士的支持与帮助,在此,一并表示衷心的感谢!

本书海试照片由国家海洋局北海分局潜航员管理办公室提供。

作者

2014年元月